# 呼唤雨

苏䧱 著

青岛出版集团 | 青岛出版社

图书在版编目（CIP）数据

呼唤雨/苏他著.—青岛：青岛出版社，2024.5
ISBN 978-7-5736-1441-4

Ⅰ.①呼… Ⅱ.①苏… Ⅲ.①长篇小说－中国－当代 Ⅳ.①1247.5

中国国家版本馆CIP数据核字（2023）第164505号

| | | HUHUAN YU |
|---|---|---|
| 书　　名 | | 呼唤雨 |
| 作　　者 | | 苏　他 |
| 出版发行 | | 青岛出版社（青岛市崂山区海尔路182号） |
| 本社网址 | | http://www.qdpub.com |
| 邮购电话 | | 18613853563 |
| 责任编辑 | | 郭红霞 |
| 特约编辑 | | 崔　悦 |
| 校　　对 | | 郭金乔 |
| 装帧设计 | | 白砚川　蒋　晴 |
| 照　　排 | | 王晶璎 |
| 印　　刷 | | 三河市良远印务有限公司 |
| 出版日期 | | 2024年5月第1版　2024年5月第1次印刷 |
| 开　　本 | | 32开（880mm×1230mm） |
| 印　　张 | | 8.5 |
| 字　　数 | | 300千 |
| 书　　号 | | ISBN 978-7-5736-1441-4 |
| 定　　价 | | 45.00元 |

编校印装质量、盗版监督服务电话 4006532017　0532-68068050

船灯难忘重型机，水艇再遇飞行器。

## 目录 Contents

*001* | **第一章**
船灯难忘重型机

*024* | **第二章**
水艇撞上飞行器

*049* | **第三章**
飞行器的小秘密

*074* | **第四章**
潜水艇的假面具

*100* | **第五章**
不结实的窗户纸

*124* | **第六章**
不平庸的青春期

*158* | **第七章**
你就是我的唯一

*187* | **第八章**
唯一存在的意义

*214* | **第九章**
枪虾找到虾虎鱼

*236* | **第十章**
红酒绿与呼唤雨

# 第一章
## 船灯难忘重型机

夏灯跟BBC（英国广播公司）国际频道的工作人员翻脸了，这在她的意料之中。

他们打着公正客观的旗号，发布失之偏颇的报道，把不了解实情的人带离真相的轨道，这违背了夏灯作为一个新闻人的初衷，并且她毫无挽回局面的可能。于是她在刚开始办理晋升手续时递交了辞职申请书，准备回国。

她在候机室里昏昏欲睡，被小姨的一个电话惊醒了。她裹了裹毯子，深吸一口气，迷迷糊糊地说："小姨？"

"几点落地？"

夏灯看了看电子票，说："明天下午五点。"

"嗯，你知道游风要结婚了吗？"小姨问得很突然。

夏灯停顿了半天，佯装从容地道："恭喜。"

"你能想通就好，明天小姨去机场接你，乖。"

挂断电话，夏灯把手机放在桌上，不小心碰倒了咖啡，咖啡打湿了一本英文原版书，正好洒在作者给她的签名上。

她烦躁地撕开一包纸巾。但她越擦那页纸，被污染的面积就越大，签名也被擦掉了。

她终于停下动作，蹲在桌前，用双手捂住脸。没有流眼泪，她就是感到累。

候机室的上方传来播报声，她不再麻木，收拾好东西，整理好大衣的衣襟，前往登机口。

她在阿姆斯特丹转机一次，飞机到首尔经停一次。过了二十多个小时，飞机准点降落在浦东机场。

三月份的上海还有些湿冷，正好，她不必脱大衣了。

她从通道里走出来，小姨已经在等她了。夏灯走过去，中途被后面行色匆忙的人撞了一下。她站稳后回头，看到一张漂亮得纯粹的脸。女孩面色平和，有点儿像八年前的夏灯。

女孩跟夏灯道歉："对不起。"

"没关系。"夏灯刚说完话，一只男人的手从她们中间穿过，落在女孩的胳膊上。

他说："怎么这么磨蹭啊？"

男人的声音有些耳熟，夏灯抬起头，原来那是贺仲生——游风的一个朋友。

贺仲生这时也看到了她，一瞬间，他的神情异常复杂，变换得也极快，但最后他只是干巴巴地打了一声招呼："好久不见哪，夏灯。"

"好久不见。"夏灯目不斜视地说，就此与他们分开。

小姨从夏灯的手中把行李箱接过来，牵住她，缓步往外走去："你妈从早上就开始念叨怎么还不到五点，你可得记得跟她说，这回回来之后就不走了。是这样吧？"

"嗯。"

心里踏实了,小姨说:"你在伦敦的这几年里,你妈也没闲着,至少锁定了八个与你各方面的条件都匹配的男人。"

然后小姨悄悄地说出后面的一句话:"她说他们都是你的理想型。"

夏灯心不在焉,便敷衍道:"是吗?我的理想型是什么型?"

"我也很怀疑,到时候我们看看嘛,今晚就是要跟其中的一个人吃饭。"小姨说,"你也知道你妈是什么样的人,她巴不得让你一辈子都待在她的身边,所以你可以结婚,也可以不结婚,但还是要谈恋爱的。恋爱可是好东西,是永葆青春的秘籍。"

两个人说着话,来到车前,贺仲生和那个女孩也紧随其后,走到路边。

夏灯的目光自然地落到他们面前的那辆车上,后座的车门被贺仲生打开,那个熟悉的身影骤然进入她的视野里。

他在低头看平板,挺拔的鼻梁上架着一副眼镜,镜片反射屏幕的蓝光,她看不到他的眼睛。他的嘴唇和下颌线也如记忆中的一样,不同的是一身西装显得他很矜持,曾经的少年早已不见。

小姨放好行李,回头喊夏灯上车,顺着她的目光看到游风,缓缓地呼出一口气,温柔地提醒道:"走啦,宝贝,家人都在等呢。"

夏灯抠了一下手指,收回目光。

上了车,小姨给夏灯系好安全带,告诉她:"现在是游总指挥了,私营太空的领域很火。"

夏灯微微地弯了一下唇,把脸扭向窗外,没发表看法。

等夏灯的车开走,游风才放下平板,摘下眼镜,捏住眉心。

贺仲生无情地拆穿他:"我接我的女朋友,你非要跟着,我还奇怪呢，原来是有人今天回国呀！"

游风睁开眼："话这么多，忘了你现在在谁的车上？"

贺仲生笑道："行，你游总教什么都吃，就是不吃回头草。"

"我没说过这种话。"

贺仲生笑得想死，说："那你要怎么着？你再追一回我们的大美女？"

"看她过得不好，我特别爽。"游风重新戴上眼镜，把话说得很满。

贺仲生点头："你最好是真的爽。"

说完他提醒游风："人家最不缺钱，你好好地想想，她此番回国是要把事业的重心迁回来，还是准备重新开始谈恋爱？"

一直没说话的女孩插嘴："我刚听旁边的那个女人说，她妈给她找了不少理想型，她们说是晚上要一起吃饭呢。"

贺仲生跟她一唱一和，说："那可能她就是要重新开始。"

游风越过贺仲生，打开车门，一脚把他踹下去了。

女孩一愣，也不敢多待了，匆匆地从副驾驶座上下来，刚把贺仲生扶起来，游风的车已经绝尘而去。

女孩忍不住多嘴道："你的这个朋友长得这么帅，脾气可……"

贺仲生摆手打断她："别说。八年了，苦着呢，让他发泄吧。"

夏灯刚迈进家门，就被余焰女士拽进怀里了："你不是五点就下飞机了，怎么这么半天才到家？！"

小姨解释："灯提前给你们买了礼物，早就把它们寄回国了，我开车接上她去拿了一趟礼物，也就晚了一点儿。"

夏灯让余焰抱了很久，看她还抱不够，才扶着她的胳膊抽身出来，挽着她走向客厅："妈，你表现得有点儿过了，我半年前刚回来过。"

"才半年？我怎么觉得你都好几年没回来了。"

丁司白说："想孩子是衰老的证明，你妈是明示你该留在国内了。"

"你才老。"余焰瞪他一眼。接着她扭头对夏灯说："你爸的后一句话还能听听，这回你不走了吧？"

"不走了。"

两个人走到会客区，夏灯看到了一张陌生的面孔。

余焰立刻介绍道："这位是初臣，也是做新闻的。"

丁司白纠正余焰："小初把新闻做得有点儿大，你单纯介绍他是做新闻的，不太准确。"

夏灯这才看向这位客人，这位客人同时把手伸过来："夏老师是我们行业里的佼佼者了，你好，我是初臣。"

夏灯看了一眼他的手，不想跟他握手。

初臣也不尴尬，把手收回来，继续笑道："夏老师如果还想继续做新闻的话，我可以帮你在国内迅速提高知名度。"

夏灯说："我打算开一家酒吧。"

初臣不理解她的意思，丁司白、余焰和小姨也看向她。

夏灯洗完澡出来，擦着头发走到吧台旁，倒了一杯水。

坐在沙发上敷面膜的小姨放下手中的书，跟她说："我觉得这个初臣还可以，长得也挺不错的，你要不和他处对象试试？"

"我不喜欢做新闻这行的人。"

"你喜欢的做航天那行的人马上就结婚了，新闻上都是他。人家找了一个娱乐圈里的人，长得不比你差。"小姨也觉得好奇，说，"他也够肤浅的，就喜欢长得漂亮的女人。"

夏灯摩挲了半天杯口，说："我不喜欢游风。"

"我说游风了吗？"

夏灯放下水杯："我去睡了。"

小姨把面膜揭掉，坐起来，朝着她的背影说："明天还有一场相亲，那是你妈给你找的第二个理想型对象。他是做投行的！"

夏灯头也不回地说："我要上岛给酒吧选址。"

"卡戎岛？你是要去选址，还是看新闻上说游风要去涂州开会？"

"选址。"

卡戎岛。

这个小岛今非昔比，现在旅游业发展得极好，连位置不好的门店都被租出去了。她转了一圈，别说租可以开酒吧的地方，就是租厕所都租不到。

"红酒绿"的楼倒还空着，占着最好的位置却荒废了，锁已经生锈，落满厚灰，石板路的两侧长满了枯黄的草。

游风买了这栋楼三十年的使用权，酒吧的老板不再经营酒吧，房东也不能把房子另作他用。

她在这里开酒吧最合适，但少了"灯"的"红酒绿"再也不是她的了，她没有资格去争取机会。

傍晚时分，她已经在卡戎岛上游荡了一天，最后站在原先泊着船的岸边，石雕般地看着波澜不惊的海面。

当年市政人员给她打电话，说在这边泊船违反新规，彼时她正在伦敦追踪一起案件的进展，就让他们自行处理船只了。过了很久，卡戎岛的文哥给她发邮件，照片上，造船厂的工作人员正在拆卸她的那艘船。她看着她的船四分五裂，心疼得食不下咽，生了一场大病，差点儿不能活着走出公寓。

她很清楚，自己心疼的不是船。

她吹够了海风时，舒禾又打来电话催促："灯，你咋还没到哇？！咱们的聚会就差你一个人了！"

夏灯看着已经锁上门的港口，说："今天没船了。"

"啊？你去岛上了呀？那你得明天才能回来了，这是你的回归欢迎会，你不在，我们还开什么欢迎会呀？！"舒禾说。

程程抢走电话，说："南边通桥了，你过桥去葫市，从葫市再打车回涂州哇，也就用两个多小时。我们等你，到几点都等！"

夏灯听她说着，已经走到路边，准备叫车过桥。谁知半小时过去了，没有人接单。

她被风吹得有点儿头痛，闭眼拢了一下头发，打开微信，点开一个聊天记录停留在八年前的微信窗口，抿了一下唇，打了两个字："忙吗？"

他没有回复消息。

这也正常。

她呼出一口气，继续等车了。

约莫十分钟后，他回复了："忙。"

夏灯用指甲掐着掌心，不再回复他了。


游风开了两天的会，没一个人可以准确地告诉他为什么贝塔号有效载荷的发射又失败了。他让他们好好地想想原因，打算明天接着开会。

从酒店的会议厅里走出来，他扯了扯领带，打开微信。对话停在了他回的那个"忙"字上，她没再回复消息。

他也没管这件事，收起手机。

秘书走过来，提醒他："您答应了唐夕，晚上要跟她一起吃饭。"

唐夕是知名演员，也就是绯闻中游风的结婚对象。

游风差点儿忘了这件事，说："嗯。"

他刚说完，贺仲生打来电话，说："你看高中的群了吗？你的前女友在卡戎岛上等车等三个小时了,还拍了一张照片,脸都冻红了。"

"与我无关。"

"我知道,就是告诉你一声,你忙你的吧。我看这几个群里的大老爷们都挺躁动的,他们不会让大美女吹太久冷风的,你放心吧。"

游风把电话挂了。

他随手打开高中的群,冷眼看了看夏灯的照片,立马关闭手机。

啧!

这都是他用过的把戏了。

她也不用点儿新鲜的招数。

"忙吗?"

啧!

他是她招之即来挥之即去的狗吗?

她是不是太自以为是了?

她还以为他是过去的那个离了她就活不了的游风吗?

可笑。

她真是可笑!

他没有理会群消息,回到房间里洗了一个澡,秘书已经为他备好了跟唐夕吃饭要穿的衣服,并帮助他穿好衣服,随他一起下了楼。

他们上车后,秘书对司机说了地址,游风突兀地打断秘书的话:"去卡戎岛。"

夏灯坐在路边的台阶上。看着年轻的游客戴着发光的头饰,看着他们骑着租赁的电瓶车在路灯下慢慢地驶过,她想起了她年轻的时候。

她那时喜欢游泳、发呆。比起跟大伙儿待在一起,她更喜欢独处。

同学给她起外号,叫她"海龟""大花瓶子",只有游风或许觉得他们形容得准确,却只会叫她"小潜水艇"。

她发现他爱她时,他就已经爱了她八年。

恍惚间又过去了八年,她不再执着于纠正BBC国际频道的偏见,接受了它就是工具的事实,但有些东西能失而复得吗?

大概不能。

她毅然决然地扎根伦敦,开始跟游风谈异国恋,然后因为案子经常失联,开始错过跟游风约好要共度的节日,忘记他的生日,通话的内容永远都是"谎言""伦敦的雨天""水泄不通的公路"……从那时起,她就已经无法挽回他。

她也不知道为什么那几年的自己总觉得爱情是世上最无用之物。

她真的很喜欢游风,说爱他也不夸张,却仍然确信她的青春另有用途。

她去闯荡了,游风纵有千般的不舍也放她走了,他们一别多年,结果她却毫无作为,甚至灰溜溜地逃回来了。

她原本无颜再回来找游风这处避风港,何况他即将结婚的消息已经传遍大街小巷。

但她不甘心。

想到这里,她低头看被自己掐红的掌心。她看到游风和唐夕的新闻后,无意识地做出了这种动作。原先她都不会有"忌妒"这种情绪,现在心里全是这种情绪。她怨自己把他拱手让人,也怨他变心,却无能为力。这是她一手促成的,不是吗?

她忽而凄苦地一笑,恍然间意识到——她落得这么一个下场,未必不是受到了研究人类学研究到走火入魔的影响。

人哪,怎么能被研究透呢?

已过晚上十点,她跟舒禾、程程打了招呼,决定在岛上过夜。

她忍着头痛走向民宿区,一辆Brabus(博速)大G忽然急刹车停在她的面前,车窗匀速地下降,游风卓绝的侧脸占据了她的视野。

游风用两根手指扶着太阳穴，漫不经心地看向她："我以为是谁大晚上走在马路的正中间呢，原来是老同学。怎么？你叔叔的事业已经拓展到旅游业了？他把卡戎岛买了？"

夏灯思绪万千，突然无话可说。

游风看起来也没有兴致跟她周旋，扔下两句阴阳怪气的话就走了。

他以前也这样咄咄逼人，但行动从不含糊。他说一百句嫌弃的话，就会做一千件爱她的小事。

那时候，他是夏灯的限定版游风。

她越想越头痛，手心里的印子又多了两道。

她继续前往民宿区，又有一辆商务车停在她的面前。车门被打开，司机探出身子对她说："姑娘，订了凭栏处的民宿吧？我是接送港的司机，是过来接您的。"

"我没订民宿。"

"可能是您的朋友给您定的，要不您打电话问问？"

夏灯拿起手机，看到舒禾的消息：灯，我给你订了凭栏处的海景房，你晚上就好好地休息吧，明天咱们再聚也一样。

她上了车。

凭栏处民宿的屏幕上显示所有的房间都已被预订，但她顺利地入住了海景房。

房间在十五楼的中部，阳台连接着无边的"泳池"，长长的海岸线一览无余。

她没心情欣赏景色，麻木地洗了澡。

十一点她已经躺在床上，却睡不着觉——房间整洁舒适，隔音却差得离谱儿，隔壁的情侣异常活跃，她闭上眼都能想象到画面。

她坐起来，拿起手机发微信。

夏灯：你在几号房间？

过了十多分钟，游风回复了一个问号。

夏灯：不提前一天订凭栏处的房间是订不到的，当天只可能订到长包房，舒禾没闲钱订这里的长包房。

游风：我就有闲钱吗？

夏灯：那可能是我猜错了，对不起。隔壁的情侣不睡觉，我也睡不了，以为你也在这里，想跟你借沙发睡一下。

游风没再回复她。

夏灯刷了几下列表，切换了两次网络，确定他没有再回复消息，这才放下手机。

凭栏处十七楼中部的房间里，游风刚洗完澡，把双肘搭在双膝上，衬衫的衣摆垂到腿根处，扣子自上而下地被解开一半，趋于透亮的肌肤上还有水珠。

他吃着葡萄看夏灯的消息，她猜得倒对，就是这个借口太拙劣了点儿。

隔壁的情侣太吵？她想借他的沙发睡一下？

破招式，狗都不用。

他正看着聊天记录，夏灯又发了一条消息。那是她的自拍照，他不由得坐直身子，她却撤回了消息。

夏灯：对不起，发错了。

他收回说她的招式破的话，回复她。

游风：我在1702。

夏灯：他们结束了，不用了，谢谢。

他凝视这句话半天，烦躁地把手机往桌上一甩。

夏灯看到"1702"，差点儿就上楼了。

游风当真不再回复消息，她终于关掉与他的聊天框，翻开他的朋友圈。

他只发过四条朋友圈,每两条朋友圈之间都隔了四年——

"第一天,认识了新同学、老朋友。"

"［图片］我的。"

"［表情］。"

"准备结婚。"

内容如此抽象,她却清楚其中的含义。

第一条朋友圈是他中学入学时发的,他们都是新同学,她是老朋友。

第二条朋友圈是他们在一起时他发的,他公开了他拼接的两个人的照片。照片中他指向她,上面就只有两个字——"我的"。

第三条朋友圈是他离开中国空间技术研究院、成立自己的公司时发的。那天,网上关于他的报道铺天盖地,他却在半夜发了一个海浪的表情。他在想她,希望在那么重要的时刻,她能陪伴着他。

第四条朋友圈是他最近发的,一直对外宣称单身的他突然要和知名演员结婚了。

她看着朋友圈发愣,喉咙里突然变得又酸又苦。她觉得这是自食其果的滋味。她活该。


游风早早地回了市里,因为还要开很多会。

夏灯去餐厅里吃早餐时,露天的停车场里已经没有那辆Brabus大G了。

她也没在岛上多待,返回涂州,去见了舒禾和程程。

两个人相互抱了她五分钟,深吸了几口她的气息。

舒禾满脸怀念地说:"还是熟悉的雪松香,我好怀念哪!"

程程说:"你结婚、生孩子、生二胎、离婚,把事情安排得这么满,还有空怀念灯啊?"

舒禾瞥她一眼,说:"你自己谈一个崩一个,还不兴我体验一回婚姻哪?"

"我谈一个崩一个是对我自己的保护。"

"得了吧,我要不是知道你早就想安稳下来了,还真信了你这种鬼话。"

她俩一如既往地打打闹闹,夏灯在一边静静地听着。

程程拉着夏灯的胳膊,说:"我对着灯发誓,这不是我想安稳了,是落差所致。身边的人都结婚生孩子了,我肯定失落,但就失落一会儿。过了这段时间,我只会庆幸我没有迈出那一步。"

舒禾都快哭了,说:"你必须给我结婚生孩子!凭什么咱们三个里只有我吃了这份苦?!"

程程挽着夏灯的胳膊,笑得舒爽:"多亏了你呀,要不是你婚后过得这么惨,我也不会坚定地当不婚主义者呀!"

舒禾把抱枕扔过去,扭头跟夏灯叫屈:"你看看她!"

夏灯说:"你跟她说,以后再想玩团子,自己生。"

程程的笑声顿时停滞了。

舒禾后知后觉地明白了程程的死穴,"啧"了一声,恍然大悟道:"我说呢,你隔三岔五地把我的闺女接走,都把算盘打得冒火星了吧?抱小孩的瘾一上来,你就对我的闺女下手!"

程程嘴硬,说:"我是干妈,不能喜欢孩子呀?我又不是不给我的大闺女买礼物。"

夏灯用手撑着脑袋听她俩斗嘴,十分惬意,粉唇微扬。

她们的话题很广泛,她俩兜了一大圈才将话题拉回到夏灯的身上,她们看似是不经意而为之,其实准备了很久。还是舒禾开启话题:"哎,灯,你最近没找一个男朋友吗?"

"没有。"

程程坐到她的旁边:"你别对男欢女爱失去兴趣啊,灯,遇到一个让你不顺心的人,不代表以后遇到的人都不合你的心意,你多给别人和自己一点儿机会呗!你的条件那么好,市场不得遍及五湖四海呀,可别荒置了!虽然那个让你不顺心的人的条件很好,但世上就男人多,你扒拉扒拉他们还是能找到'好菜'的,'饱餐一顿'不是问题。"

舒禾附和道:"是这个道理。"

舒禾说完话,想起游风不久前刚给夏灯订了房间,还是以舒禾的名义订的房间。舒禾不懂他们的关系,决定不多嘴了,遂话锋一转,说:"不过话又说回来,你看很多事也不能只看一面。"

程程"啧"了一声,戳了一下舒禾的胳膊:"你是哪边的?"

舒禾当着夏灯的面,不好跟程程说游风拜托自己的事,皱眉咂嘴,有口难言,说:"我就那么一说,凡事不得客观地看待呀!"

"客观什么客观?闺密的这个身份就注定了你不能客观地看待事情,我又不是让你断案,你跟我提客观?!"

"不是,你不知道……哎呀,我怎么说呢?"

"那就别说。我还不知道你?你上学时跟那些俗人一起巴巴地追着游风跑,不遗余力地给他增添魅力呢!"

"怎么又说到我的头上了?那时候大家都喜欢游风,我跟一下风怎么了?我又不犯法。"

"不怎么,就是你现在强调的客观不太客观。"

"行行行,不跟你说,灯自己有判断力,是吧?"

"嗯。"夏灯打断了她们的小分歧。

夏灯的态度让她们不敢再提这件事,话题重新回到婚姻和孩子上。

三个人的聚会持续了三个小时,结束后,夏灯回了她在涂州的家。

站在门口，她回忆起程程和舒禾的那番话来。

她根本没有荒置时光。

但她不想说这些事。

想到这里，她顺手切换了微信，正好看到那个人发来消息。

游风：有空吗？

百合：有。

对方发了一个酒店的地址。

夏灯懒得出门，就把自己的另外一套房子的地址发过去了。

百合：来我家吧。

过了一会儿，那边的人回复"好"。

她关闭手机，靠在吧台上。

她展现出与"夏灯"截然相反的风格，觉得自己掩饰得无懈可击。他从未怀疑过就是最佳的证明。

她没法儿对程程和舒禾说和游风分手的八年间，自己还一直跟他保持联系。这不潇洒。

而且她们还会知道，游风一点儿也不爱夏灯，刚跟夏灯分手就跟百合待在一起。

夏灯的这八年过得不紧不慢，是因为她和游风还有这种关系。

游风的日子也过得不紧不慢，其实这就是他变心的铁证。

夏灯越想越生气，又发过去一条消息。

百合：我忘了，今天不方便。

过了很久，对方才回复消息。

游风：你不舒服吗？

夏灯冷眼看着手机，他对她还挺关心！他对那个演员也挺关心吧？

行。唯独对她这个他声称暗恋了八年的人，他一点儿都不关心！

他装模作样地给她订房间，其实是想跟她也保持联系吧？

渣！

她赌气地回复他。

百合：是，我怀孕了。

对方不再回复消息了。

夏灯拿来了酒，靠在沙发上，对月独酌，没一会儿就有了一股倦意，迷糊地睡去。她还没歇够，门铃就响了。她被惊醒，睡眼惺忪，扶着靠背起身，挪到门口："谁？"

"我！"

她打开门，来人是游风。

游风还穿着拖鞋，一副居家的休闲打扮，上来便握住夏灯的胳膊，稳住她的重心，说："你很能啊，谁敲门都给开门。"

夏灯又醉又困，把前边的情绪忘得一干二净，一头扎进他的怀里："你又不是谁。"

"是吗？我是谁？"

夏灯从他的胳膊下的缝隙中看到对面的门开着，磕巴着问道："你怎么会住在我家的对门？"

"有人把对门的房子送给我了。"

"真大方啊……"夏灯一时没想起房子是她的小姨送给他的。

"所以，我是谁？"

问题好熟悉，夏灯还记得答案，那时他不知疲倦、一遍一遍地问她，逼她记住他是她的男朋友，永远比别人先一步来到她的身边。

时过境迁，她用双手钩住他的脖子，拽弯他的腰，贴着他的唇，悄声说："贱男人。"

游风没什么反应,仍握着她的胳膊:"嗯,贱男人。你喝了多少酒?"

夏灯摇头:"我没喝酒。"

游风朝房内望了一眼,看到三得利的两款威士忌的空瓶,皱起眉:"你不想活了?"说完他摸摸她的额头,额头热得很,于是他熟练地打横抱起她,把她放上床,回身准备给她点一份醒酒汤,手腕却被她拉住。

他回过头,她连眼都不睁,手却抓得牢,他掰都掰不动。他坐下来,看着她:"你现在知道抓紧我了,不觉得晚了吗?"

夏灯颤动眼睫,喝酒后嗓子有点儿哑。她说:"我头疼,胃也疼,能不能麻烦你照顾我一下?"

她十分客气,好像已从醉意中清醒过来。游风瞥过去:"你让谁照顾你?贱男人?"

"对不起,我喝多了,那都是醉话。"夏灯抱歉地道。

"你不是说没喝酒吗?"

"……"

夏灯耍起无赖来,说:"我忘了。"

游风对她拙劣的把戏置之不理,不甚在意地道:"我当你说的全是醉话。我们早就分手了,夏灯。"

夏灯松开了他。

游风没有多留,也没给她订醒酒汤。

夏灯把手背搭在额头上,呆望着天花板,有些部位疼得比头部严重。愤怒的情绪不知何时已经烟消云散。他说得对,他们早就分手了。

游风回到对门的房间里,拧着双眉扶住柜子,手臂上的青筋骤然变得明显。他好像被她传染了，突然头痛欲裂。

沈佑在这时打来电话，问他开没开完会、什么时候来聚会的现场。

航大的同学听说游风来涂州了，都想添一把柴火，烧一烧热灶，不约而同地聚到一起，巴望着他这尊大佛大驾光临。

游风没心情参加聚会，说："我答应了吗？"

"我问你了吗？这是通知。你敢不来，我就把你和唐夕的绯闻是假料的事泄露出去，让你身败名裂。"

游风把电话挂了。

沈佑又打过来电话："你能不能有点儿素质？你把事业做得再大也是要交际的，行走社会，人脉关系是重中之重，你不懂？"

"向下交际等于扶贫。"

"……"

沈佑不需要游风来告诉他这一点，所以游风大概知道了，这场聚会有非去不可的理由。理由可能是女人，游风便问："谁去了？"

他们是十年的兄弟，对彼此知根知底，沈佑坦白地道："梁麦，还有她现任的男朋友。"

梁麦是沈佑的前女友、他们航大的校友，沈佑读博时两个人在一起了，他博士毕业时他们分了手。

游风明白了，说："雄竞现场。"

"……"

"你好好地享受。"

"……"

"就你会阴阳怪气，赶紧过来！我急需你的支援！"

"我没空。"

"哦，对了，我们在小柳家的总店里。你知道吧？小柳家的老板跟谈判官余焰女士是老友。刚才老板招待了自己的外甥,他们就在隔壁的包间里。"

"别卖关子。"

"她的外甥是做投行的,咱同学里有人认识他,听说他是来涂州相亲的,相亲对象正是余焰女士的女儿——我们新闻界的翘楚夏老师。"

游风已然猜到这个事实。

沈佑胸有成竹地说:"我等你。"

头太痛了,夏灯翻遍药箱都没找到喝酒后能吃的止痛药,只能坐在吧台前,不停地把头撞向吧台的边缘以缓解疼痛。

七点刚过,门铃再次响起,她没动弹,先问:"谁呀?"

"您好!外卖!"

夏灯没点外卖,但还是走过去,打开门,看到四五个纸袋,皱眉问:"送错了吧?"

外卖员看了一眼纸袋上的姓名,问:"你不叫'夏灯'吗?"

夏灯不再问了,把纸袋接了过来。她把纸袋拎到岛台的餐桌上,一一地拆开,里面有解酒糖、解酒的饮料,还有粥和汤。

她不自觉地扯动唇角,把糖放进嘴里,酸甜的味道驱使她打开微信。她找到游风的对话框,打了"谢谢"二字,手指在发送键上悬了半天,终是没有落下,她删掉文字,退出了对话框。

她含着糖走到窗前,余焰女士如期打来电话,也不兜圈子,直言道:"你没看上初臣的话,试试易循。"

夏灯拨弄着窗帘的小细绳:"妈,你再找名字是两个字的男人恶心我,我就不接你的电话了。"

"你不是喜欢名字是两个字的男人吗?"

"我挂电话了!"

余焰不气她了,说:"我帮你看过了,他长得很帅,满足你对外表的要求。性格……嗯,你的柳姨说他的性格挺温和的,这可能不是你喜欢的,你喜欢那种眼睛长在头顶上的人嘛,我知道……"

"妈!"夏灯听不下去了。

余焰笑了。她也不知道自己为什么这么喜欢逗宝贝女儿,多年以来从不厌倦,说:"你和他处着嘛,多交朋友,改善心情。"

夏灯感觉头痛减轻了些,心不在焉地接话:"心情坏得严重,修不好了。"

"那你就回家来,爹妈是最棒的修理工,没有我们修不好的心情。"

夏灯忽然一笑,这倒不假。她说:"嗯。"

"你去见见他,不喜欢他也没事,只当是替我去看望一下你的柳姨。"余焰温柔地道。

"好。"夏灯说,不再拒绝了。

等到醉酒的症状消失,她洗了澡,冲去酒气,换上了浅色系的衣服。

她迈出家门,看见对门,才想起这套房子被她的小姨买了,小姨把房子送给了游风。原来大方的是她的小姨。

她没在意这件事,也不多想为什么明明住酒店更舒服,游风却要住在这里。


小柳家的老板一家接着一家开连锁饭店,饭店在不知不觉中遍布了长江以南的地区。总店似乎被翻新过了,从内到外已经变成了简约的风格。

约定的包间在楼上，夏灯正要上楼，被喊住了："你就是夏灯吧？"

她扭头看到一张陌生的脸，猜测道："你是易循？"

男人点头，微笑道："嗯。"

气氛尴尬得很突然，但也合乎常理。夏灯毫无交流的欲望，他们了解对方的身份后便没有说话了。

两个人堵在楼梯口长达三分钟，还是柳老板过来跟夏灯打招呼，尴尬的气氛才没继续蔓延。

聊了两句，柳老板把夏灯带到了包间里，为自己的外甥铺路："姨听你妈说，你这次回国后就不走了？"

"嗯。"

柳老板跟易循对视一眼，并不掩饰喜悦，说："姨就在等你的这句话。接下来你是不是该考虑个人问题了？"

"嗯。"夏灯说，就像玩具汽车，对方推一下，她动一下。

柳老板更觉得喜悦了，说："正好！你跟易循年纪相当，小时候你们还有过一面之缘，可以试着交往一下。"

易循确如余焰形容的那样温和腼腆，没有对柳老板的这个提议表态。

夏灯终于开始主动地说话了，说："我想先创业。"

柳老板以为她害臊，把她的手拉过来摩挲着："可以呀，柳姨对创业有经验，可以帮助你呀！"

柳老板刚说完话，包间的门被人从外打开，沈佑端着酒杯左顾右盼，不知所措地道："哎哟，进错包间了。"

他说完就要走，却往回看了一眼，然后演技拙劣地惊道："夏灯？你回国了呀？好久不见！"

柳老板和易循默契地做出不明所以的样子。夏灯看穿了沈佑的用意，显得有些漫不经心，淡淡地道："好久不见。"

沈佑可不害臊，旋即坐下，叙起旧来："我前两天还在说，夏老师是新闻行业里的清流，怪不得在海外的知名度高。"

夏灯没看柳老板和易循的脸色，估计他们的脸色不太好看。

沈佑自顾自地说了一堆话，一拍大腿，想起什么事似的，又说："我见到旧友太激动了，忘了一件要紧的事。"

夏灯预感到她可能知道这件要紧的事。

"游风在隔壁，你要不要见见他？兄弟现在混得可不错呢，人家媒体评价说，别人干十年的投行都不如他一分钟创造的价值高。"

易循的脸色更难看了。

夏灯假装不知道根本没有媒体这么评价，说："不了。"

易循不再维持表面的温和，说："这位朋友寒暄完了吗？我们要吃饭了。既然你们是朋友，你应该知道打扰别人的约会是不礼貌的吧？"

沈佑看过去，笑道："哥们的戾气真不小，不知道的人还以为你现在是夏灯的男朋友呢！"

"也许就是呢？"易循应道。

沈佑嗤笑，看了一眼桌上油腻的菜："夏灯贫血，你连她吃不了太多含脂肪的菜都不知道，敢自称是她的男朋友？"

易循一愣，看向夏灯，眼神里充斥着询问之意。

夏灯没解释。

柳老板怕沈佑是来砸场子的，站出来当和事佬，对双方都劝了一遍，礼貌又体面。

沈佑给了面子，偃旗息鼓，不再多待。

他刚走到门口，游风找来了，穿了件紫色的衣服。紫色有贵气感，他竟真的给人一种错觉——别人做十年的投行,都不如他做一分钟的投行创造的价值高。

夏灯的心一惊,指甲又陷进指腹里。

易循一眼锁定游风。

柳老板不由得皱眉。她可知道这个人,曾亲眼见过他跟夏灯出双入对。

沈佑抬头看见帅哥,当即心里踏实了。谁能比游风帅?游风这不是赢定了?沈佑扶住游风的胳膊,悄声道:"雄竞现场,你享受吧!"

## 第二章
## 水艇撞上飞行器

游风表现得好像这是一场偶遇,姿态随意,目光并未在沈佑以外的人的身上停留,他端着酒杯的手却明显绷紧了。

他转身就走,沈佑一把拽住他,用眼神询问:你还是不是男人?

游风也以眼神回应:你是男人,待着吧。

他离开时用余光扫了一眼夏灯的脸,看起来对她的一切毫不在意。夏灯指腹上的印子越来越深。

沈佑没拽住游风,放他走了,不慌不忙地回身笑道:"那我也不打扰你们了。但我还是提醒哥们儿一句,你没有暗恋她八年,不知道什么叫忠诚的骑士;你没有对她的每一个习惯和喜好如数家珍;你没有明明舍不得她,心里巨疼,却还是咬牙送她上飞机的经历;你也没有再浪费八年做'潜水艇号'的决心。所以你别随便地说你是她的男朋友,'她的男朋友'这个身份,贵得要死。"

易循和柳老板都像被施了定身法般僵住了。

酒精的危害卷土重来，夏灯的胃部和头部又开始了新一轮的剧痛。

沈佑言毕，一拍额头，十分懊恼地说："我真是……别怪罪呀，喝多了酒就是话多，我信口胡诌，这位哥们儿不要当真啊……叫什么来着？"

易循慢半拍地回答："易循。"

"名字不错，就是不太好听。"沈佑一碰嘴唇，说得尖酸刻薄。

不速之客都离开后，夏灯已经难以忍受头痛。所以在易循关切地对她说"不喜欢吃这些菜，我们就换掉"时，她站起来，抱歉地道："对不起，我要去一趟卫生间。"

她猛地推开门，快步走进卫生间里，打开水龙头，粗鲁地搓着手……好像她这样做，那颗悬浮的心就能降落了。

易循好像不只说了把菜全换掉的事，但她的脑子里只有紫色的身影。

"潜水艇号"，她第一次知道这个词，这是游风秘密地跟沈佑说的话吗？那沈佑透露出来这些话，会不会对游风造成不良的影响？

夏灯胡思乱想着，微信里突然有了新消息，她点开微信，看到沈佑私发的小视频——

超大的包间里，游风站在人群的中间，有礼貌地与人交谈着，深紫色的西装衬得他的皮肤更加白皙。在后半段视频中，他抿着唇，轻蹙眉头，像是遇到了难题。

夏灯看完视频，沈佑也撤回了消息，发来一条新消息。

沈佑：夏灯，不好意思呀，我发错了。

夏灯没有回复他，转身进了单人卫生间。

仿佛是命运看她不爽、加以报复，褪去少年气的游风变得更遥不可及了。

夏灯深知如果对方正名噪一时，财富长了腿似的往他的怀里钻，那钱在他的眼里估计与粪土无异。

她有钱这个条件就不具备优势了。那她凭什么让他回心转意？凭初恋的身份？

她突然不懂自己为什么要自取其辱地决定回国了。不过是他要结婚的消息传到了大洋的彼岸，她就火急火燎、毫无准备地回来了。

这根本就是她的朋友和家人的错，他们像热锅上的蚂蚁似的来告诉她这件事，就是要往她的伤口上撒盐，就是不安好心……

埋怨到一半，她咬咬唇。

她怪别人干吗？她不在意这件事就不会被伤害呀！说到底，她还是因为快要难受死了，才巴巴地回来了。

她在门内唉声叹气，又怨愤又委屈，过了好一会儿才拧开门锁。拉开门，她看到游风就在门外，不由得睁大双眼，想说这是女卫生间。这时远处传来了笑声。

游风反应迅速地拉住她的手腕，迈上台阶，进入单人卫生间里，顺手把门锁又拧上了。

夏灯退无可退，就在他的胸前呆站住，不动了。

门外的几位女性不着急离开，聊起天来："都二十八了，游风可一点儿也不显年纪大，我原本以为咱们的这个行业是衰老加速器呢。"

"他一看就注重保养，解开外套的扣子就会露出腹肌。"

"咱也不知道这个夏灯是怎么想的。"

"有钱人都喜欢追求精神满足，但精神层面的满足本来就是一个虚得不能再虚的概念。"

"问题是夏灯也追求到了精神满足，一个中国人能晋升到BBC的那个职位,我能想象到这是她掉了几层皮换来的结果。"

"唉,卷吧,越有钱越卷。"

"我现在就盼望我的老公能把游风哄开心了,他能跟游风的公司讨一个职位。房贷的压力太大,我们快要愁死了。"

"明年房价还得跌,你俩不行就赶紧出手吧,还能少赔点儿钱。"

"啊啊啊!硕士和博士遍地都是,都削尖了脑袋争一两个职位。"

"你不能这么算,这一两个职位值得争是有道理的,你在这种职位上基本可以兼顾理想的世界和现实的生活,争是必然。你要是用这种学历去找月薪低的工作,肯定不用争。"

"我这辈子就这样了,下辈子希望能投一个好胎。我也想体验一回出生在罗马的人生。"

"有钱人更卷。"

"就是卷,我也要有钱。"

"不过你也很好看,要是纯粹想过得富裕点儿,可以去当网红啊!你看,那个唐夕迅速蹿红,身价暴涨,还要嫁给游风呢。"

她们不知疲倦,越聊越爽,游风和夏灯被困在狭窄的空间里,只觉得越来越窘迫,尤其是几位女性的话题还不时地涉及他们二人。

游风在隔断板上拍了两下,外头的对话戛然而止,随即越来越远的脚步声传来。

夏灯抬腿要走,游风却不动弹,正好堵住门。她侧身也过不去,无奈地抬头,突然因为低血糖感到一阵头晕,下意识地抓住他的衣襟。动作太急,她不由得前倾身体,额头不出意外地撞上他的胸膛。

她佯装自然地松手、抽身,淡淡地道:"请让一下。"

游风也不为难她,让开了道。

但空间还是太小,夏灯就又抬头,刚要说话,感到脑袋的左侧针刺般疼痛起来，又低下了头。

游风就问她："要不我再让你靠一会儿？"

夏灯攥紧拳头："不用了。"说完她就擦着他的胸膛过去了。

夏灯高跟鞋的动静越来越远，游风还在女厕所里。他也攥了拳，还深深地呼出一口气。

他差点儿忍不住把她抱在怀里了。

沈佑打来电话："你干吗去了？这么半天。"

"上厕所。"

"放屁！我去找了，你不在里面！"

"女厕所。"

"……"

沈佑憋了半天，终于骂道："你是不是疯了？"

在小柳家一别多日后，除了在新闻里，夏灯再没看见过游风。

她也逼自己不去想他，专心地整理国内餐饮行业的资料，见了一些领军人物，实地考察了一番，锁定了几个新鲜的花样，也想了想营销策略。

她不只是开酒吧，还要争取让各个民族的人都能在她的地盘上和平地相处。

让他们和平地相处不是她的目的，目的是要继续钻研世界民族专业。

她只是对原先的单位失望，但对她的专业永远致以崇高的敬意。

周末有空休息了，她去机场接了她在伦敦交的朋友——时尚杂志的编辑方闲越。

夏灯载着方闲越来到海边的一家做云南菜的饭店里，继续聊重逢后的话题——夏灯开酒吧的决定为什么会是思想倒退的证明。

方闲越说:"你有财力,可以通过旅行来深造,为什么要扎根在一个地方,等着五湖四海的人来?"

"深造是一方面,我也想过得安稳一点儿了。"

方闲越不可思议地道:"你还是我印象中的那个拼老命的新闻人吗?你怎么计划起养老来了?"

夏灯捧着杯子说:"拼老命是消耗生命,消耗生命换取成果,太对不起自己。"

方闲越无法反驳这一点,不劝她了,说:"那你准备一边享受生活,一边深造?你是不是早就想好怎么享受生活了?"

夏灯还没想好这件事,说:"我边走边想,也算享受生活了。"

"也是。"

方闲越放长假,要在国内待一段日子,已经看望过家里的人,打算把剩下的时间交给夏灯安排。

她们吃完饭,夏灯把方闲越带回了家。

易循在这时发来消息,想约夏灯吃晚饭。

经过上次尴尬的"相亲",夏灯以为易循会认识到他们不合适,没想到他不仅"相"中了她,还爱上了穿紫色系的衣服,不时地跟她"偶遇",谈话时也刻意提到财产、社会地位这些话题。

他还喜欢跟夏灯分享一些小事,比如他去健身房时,工作人员说没有适合他的项目,因为他们一看就知道他的身材太好,说他根本不用健身……

所以夏灯在余焰问她跟易循聊得怎么样时,只能不知所措。

方闲越看到了易循的消息,怀疑他是夏灯扎根涂州的原因之一,仿佛看透一切般眯眼问:"你不是因为他才待在这里的吧?"

夏灯正给她换床品,闻声皱眉道:"你的想象力别太丰富了。"

"那你约他出来。"

"不要,我约他的话,他肯定会以为我对他有意思。"

"这是借口。"

夏灯无奈地说:"那你约他吧,随便约。"

方闲越拿起夏灯的手机,打开微信,发完消息,说:"没事,你要相信我一定能把约他的行为解释得很完美。"

"多此一举,你不约他都不用解释。"

"我来找你玩,你都没给我安排一点儿娱乐项目,我再不自己找点儿乐子,过这个长假还有什么意思?"

夏灯投降。

晚八点,桃里House(住宅)。

夏灯和方闲越坐在K区里,咬着吸管小口地饮酒,等待八点半的演出。屏幕上显示,今天的黄金时间段里有一个知名乐队要演绎其热门的单曲。

方闲越看着旁边的空位:"他怎么还不来呀?"

夏灯想起他们"偶遇"时易循都会搭配一身突破常规的衣服,随口道:"他可能还在打扮自己吧。"

方闲越笑了,说:"你有必要这么夸张吗?"

夏灯对此漠不关心,无聊地咬瘪吸管。

八点多,有人来了,来的不是易循,是游风。

夏灯看着游风坐在她旁边的空位上,他懒散地眨眼,目光稍显随意地落在她微惊的脸上。他说:"不是你约我来的吗?"

夏灯反应过来,用眼神询问方闲越。

方闲越一点儿也不心虚,说:"哦,忘跟你说了,我没约那个人,约了你微信的置……"

夏灯伸手捂住方闲越的嘴。

方闲越了然,再看向游风,眼神里有了敌意。原来这才是让夏灯扎根涂州的人。

乐队就位,演出即将开始,夏灯如坐针毡。

游风给夏灯点了一杯软饮料,把饮料拎到她的面前时随口道:"你还把我的微信置顶了?"

"……"

方闲越是声控,比起游风的脸,他的声音更能引起她的注意,尤其是他刚刚说这句话时的声音。于是方闲越释怀了,敌意散尽。

她支持夏灯吃点儿好东西。

夏灯却没有方闲越的心情,匆匆地离去。

方闲越后知后觉地跟上去,过马路前拉住夏灯的胳膊,迎风问:"你干吗,跑什么呀?"

"他要结婚了。"夏灯说。

方闲越愣了愣,又说:"那你……"

夏灯走到一边,扶住栏杆,看着车水马龙的景象,说:"其实我也没弄清楚。"

方闲越明白了,问:"你害怕真相?"

"他跟别人结婚的消息无论是真还是假,我都难受。消息是真的意味着我会彻底失去他,消息是假的又代表我这辈子都还不起欠他的情了。我太胆小,一想到我总是伤害他,就觉得还是不要再去打扰他了。"

"那你还喜欢他吗?"

"我从来没不喜欢过他。"

方闲越握住夏灯的胳膊。

夏灯看着前方:"所以我管不住自己,下一万次放过他的决心,再一万零一次推翻自己的决定。"

方闲越想劝夏灯随本心行事,却又知道对方从来就不是看不清自己的人。夏灯这样犹豫,一定是很在意游风了吧?所以她怎么决定恐怕都会有遗憾。

游风没走,端起夏灯喝了一半的酒,叼住被她咬瘪的吸管,面不改色地看起演出来。

其间有女生来要微信,他淡淡地回复:"已婚,太太姓夏。"

女生感到莫名其妙——没人问你的太太姓什么呀,我就是想要你的微信而已……

游风这时还没有离开的意思。第二个人过来要微信时,他就不再装成一个看表演的人了,终于起身离开。

他回到酒店里,脱掉鞋子,光着脚走到窗前,俯瞰富饶的涂州。

工作时总是很忙碌,他抽不开身,不停地乘坐航班,基本都在往返机场的路上休息。前几天他好不容易有了片刻喘息的时间,给百合发微信,她还不回复消息。

他其实有点儿慌。

夏灯又失眠了。这八年来,她每次见游风后都会失眠,还很憋屈,一边感叹他真厉害,一边想着在他的眼里她只是百合。

想到这里,她切换了微信,看到了游风前几天发来的消息——"有空吗?"

她烦，把手机扔在了一边。

没空！走开！

好一个贱男人！

虽然她的潜意识里觉得这中间可能有误会，但这并不妨碍她要骂他。

游风回忆了一下，这八年间，一年差不多有七八次，夏灯在那儿装模作样，抛却了她原来的习惯，还尖着嗓门儿说话。她以为他不知道那是她，他也成全她，让她装嘛。他一向纵容她。

但现在，可能是因为他放出去了结婚的消息，她想结束那种关系了。

他真是搬起石头砸自己的脚……

他烦躁地闭眼，手机响了，他又烦躁地打开手机，她的消息赫然出现："有空。"

游风把酒店的地址发给了夏灯，急不可耐时想起他没面具，又给她发消息。

游风：麻烦给我也带一个面具。

夏灯本就有一股怨念，现在明显还在赌气，回复了一句"那就算了"。

游风：我现在出去买面具。

放下手机后他犯了难，现在商场都关门了。游风思量片刻，给沈佑打电话，听到一声拉长尾音的"哟"，沈佑问："我们的总指挥，怎么了？"

"给我找一个面具。"

"没有。"

"我可以做你的那个项目。"

"好的大爷,你要什么款式的面具?几点要?我亲自把面具给你送过去。"

"现在。"

"你……你现在就要面具,我从哪儿给你弄?"

"你自己想办法。"

游风挂断电话,走到窗前,躺在拉力器上,完成了一组标准的仰卧起坐,接着洗了两次澡,刷了五遍牙。

他翻遍行李,找出一件与他赴约桃里时穿的衣服有些相像的衬衫。现在他看起来就像没换过衣服一样,没有精心地打扮自己。

夏灯来得不快,沈佑却始终没把面具送到。

游风打开门,夏灯一改往日的习惯,穿得很花哨,低着头站在门口。

她还戴了帽子、口罩,穿的鞋是她以前从未尝试过的款式。她还挎着一个LV(路易威登)牌的包。

游风知道她不喜欢这个牌子,柜子里可能摆着一个系列的LV牌包,她却不会把它们背出门。

她在用力地表达自己不是夏灯。

他一时忘了把她迎进门,她像是等得厌烦了,终于抬起头,看到他没有戴面具,皱起眉,捏着嗓子道:"你违反了约定。"

游风理亏,没立刻回答。

夏灯扭头就走。

游风拉住她的胳膊,手缓慢地滑落至她的手上,又缓慢地抬起。他用她的手缓慢地遮住他的眼睛:"这样行吗?"

夏灯咬紧牙,没拒绝。

"关灯。"夏灯进门后，提出第一个要求。

游风无条件地听从她的安排，关灯，又拉上窗帘。

"不能亲我。"这是老规矩。

游风可不愿意，说："都关灯了，我看不见你。"

"那也不行，我不喜欢被亲。"

"能说说原因吗？"

这是熟悉的游风式口吻，夏灯听烦了，说："你少管。"

游风察觉到她心情不爽，一如既往地避开隐私，率先开口："我去洗澡。"

夏灯一如既往地坐在沙发上，听着水声玩手机。

游风洗澡快，夏灯赌气，心想：我值得他这么迫不及待吗？方闲越在判断男人这个物种时真是一针见血。

第一次跟他做这种事时，她还很忐忑，很怕被认出来。他太了解她，她的演技并不精湛，在他的眼里必然都是破绽。但他没发现她的身份。

她说她叫"百合"，他信了，还说"百合"很好听。

她说不能开灯、不能摘面具、不能接吻也不能牵手，他都同意了。

她还试探过他，间接地问他跟她做这种事时会不会想起他以前的女人。

据他所说，他以前的女朋友生性冷淡，没这么主动。

那时她十分难为情，面具后的脸红如晚霞。

她渐渐地接受事实了，他跟其他男人一样。他即便暗恋了她八年，也会说忘就忘，她换一个身份，他就认不出她了。

她不愿意这样做，但每次他发来消息时，她都很难拒绝。

游风的身体是她熟悉且爱的，没有人比他更适合帮她缓解压力。

本来一切还算如意，但她的事业惨遭重创，他又突然宣布要结婚，她一下子觉得人生也太残酷了。

她越想越难过，抠着手质问自己：这八年里她在干什么？

游风不知何时来到她的面前，蹲下，把被她抠出印子的手指拢入掌心里，也不说话，只轻缓地揉着。

夏灯看着他的这番动作，没忍住问道："我在新闻上看到你了，新闻上说你要结婚了。"

游风没回答，只把她的手指拉到唇边吻了吻，说："你的心上人要是知道你这样掐自己，不得心疼死？"

心中苦涩，夏灯抽回手来："不会，他早就死了。"

"……"

游风睡不着了，到吧台旁开了一瓶酒，给自己倒了一杯酒。

他也不想变成这样。但若没有它们，他根本无法在高强度的工作和对夏灯的强烈想念中存活下来。

融入成人世界的第一步，就是要学会独立而无声地咽下苦楚。

但他不是接受命运摆布的人，所以咽苦楚咽到一半就停下了，想办法让她回了国。

她回来了，接下来他就要让她相信，游风只跟夏灯结婚。

夏灯回到家里，客厅里的灯竟开着，方闲越就坐在吧台边，看起来在等她。

夏灯有些心虚，却不准备说谎。

方闲越没问夏灯去哪里了，只是晃着酒杯，悠闲地望着杯中的酒，淡淡地道："我没多少道德感，你也是这样吗？"

夏灯知道方闲越的意思。

方闲越给夏灯倒了一杯酒,撑着脑袋,看向夏灯时又说:"灯,你去弄清楚真相吧,这是为了你好。"

方闲越没说错,夏灯不允许自己堕落。

"他很迷人,但你是最棒的夏灯。"

夏灯默默地攥拳:"我会去弄清楚真相,再处理我们之间的关系。"

游风心情不错,总算肯去见唐夕了。

私人餐厅里,唐夕怒气冲冲的,甚至不愿意维持表面的客气,质问道:"你是不是忘了我们的合作?"

"没,我只是不想继续了。"游风平和随性地说。

"什么意思?"

游风一想到夏灯介意这件事介意到泪光闪烁,就想把决定合作时的自己一刀捅死。

唐夕不想等他的答案了,骂:"你有病吧?!你把我甩下了,他现在阴阳怪气地问我'你的那个搞航天的未婚夫呢',我都没法解释!"

"与我无关。"

"那我当时提议这样做,你干吗同意呢?"

"我疯了吧!"

"……"

唐夕气得牙颤,说:"那我能不能求你帮一个忙?你晚上跟我一起去吃饭,我找人拍我们俩。之后我找一个理由,说咱们已经和平地分手了。"

"不要。"

"……"

"我明天会发公告。"

唐夕有了一股不祥的预感,问:"什么公告?"

"你找我帮忙,我看你真诚就答应了,现在觉得欺骗大众不太好。"

"你疯了吧?"唐夕真想一刀捅死对面的这个人,说,"游风!你摸着你的良心说,你干的是人事吗?难道你跟你的前女友进展得很顺利?我跟我的对象可还处于尴尬的状态中呢!"

唐夕也想捅死沈佑!

要不是沈佑牵线,特意告诉唐夕游风在设法追回前女友、游风的行动正好与唐夕的不谋而合,唐夕根本不会跳进这个陷阱里!

唐夕一直以为这个计划是游风跟沈佑共同商定的,后来却发现,这可能是沈佑自作主张的!

因为游风对此并不上心!

现在游风满面春风,脖子上布满吻痕。他遮也不遮它们,巴不得让人家看,估计是和前任破镜重圆了,如此一来唐夕更像一个大怨种了!

"与我无关。"

"……"

唐夕不再浪费力气,指着他:"很好。你别忘了,咱俩结婚的事是假的,赵知葡中意你可是真的,我待会儿就告诉她你单身可撩。"

赵知葡是唐夕的同事,也是演员,在一个品牌活动中跟游风有过一面之缘,之后对他念念不忘,有一次醉酒后发朋友圈对他表白,圈子里尽人皆知。

但唐夕和游风的新闻被发布后,赵知葡就关闭了朋友圈,跟随剧组去冰岛上拍戏了。

"随便。"游风说。他根本不知道这个人是谁。

唐夕没招了,十分委屈,说:"游总教帮帮忙,好吗?我听他们说初臣在相亲了,对方巨有钱,不仅有高学历,长得还好看,我一点儿优势都没有!"

"与我无关。"游风厌烦眼泪,起身准备离开。

"那我能不能请你帮一个忙?你发动一下你的人脉,打听一下这个夏灯是什么来头。"

游风停住脚步。


舒禾给夏灯介绍了代办注册的商标、执照的公司,夏灯与负责人聊完已到中午,决定就近吃饭,在微信上跟舒禾打了一声招呼,说晚上再跟她和程程聚会。

舒禾:OK(好的),你好好地吃饭。

夏灯拉拉线衣的高领,把游风那个贱男人留下的痕迹遮好,选定一家餐厅,点了餐厅的招牌菜——英式炸鱼和野生芥蓝炒牛肉。

她刚把菜单递给服务员,初臣就来到面前,礼貌地道:"我能坐在这儿吗?"

"随意。"夏灯说。

初臣坐下,先为她解惑,说:"我来涂州出差,刚才跟朋友在楼上的咖啡厅里见了面,在这儿吃午饭。"

说完,他看向西南角:"我的朋友坐在那边。"

"嗯。"夏灯没说,其实她不好奇他的事。

"这个餐厅是斯德哥尔摩人开的,就是诺贝尔老家的人开的。"初臣停顿了一下,说,"你是怀念欧洲的生活了?丁叔叔说你走遍了世界。"

· 039 ·

菜上得很快,夏灯已经拿起叉子:"你还有事吗?我准备吃饭了。"

初臣不尴尬,甚至对她宠溺有加,说:"你吃你的饭。"

夏灯这些年遇到了太多人,跟什么性格的人交往起来都游刃有余,被人看着吃饭也不下数百次,但还是捅破了二人之间的那层窗户纸,叉了一块芥蓝放进嘴里:"你是因为唐夕要跟游风结婚才答应我爸跟我相亲的吧?"

夏灯逼迫自己去搜索了游风的结婚对象唐夕。

她发现,唐夕在宣布和游风结婚的前一天,还在初臣的公寓外被人拍到了。唐夕的经纪人说这是假料,但网友并不买账。因为连唐夕的脖子上的痣都被拍得很清晰。

初臣保持微笑,说:"开始是,因为我在赌气,现在那股气已经烟消云散。"

夏灯也微笑:"这跟我有什么关系?"

"反正我俩的前任苟合了,不如我们也凑成一对?"

"不要。"

"为什么?"

"你长得丑。"这是夏灯的心里话,但她发誓她没有把它说出口,下意识地扭头,面前接话的果然是游风。

游风从天而降,拉开椅子坐得稳稳当当。

夏灯感到不爽,再一次拉起衣领,顺手托住下巴,看似漫不经心地继续吃饭。

初臣也很从容,对毫不客气的游风也礼貌有加,说:"前天中午我们商报刚发布了科技板块,游总教还在你位于美国的科技公司里跟多头基金集团解释股价大跌的原因呢，贝塔号又发射失败了呀？这么多事够你忙得焦头烂额的了，你怎么还有空来打扰别人的约会呢？"

游风蹙眉想了一下，问："你们商报叫什么？"

初臣在不明显的停顿之后，回答："《时报》旗下最热的《洲商报》。"

游风恍然大悟，难得解释道："我最近太忙，确实让《时报》的记者在公司的大楼里等了太久。你看这样行不行？我下半年抽出一些时间，给你们开设一个专访。"

"……"

游风还没说完："哦，你不在总部，那只能抱歉，我没有听过《洲商报》。"

他比初臣更有礼貌，温文尔雅，还说得不疾不徐。

夏灯对他了解颇深，反应很平淡。

初臣也算擅长与人交际，对隐晦的嘲讽也是随口就说，却很少这般哑口无言。

他很难再待下去，跟夏灯打了一声招呼，起身离开了。

桌上只剩游风和夏灯，顿时安静下来。

夏灯吃着牛肉，细嚼慢咽，仿佛一点儿也不在意他在这里。

不知过了多久，游风突然说："他是以为我抢了他喜欢的人，才来找你的，你别被骗了。"

"所以你抢了？"夏灯头也不抬，拨弄着芥蓝，随口问道。

"这句话的重点在前半句？"游风被她抛弃了八年，也委屈，都把台阶给她了，她居然只听他的前半句话。

"如果没有前半句话的那件事，哪里有后面他来找我的事？"夏灯抬头，正好看到他的脖子上的吻痕，磨磨牙，阴阳怪气地说，"你不就是想说，他以为你抢了他喜欢的人，所以来抢你喜欢的人吗？你下回把脖子上的印子遮一遮再来跟我说话，可信度还高一点儿。"

游风哭笑不得，印子不是你嗑的吗？

他又气又觉得她可爱，怎么会有人自己吃自己的醋？

夏灯吃不下去了，把叉子往盘子上一扔，站起来："让一下。"

游风拉住她的胳膊，尝试着揭开真相："你为什么穿高领的衣服？"

夏灯下意识地捂住脖子，不能让他看到印子，不然他会知道戴面具的人是她。她当初要追求事业，把他抛弃，结果换一个身份跟他做那种事，这件事说出来太丢人，一点儿也不酷。

她满不在乎地道："我也没管你跟我分手后的事吧？你要结婚我也没有问吧？你干吗管我？我辛苦了很多年，现在享受是应该的！"

"……"

夏灯走后，游风忽而低头一笑，比初臣宠溺的模样真实太多。

服务员这时走来，弯腰笑道："您好，这一桌的单还没买。"

游风拿着手机，随手转账："嗯，我买单。"


夏灯开车回家时才觉得刚才自己的反应太大了。

但她就是生气，他白天跟她隐晦地说他余情未了，晚上又跟百合待在一起，凭什么呀？

现在他结婚的事应该是有隐情，但她不认为他是为了逼她回国才宣布要结婚的。他找了百合，私下那种呵护的意味很难表明他没走心，他以前都没伺候过她几次，她一变成"百合"，他可珍惜得很呢，捧着怕摔了、含着怕化了似的。

在这种情况下，谁再相信他对她这个前女友念念不忘、放出结婚的假料引她回国，谁就是蠢货。

回到家里，她还在生气，情绪都摆在脸上。

方闲越正在借用夏灯的厨房做拿手的烤鸡，顺手多拿了一副餐具，把餐具摆在餐桌的两侧，招呼夏灯："一看你就没吃饭，来吧，我正好买了一只大的鸡。"

夏灯换了鞋，走到餐桌旁坐下，拿起叉子，先呼了一口气。

方闲越笑着说："我现在越看你越觉得新鲜，以前在伦敦，你什么时候不是雷厉风行的。现在你就像遇到了有史以来最棘手的问题，手忙脚乱。"

夏灯的心情很差。

方闲越切出烤鸡上最好的几块肉，把肉放到夏灯的盘子里，随后道："来，跟我说说，我给你分析一下事情。"

夏灯不是想不通事实，只是不愿接受真相，问："男人可以一边说爱你，一边跟别人保持关系吗？"

方闲越点头："从道德层面来说，这不对，但这种现象十分普遍。"

"社会对男人还是太包容，居然能让这种现象'十分普遍'。"

方闲越闻言更觉得匪夷所思，说："你做国际新闻，研究政治更多，但你的专业方向是世界民族。你见识了那么多国家、那么多朝代的男人，还不清楚这一点？"

分析别人的事情总比分析自己的事情更容易，但夏灯没有这样说。

方闲越知道夏灯在为感情的事烦恼，不清楚夏灯和置顶联系人到底是怎么回事，只是出于好奇，问道："当初你为什么跟他分手？"

这是一个糟心的问题。

夏灯吸气，叹气，叉着烤鸡肉说："开始是因为忙，我顾不上回消息。他可以时刻说他的行程，说早安和晚安，说记得吃饭、不要吃太油的东西。但我做不到，投入一个案子中脑子里就只有案子。久而久之，我对他感到亏欠，心理负担越来越重。然后我就和他分手了。"

"他同意分手？"

"他不同意，发了半年的疯，我天天看媒体谴责他视感情为儿戏，他做的每一个决定都令人费解。"

"是了，如果他很爱你，发疯都是轻的。"

"我其实心疼、后悔，但我们之间的问题是没法儿被解决的。我当时满脑子都是我学了那么多知识，一定要让它们发挥最大的价值，不然就白学了。"

方闲越无比理解夏灯，这确实是死结，但是……

"那你们要是散伙了，你昨天晚上是跟……？"

"我只是觉得自己应该把重心放在爱情以外的事情上，不是不爱他。"夏灯把一块鸡肉嚼了好久好久，"那天伦敦的雨下得特别大，我和同事追一个报道，被人家无声地警告了，人家故意把我们关在会议室里，关了十多个小时。出来后我特别想他，看新闻说他正好在伦敦，就注册了新微信，问他要不要交往。"

方闲越大吃一惊，问："他答应你了，没怀疑你？"

夏灯说："我说我在伦敦上学，有同学在采访他的报社那里工作，帮我弄到了他的微信。他很有钱，而我上学没凑够学费，希望他看在我们是一国同胞的分儿上帮帮忙。"

"然后呢？"

"然后他同意了。"

"你俩谈过恋爱，这不会穿帮吗？"方闲越问，难以想象这种事。

"我说我第一次，很害羞，希望可以在不知晓对方长相的情况下进行。"夏灯说到这里，用叉子在瓷盘上划出刺耳的声音，"他答应得很快！"

"我怎么觉得他知道那是你。"

"我以前也这样觉得,但他何必骗我。如果他知道,能做到八年里都不拆穿我?"夏灯觉得这难以解释。

方闲越了解了,突然笑道:"但是夏灯,是你不要他的,他要是再拆穿你,那连跟你保持这种关系都做不到了。他还怎么活?"

夏灯抬起头来,不知所措。

方闲越深以为然,说:"他可能就是不想再继续维持这种关系了,正好你公然离开BBC,终于不再执着于事业,所以他用即将结婚的事打幌子,把你引回来。"

"那他昨天为什么不说呢?他如果知道那是我,就拆穿啊!"

方闲越张口结舌。

确实,他昨天为什么没拆穿她呢?

夏灯咬牙望着盘子里外焦里嫩的肉,像是自言自语地说:"他不知道那是我,只有这样事情才说得通。"


沈佑给游风买了两箱面具,把面具送到游风位于涂州的公司里。

游风已经不需要面具了。

沈佑狠狠地瞪了游风一眼:"那你得做答应我的那个项目。"

"什么项目?"

"……"

沈佑又瞪游风,这一瞪发现了对方脖子上的印子,"哟"了好几声,问:"昨晚你是不是欺负夏老师了?"

由于在事业上跟游风共进退,沈佑一直比贺仲生跟游风更亲近,对于游风和夏灯没断干净的事多少有些预感。

游风自然不会主动地提起这些事,沈佑觉得都是自己机智聪颖,有着一流的察言观色的能力,又对兄弟了如指掌——

游风只要飞去伦敦,绝对是火急火燎的,回来后绝对会变得很开心。

沈佑就知道事情一定跟夏灯脱不了干系。

果不其然,沈佑一撺掇游风跟唐夕合作,说能把夏灯引回来,游风那张淡漠的脸就变得生动了。

想到这里,沈佑坐在游风对面的椅子上,说:"昨天唐夕骂了我半宿,你是不是没按我教你的话说呀?你们就算要终止合作,也得和平地终止呀!"

他和唐夕识于微时,现在她走红了,他们也还是好朋友。

游风闻言,抬眼瞥过去:"知道为什么你做那个项目那么费劲吗?就因为你的脑子里都是馊主意。"

"……"

沈佑也瞥他一眼:"那大爹是有什么好主意?昨晚你无数次失而复得,有什么特别的感受?你们可以和好了吗?"

游风和夏灯没有和好。

沈佑哪壶不开提哪壶,游风有满腹的怨念。

沈佑看游风这副样子也知道事情没成,实在忍不住好奇地问道:"这到底是为什么呀?你用你之前的那些招数啊,以前不是挺厉害的吗?光听老贺说我都觉得,跟夏灯在一起的那几年里,你浪漫得很有格调。你现在觉得那些伎俩都是小儿科了?"

游风没回答。

他当然可以故技重施,再追回夏灯。但若下次她又觉得她应该把生命用在事业上,再挥挥手让他走,到了那时,他就没现在这么幸运了。

以结婚为诱饵让她紧张,这是他错了,但他不会更改要她主动地回头的决定。

他会给她很多台阶,但她一定要知道他特别重要,不能像丢掉小狗一样，总是丢掉他。

这一次，她要走向他，一定要。

假期结束，方闲越要回英国继续忙碌地工作了。

夏灯把方闲越送到机场，安检前，被对方一把抱住。方闲越拍拍夏灯的背，说："知识这种东西对大部分人来说是改善生活的工具，你没有生活上的问题，所以不要让它驾驭你，轻轻松松才是真的。"

夏灯还没说什么，方闲越又一笑，说："你也不需要我告诉你这些事，我的大美女那么聪明。我走啦，你记得要开心啊，有事给我打电话。"

"你也是。"夏灯在她的脸上点了一下。

方闲越缩缩脖子，倒退着往里走，挥手道："回去吧！落地后我第一时间给你打电话！"

"好！"

两个人分开后，夏灯离开机场时，遇到一起事故，一辆轿车撞了一辆机车。

开机车的男孩反戴鸭舌帽，穿着银色的棒球服、有黑色大口袋的工装裤和绑带鞋，少年感扑面而来。

路过的人比起关注这起小事故，更喜欢看向他。

夏灯没有驻足，平稳地走过。少年而已，她有过最好的少年了。

周日下午，夏灯难得想午睡，却被舒禾的电话惊醒。夏灯靠在床头上，闭着眼睛接通电话："怎么了？"

舒禾十分激动，说："灯！你快看我发到群里的新闻！游风和唐夕没有要结婚！发布他们结婚消息的报纸中午道歉了，说是他们没弄清楚事情！唐夕是沈佑的朋友，去找沈佑，被人误以为她是去找游风了！"

夏灯并不惊讶，也没看新闻，说："嗯。"

舒禾本来还想劝和，但夏灯的反应叫她欲言又止。舒禾想了一下，夏灯和游风要是有缘分也用不着别人撮合，舒禾便不多嘴了。

挂断电话，夏灯又缩回被窝里。昨晚原同事打跨洋电话请她帮忙，她跟同事打视频电话打了通宵，现在很困。

她刚睡着，隐约地听到警报器响，想起来又起不来，睁不开眼。迷迷糊糊中，她被人拉起来，终于强撑着睁开眼，然后就看到了游风。他光着上身，只穿着一条灰色的运动裤，也没系裤绳，裤腰松松垮垮地挂在胯骨上。

夏灯一下子清醒了，蹬着腿退到床头上，用被子蒙住自己，只露出脸，说："干吗？！"

"你的热水器响半天了。"

这是重点吗？夏灯问："我是问你怎么进来的？"

"你改过密码吗？"

哦，夏灯没改过密码。但这也不是重点吧？"谁允许你进来的？"

游风恬不知耻地说："我就进来了，怎样？"

他还挺横，不可原谅！

夏灯不再跟他沟通，跟他僵持着。

这时外头传来哼唱声，随即脚步声越来越近，在近在咫尺的地方停止，夏灯闻声看过去，那是前几天在机场外开机车的男孩。

她还没觉得诧异，男孩先惊道："哥，你干吗呢？天还没黑呢，你怎么又擅闯民宅？！你还光膀子！还勾引她！不要脸！"

## 第三章
## 飞行器的小秘密

男孩端着一盘蜗牛卷面包,横眉怒目,嘴上谴责着游风,眼睛却一直往夏灯的身上瞄。

夏灯只露着脸,但也足够了,匆匆的一瞥已经让男孩大饱眼福。

游风的动作很快。他随手抓起抱枕扔向男孩,旋即挪身挡住夏灯,低骂一句。

男孩"哎哟"一声,掉了三个蜗牛卷面包,也顾不上捡它们,疾步而去。

夏灯明明穿着衣服,但游风的举动就像她没穿衣服一样,他看了她,还不想让别人看她……

她才不会让他得逞,掀开被子下床,穿着纯白色的细带布裙,如一阵风般经过游风的面前,用纸巾包起蜗牛卷面包,走出卧室。

男孩没走,还在"罚站"。

四月的风正凶,夏灯的房门大开着,风"呼呼"地往里灌,吹动她的裙摆，画面十分好看。

她把蜗牛卷面包递给男孩时，男孩的心"怦怦"地跳，半天没动弹。

游风此时裸着上身出来了，腹肌的线条很明显，腹部的青筋根根分明，没系上的裤绳随着他的走动晃荡着。

夏灯才不关注这些细节，但眼睛好像被装上了自动定位的系统，她看了他一眼，立刻佯装镇定地把头扭向别处："擅闯别人的家不礼貌，请你们离开！"

男孩这时回过神来，解释："姐姐，你家的警报器响了，我哥正准备洗澡呢，一听声音撒丫子就跑过来了。你上哪里找他这么热心肠的邻居呀？他就是没想到你在睡觉。"

夏灯没拆穿游风有八百个心眼儿的事实，不情愿地道："好，谢谢，你们可以出去了吧？"

游风已经先行一步。

男孩随后跟上游风，三步一回头，对夏灯笑道："姐姐晚上要是没事就一起吃饭吧！我今天过生日呢！"

夏灯没理这个自来熟的小男孩。

男孩路过岛台餐桌时突然停住脚步，拿起桌上的记事本，惊讶地喊道："哎，哥！巧了！这个本子上写了你的名字！好几页！"

游风刚走到门口，闻声也停住脚步。

夏灯一个箭步上前，把本子抢回来，指着门口，有点儿恼羞成怒地说："立马走人！"

男孩吓了一跳，缩着脖子往外挪："我……不是故意的。"他说得很小声。

游风不知何时已经转身，侧身靠在门框上，又是那副慵懒的模样，说："你写我的名字写了好几页？别太爱了，邻居。"

"……"

夏灯不甘示弱,说:"都来不及穿衣服就撒丫子跑来我家,你也别太爱。"

游风随性地淡笑,转身回了对门的房子里。

男孩不明所以,皱着眉,脸上有一股天真的愚蠢。

夏灯把门关上,男孩恍然大悟,迈着小碎步追着游风进屋,在他的身侧仰头惊喜地道:"你俩认识呀?"

游风说:"那是你的嫂子。"

男孩更惊喜了,但很快又睨游风一眼,道:"我不信,她看起来都烦死你了。"

游风说:"你妈半个小时前给我打了电话。"

男孩立刻改口:"OK,我信了。"

游风走向浴室,继续洗没洗完的澡。

男孩对着游风的后背打了一套左勾拳,悻悻地坐在沙发上,拿起手柄继续打游戏。

他跟游风的关系很复杂,游风的亲妈黎薇嫁给了他爸,他的亲妈又跟游风保持着工作上的往来,他由此跟游风接触得颇多,发现游风的事业和人品都不错,慢慢地开始缠着游风。

总而言之,男孩没接受后妈,但接受了这个后哥。

当然,这主要是因为他的后妈想让游风的爸吃醋!

男孩有时候也很难理解,既然游风的亲爹和亲妈这么难舍难分,那就放下芥蒂在一起嘛!他们干吗把他爸这个老实人牵扯进他们的爱恨情仇里?

但看他爸乐在其中的样子,他又觉得,算了,他这个年轻人参不透老年人的爱情。

游风洗完澡,男孩扭头看,男人洗澡就是整容的说法真是言之有理——虽然对游风来说,用"锦上添花"来形容洗澡对他的作用更好一

· 051 ·

点儿。连他身上的水珠都掉得恰到好处,难怪同学老问男孩:"你哥什么时候再来学校接你?"

男孩感慨:"哥,你这都拿不下嫂子吗?她把条件开得这么高吗?"

游风突然停住擦身体的动作,正好电视屏幕的光投射过去,他的眼底生出一抹深海般凶险的光。他说:"别说她。"

男孩把脖子缩进领子里,闭上嘴。

夏灯翻着记事本,半个本子上都是"游风"二字。这还是她大学时期的本子,那时她不是心比天高吗,怎么把他也划进了生命里?

她看着看着,突然笑了,她以前的字真是难看,他的名字那么好,她却把他的名字写得那么难看。

她翻到新的一页,一笔一画地写下:游风,一个贱男人。

晚上六点左右,小姨打来电话,让夏灯去拿一下快递。夏灯刚洗完澡,正在擦头发,摁了免提键,把手机放在桌上,随口问:"你买的是什么东西?"

小姨说:"酒。"

"我最近头痛得厉害,喝不了酒。"夏灯最近总是半夜头痛,翻来覆去地睡不着。她想了想,跟原同事通宵打视频电话,未必不是她缓解头痛的招数。

"酒是甜的,三度左右吧。"小姨唉声叹气地说,"我不是心疼你吗!你最近都在忙酒吧的事吧?听你妈说,你上周一直在坐飞机。怎么,你是没钱了吗?那我们是在为谁奋斗啊?"

"好的,我去拿快递。"夏灯怕她说下句话时就变得梨花带雨了。

小姨说:"快递在小区的快递点里。"

夏灯穿好衣服去拿快递,搬着酒箱回来时撞见了沈佑,他的旁边是她最近搜索多次的唐夕。

电梯的门口，沈佑看到夏灯走来，挑高眉梢，喜悦地道："夏灯，你怎么在这儿呀？"

唐夕猛然扭头，像一台安检仪，目光来回地在夏灯的身上打量。

唐夕终于见到了真人！

这是夏灯吗？

她怎么在这里？

她是游风的前女友？

夏灯礼貌地回答："我家在这里。"

沈佑更显惊喜，却未多问，只是客气地道："箱子沉吧？我来搬。"

"谢谢，我搬得动。"夏灯说。

夏灯的声音也很悦耳，唐夕收回目光，脑子终于开始转。如果夏灯是游风的前女友，那初臣和夏灯相亲是不是为了气唐夕？

唐夕突然兴奋了。

电梯抵达，夏灯先走一步，旁边的电梯竟同时抵达了。

初臣出来的那一刻，唐夕对夏灯的那一点儿好奇心彻底散去，她开始不加掩饰地盯着初臣。

初臣却只看向夏灯，没有客气，直接要从夏灯的手里搬走箱子。

唐夕又心生疑问，难道猜错了？初臣当真移情别恋了，喜欢上了夏灯？

兴奋感突然消失。

夏灯没有松手。

初臣说："我来吧，男人就是用来使唤的。"

沈佑这时打量他一番，从鼻腔里"哼"了一声。哟，初臣还是穿着灰色的绸缎面西装，还在头发上打了发蜡，这是哪儿来的扑棱蛾子？沈佑想着便不合时宜地"哕"了一声，抱歉地道："不好意思，我从小就胃不好。"

· 053 ·

初臣没有理会他，仍然笑得如和煦的春风："女孩子里像你这样凡事亲力亲为的，真的很少。"

唐夕想翻白眼，初臣在含沙射影地说谁呢？

夏灯住的小区有两梯两户，走廊空旷又很长，夏灯以前总觉得下了电梯走到家的这段路上有些冷清，今日这段路上真是拥挤又吵闹。

唐夕磨牙的声音吵到了沈佑，他瞥过去。

唐夕此刻正像泄气的皮球，蔫蔫地给他发微信。

唐夕：你说游风的弟弟过生日想热闹点儿，我才叫初臣来的。我后悔了，因为你没告诉我夏灯也住在这儿，而且她长得那么好看！

沈佑一翻白眼，回复她。

沈佑：我跟你说游风的弟弟过生日，是叫你来的意思吗？你自己巴巴地过来就算了，还带了一个拖油瓶，你这不是恶心游风吗？游风的脾气能让你俩进门就后悔。

唐夕一边走一边偷偷地双手合十。

唐夕：你帮忙说说好话，我是想彻底消除误会才来的。只要游风愿意跟初臣解释，我就跟初臣和好，游风不就彻底摆脱我们俩这对恶心的人了吗？"

沈佑差点儿笑出声来，回了一句"你还挺有自知之明"。

两个人发着微信，已经来到门前。

沈佑敲门前问夏灯："要不要一起来玩？"

"不了。"夏灯说。

沈佑没有勉强她，敲门时瞥见初臣的站位很危险——他竟然站在夏灯的身后，是要进夏灯的家吗？

唐夕想说什么，张了张嘴却没出声。

游风家的门打开了，他出现在门口，看到沈佑还带了唐夕，又把门关上了。

沈佑："……"

唐夕："……"

沈佑扭头看唐夕，一脸"我就说吧"的表情。

沈佑又敲门："你非得关门关这么快吗？你没看见你家斜对面的人啊？小心他浑水摸鱼！"

果然门又开了，却是被男孩打开的。

沈佑正好把礼物递给他："生日快乐呀，小兔崽子。"

"叫谁呢？我没名字呀？"男孩翻完白眼就把目光锁定在斜对面的夏灯身上。她已经打开了门，他赶在她进门前蹿过去，甜声问："姐姐拿的是什么东西呀？"

夏灯说："酒。"

"啊，可以给我喝一点儿吗？"

沈佑看男孩贱兮兮的样子，忍不住拎着他的后领子，把他拽回来："不行，你哥会把你的腿打骨折的。回家了，谭一一。"

男孩叫"谭一一"，甩开沈佑的手，在夏灯即将进门时又挡住她："姐姐，我过生日，你让我喝一瓶酒呗！"

谭一一太可爱，夏灯没好意思拒绝他，就从门口的柜子里拿了一把剪刀，蹲在门口开了箱，随便地拿了一瓶酒给他。

谭一一得寸进尺地说："姐姐，我们家里有两个人。"

箱子里只有四瓶酒，但夏灯并不是小气的人，不过还是没把第二瓶酒给他："另外的那个不完全是人。"

"……"

沈佑嗤笑出声："多大的仇哇？"

夏灯和游风没仇，不过游风想喝酒就去找百合吧，不是还把手指给百合亲吗？既然他喜欢百合，就接着去找她呀！

哦，他想喝酒了就想起夏灯来了？她是卖酒的吗？

她又上火了,"砰"的一声把门关上了。

站在门口,她有点儿后悔给谭一一那瓶酒了,他再可爱又怎么样,还不是贱男人的弟弟?!

沈佑给游风说了半天好话,谭一一也在旁边叫苦,说生日过得凄凄惨惨的,游风才默许唐夕和初臣进门。

初臣很会来事,放下礼物,说起场面话来:"上次我在餐厅里说了不少错话,游总教别怪罪,那不是我的本意,是情绪支配所致。"

沈佑一边给谭一一戴生日帽一边挑眉问道:"餐厅?你俩约饭了?"

唐夕在窗前帮着挂数字气球,闻言也看过去。

游风正在看谭一一拿回来的酒,谭一一说酒是夏灯的。她怎么又喝酒?她不清楚自己有多少酒量吗?度数这么高,她又不要命了?谁会一直给她买汤、粥和醒酒糖?

谭一一这时冲游风喊:"把酒开了吧,咱们把它当饮料喝。"

游风顺手拿起开酒器,把它扔进了垃圾桶里,说:"没有开酒器。"

谭一一以为自己瞎了,问:"你刚才扔的是什么东西?"

"开不了。"游风面不改色地道。

谭一一撸袖子要干架,沈佑拦住他,淡淡地道:"你去对门借一个开酒器。"

"可是咱家明明……"

"去,听话,你不去借这个开酒器,今天就别想过生日了。"还是沈佑知道游风的心思。

就这样,谭一一为了过生日,不仅去借了开酒器,还撒泼打滚地把开酒器的主人也拐了过来。

夏灯不是来给谭一一过生日的,也不是要帮他打开酒瓶,而是要把她的酒拿回去。

· 056 ·

她就是这么小心眼儿。

游风什么时候能把百合的事解释通了，就什么时候再说别的事。

唐夕前来是想让游风解释误会，以便和初臣和好如初的。

初臣前来是因为知道夏灯住在这里，计划利用夏灯让游风出洋相，以报上次在餐厅里被辱之仇。至于唐夕，初臣其实对她只有百分之五十的爱，根本不在意她的目的。

现在看来，两个人都打错了算盘。在游风和夏灯的地盘上，他们好像只是背景板。

夏灯走到游风的面前，刚要拿酒，酒被谭一一抢先夺走。谭一一拿着她的开酒器准备打开酒瓶，动作很快，她刚要夺回酒，他已然把酒倒进了醒酒器里。

夏灯的肩膀垮下来。

酒没有了，她还是回去吧。

游风靠在吧台旁，看着夏灯的小动作。她是有多生气？多少天了，她连一点儿好脸色都不给他。

"先喝点儿姐姐的酒，我尝尝酒是不是甜的。我的同学说，喝女孩子的酒就等于亲女孩子一口。"

谭一一自知嘴欠，不等谁接话，立马又说："火锅和蛋糕待会儿才能被送来呢。"他说着，拿来几个杯子，把它们分发给每个人。

沈佑笑道："那我可不敢喝这酒了。"

谭一一心虚地缩脖，假装没看见游风的脸色。酒杯中百香果的酸味钻入鼻腔里，谭一一皱眉，尝了一口酒，道："有百香果哇，那我哥喝不了这酒。他这个人最不爱百……"

他还没说完，游风已经把酒喝完了。

"……"

谭一一阴阳怪气地道:"哦,你又爱吃百香果啊?哥,你是属天气的吗,这么多变?"

"谁会一成不变?"游风神情自若地说,口吻也很平淡。

他显然意有所指,沈佑不自觉地看向夏灯。

夏灯端着酒杯,一声不吭,眼神没离开过杯中的酒。

游风的线衣领口低,衣服堪堪遮住胸肌,夏灯本来就在上火,是不会再为自己找罪受的。

"我呀,我的同学都说我没变。"谭一一得意地道。

"你毕业才几年?"游风说。

"……"

谭一一说不过他,把脚尖对准了夏灯,还没迈出第一步,游风已经给他安排了任务:"你问问火锅店的外卖几点才能到,我要出门,不知道还能不能来得及吃饭。"

谭一一愣了一下,笑嘻嘻地答应。

游风放下酒杯,用盖子封住剩下的半瓶酒,随手把它推到吧台的最里端,又拿出一瓶阿曼·卢梭父子酒庄旗下的酒,径自打开它,又我行我素地进了房间,扔下几位客人。

显而易见,他不让他们喝夏灯的酒了。

几个成年人对此心照不宣。

谭一一的注意力只在这瓶更贵的酒上,他扭头对游风喊道:"你不是说不去工作了吗?你连续一周每天只睡一会儿也就算了,我今天过生日,这么重要的一天里,你还要奔赴工作岗位!永动机也是需要上油的!"

游风已经关上门。

谭一一回头,耸耸肩道:"就说他牛不牛?马斯克都有空生孩子,游老板发泄情绪的方式可能只有那啥了。因为这种方式用时很短,不耽误他赚票子。"

沈佑笑道："别瞎说，你哥比马斯克好看，怎么可能没有其他方式。"

夏灯用指甲无声地在杯底划出一道痕迹。

唐夕一听游风还要走，又给沈佑发微信。

唐夕：快帮我，你就让游风说一句话，也不用太刻意。

沈佑：比如呢？

唐夕：这一句——"你们玩吧，我还有事，沈佑，好好地招待你的朋友唐夕，以后别再闹出不久前新闻上的笑话了，我们根本连朋友都不算。"你把这句话截图发给游风，让他出门之前说。

她已经写好剧本，剧情似乎也能解决四个人的问题，沈佑却不能保证游风会同意这样做。

沈佑：他不见得会照做。

唐夕：那你告诉他，他如果不这样做，我等一会儿就加他前女友的微信，天天造他的谣。

沈佑：你加呗，使劲地折腾。

唐夕：我真敢加！

沈佑又望向夏灯，什么时候那双眼才没这么澄澈呢？他低头继续回复消息。

沈佑：人家是人类学博士，在国际上都有名。你还没造谣呢，她就已经预判出你要拉什么味的屎了。

唐夕：你真恶心！

她气呼呼地把手机揣进兜里。

沈佑是爱损她，但还是如她的愿把话给游风发了过去。

不多时，游风出来了，一边系袖扣一边看谭一一，嘱咐道："我跟你妈说了，让她给你放一天假，明天你说什么也得去学校，不然你妈就把你喜欢的女同学破格转到特级班，让你再也看不见那个女同学。"

谭一一急了，扯着嗓子喊："你们凭什么替她做决定？！"

游风的手指随着系扣子的动作不停地动着，他不甚在意地说："你现在应该考虑你还有什么优势，而不是狂怒。"

"反正！她不会去的！"谭一一底气不足地说，反驳全靠嘴硬。

游风又随口道："有野心的女孩子在成为更厉害的人和投入男人的怀抱之间，是不会选后者的。"

谭一一努努嘴。

沈佑心领神会。

夏灯咬紧牙关。

初臣嗤之以鼻。

唐夕没有听懂。

游风总算系好袖扣，正好火锅和蛋糕也已被送到，他抬头又道："各位慢用，我还有事，不奉陪了。"

话音刚落，他的目光若有若无地扫过夏灯。

夏灯也是一样。

游风似乎对参加活动之类的事已经驾轻就熟，掌握了快速让自己变得端庄体面的技艺。他穿着高定西装，戴着名牌手表，随手抓的头发已经足够他走红毯，他还有一副骄傲的姿态……

他说"有野心的女孩子"几个字时怪声怪气的。他又何尝不是成了更厉害的人？如果当年他们只顾做风月之事，那不就是两个坐吃山空的二世祖？

夏灯收回目光，不准备再待下去。

沈佑将二人深刻的怨和更深的爱看在眼中，无声无息地叹了一口气。

游风这人还真喜欢把爱夏灯的事做一百遍，再用傲娇的话把它们抵消掉。他要是乐此不疲，也就罢了，但他明明痛苦万分。

上次，沈佑问游风为什么不直接发泄怨气、对夏灯表明自己这么多年来未改心意，游风没回答。

但沈佑多少能感受到一点儿原因，游风无非是在等夏灯主动。

但夏灯可是出了名的冷淡，家里的人把她养得又理智又麻木，她只讲逻辑，没有共情力……

就她的这种孤独终老的性格，主动？那游风大概要回到她的小时候，重新扳正她的性格了。

沈佑心中感慨，再看夏灯，她好像已经没有耐性了。

游风走了，没有解释和唐夕的事，唐夕的肩膀也垮掉了。她悄悄地望了初臣一眼，突然觉得她的这番操作多此一举。

初臣若是在意她，又怎么用得着她来做这些求和的事？

她也不再多待。

游风一走，初臣失去报复的对象，顿感无趣，也以有事为由撤了。

本就不热闹的生日会上，只剩下小寿星在沙发上"哼哼唧唧"，沈佑拍拍他的脑袋："不是还有你的沈哥吗？"

谭一一抓住沈佑的手，过于担忧地道："沈哥，你说她会去特级班吗？"

沈佑坐下来，看向还没走并帮忙把火锅食材摆上桌的夏灯，长长地"嗯"了一声之后，说："你不能怪她，谁不想抓住一切机会让自己变得更好呢？"

"那我咋办哪？"

沈佑收回目光："你好好地上学呗。要是你比她厉害，以后帮她转到特级班这种事就是你来做了。你喜欢她，那就一路护着她，这样你俩都能去顶峰，在顶峰上再见面嘛！"

谭一一这时还不懂这些事，也不认可沈佑，说："去顶峰的路上有太多的变数了，我爸说很多人的分别都是永久性的。"

沈佑也没反驳，说："这倒也是真的。"

谭一一得不到准确的答案，自己也想不通这件事，陷入难过的情绪中。

夏灯已经摆好食材，对谭一一说："生日快乐！"

谭一一扭头看过去，夏灯站在餐桌前，身上散发出柔和的光辉，瞬间抚慰了郁闷的他，他走过去，跟她撒娇："姐姐陪我嘛！"

夏灯本来想走，一时没接话。

谭一一说："我哥拿了西装过来，我就知道他晚上一定要走。我只是想过一个热闹的生日，但他们都走了。"

夏灯终是没走，还帮谭一一点了蜡烛，帮他出主意，让他回复喜欢的女同学发来的祝福。

沈佑吃了一惊。

夏灯以前不会这样做，没有人可以打乱她的计划。她很擅长跟别人说"不要""不好""我不想"……

现在她居然会不忍心？

那游风或许能等到她主动一次？

热闹散去，夏灯上火的症状明显了一些，只要她吞咽，嗓子就疼。

回到家已经半夜，她没开灯，趴在沙发上，把整张脸完全埋在坐垫上。时间悄然地流逝，不知不觉已是深夜。除了嗓子，胃也开始疼，她终于起身，吃了几片药。

她年轻时喝冷饮、游冬泳，工作后昼夜颠倒，睡眠极少，她要针灸，要吃中药。明知身体状况已经不允许她喝大量的咖啡和酒，她却不戒断它们。这导致她还没三十岁就落下一身毛病。

她把手撑在吧台上缓了缓，走到音响前，连接蓝牙，设置"随机播放"后回到沙发上。

吉他的前奏一响起，她就站住了。

"想要问你

信不信我的爱

不是谁都能保护你

因为爱

如果你问

信不信有真爱

我只能说

试试看

我的爱

这首歌……

竟是这一首歌。

她想他了,突如其来地想他。

游风开完会天已微亮,秘书通知司机去酒店,被游风打断。游风说他要回东海岸——涂州靠海岸的富人区。

随着涂州海岸房的房价大涨,虽说这里的楼盘是八年前的,但它们的价格也水涨船高,前年出现了有价无市的现象。说到底这还是因为楼盘靠海岸却远离港口,环境并不吵。

夏灯在涂州不止有那一套房,哪一套房都比那套八十平方米的房子大,但她还是选择住在那里。

游风知道这是因为她喜欢海浪的声音。

他点开百合的对话框,聊天记录停在上次他们约会的时候。

她的微信名叫"fz5gl"。

当时她申请添加他为好友,游风几乎是第一时间就明白了微信名的含义,这不就是"负重五公里"?

他那时便不禁想,能做出这种希望他认出来又怕他认不出来的小蠢货的行径,她到底是怎么说出她要专注于事业这种话的?

负重五公里,这是夏灯的表白。

当年他们两个人是先在一起,后谈恋爱。他锲而不舍,终于拥有了她的男朋友这个身份。

两个人心意相通前,她还不知道她对他是什么感情,别人问她喜不喜欢他,她否认,说"不"。

为了提高话的可信度,她甚至不知死活地说,她要是喜欢他就负重跑步五公里。

人人知晓她贫血跑不了步,一时铺天盖地的辱骂声砸向她,他们说她下这种赌咒完全就是不喜欢他,说她想让喜欢他的女生嫉妒她。

还有的骂声是针对游风的,他们说游风是舔狗。

游风根本不在意这些事,夏灯却不行,买了一套超重训练装,挑了一天中人最多的傍晚时分,跑得脸白气喘、浑身发抖。

游风找到她时,她勉强能站住,双腿打战。

他骂她竟然在意那些骂声。

她说她在对他表白。

他那时不争气,又感动又心疼,回家翻箱倒柜地把初中时为她赢的长跑奖杯找出来,把奖杯当作对她负重跑步的奖励送给她。

奖杯的底座上有他找人刻下的一句话——我因夏灯而存在。

她欢欣鼓舞,还买了水晶盒子,把它保存起来。

收回思绪,游风把脸转向窗外。

啧。

她做那些事有什么用?

她不还是用那些她还年轻、她要创造巨大价值的蠢话把他甩了?

她这一走,就是八年。

他越想心越不甘,还给她台阶下?他给什么台阶?现在的夏灯哪里有八年前的夏灯讨人喜欢？！

她想要台阶？没有！

游风满腔怒火时，司机把车停在楼下。

司机从后视镜中窥见游风眸底的凶光，没敢提醒他。但游风不是一个会被情绪支配的人，并未耽误双方的时间，很快便下了车。

等待电梯的时间稍显漫长，游风把左手插在西裤的口袋里，用右手习惯性地翻看BBC国际新闻频道。

电梯抵达，他抬起头，还没迈出半步，就有人扑进他的怀里，用双手死死地环住他。

游风歪头垂眸，问道："干什么？"

夏灯仰起脸来，眼眶微湿，声音颤抖，她说："我的太奶奶死了。"

"你的太奶奶不是在你还上五年级时就死了？"

"我……梦到了。对不起，我有点儿怕，待会儿就好了。"夏灯的身上汗津津的，她甚至发起抖来，像是真被噩梦惊醒了。

游风正要拉开她、摸她的额头，谭——睡眼惺忪地走到跟前，奶里奶气地说："姐姐，你运动完了吗？你都在走廊上跑了三个小时了，天都要亮了。而且从你的家门口到电梯才几步路啊，你真能运动开吗？要不我让我哥给你买一台跑步机吧！"

"……"

身子一僵，夏灯哑口无言。

游风保持着俯身寻找她的目光的姿势："我给你买一台跑步机？"

夏灯扭头就走，也不发抖了。

游风看着她匆忙地离去，房门被"砰"地关上，他的眉眼间渐生笑意。

她长本事了。

他要收回不久前说八年后的夏灯不讨人喜欢的那句话。

· 065 ·

关上房门,夏灯站在玄关处,强烈的心跳声变成背景,这个清晨掺杂着海浪声和浪漫的气息。

浪漫,对她来说已经是远古时期的形容词了。

她早就打定主意,要等游风解释完百合的事后再考虑两个人的关系,但一首歌把她的计划全打乱了。就像那天她问他的房号,她怎么总是在他的问题上犯糊涂?

肯定是这个贱男人对她施法了!绝对不是他有魅力!

她越想越觉得荒唐,摇头一笑,走到水吧旁,打开吊柜,拿下一袋深烘焙豆,开启新的一天。

日子平淡地过下去,除了选址的问题,夏灯把开酒吧的其余事情全部敲定了。

她去了卡戎岛多次,都没打听到"红酒绿"的房东现居何处。邻居一听她的问题就展露出不耐烦的态度来,看起来已经对隔壁废弃的酒吧忍无可忍。

夏灯也不好一直戳人的痛处,这次再上岛时没询问那件事,只订了他们家的民宿。她站在顶楼,看着"红酒绿"的露台上那些钻出砖缝的杂草。

她以前就在那个凉亭里午睡,游风清洗完他的船,就上来偷亲她。

他很坏,总弄乱她的头发,把她的衣服压出褶皱。她一生气,要骂,他就吻她。他抿唇时唇部很像一条深邃的线,她觉得他凶,但他吻她时,嘴唇就变得软软的了。

她本来只是在看杂草,莫名其妙地想到了他的嘴,想得口干舌燥、心脏狂跳。

也就是半个月没见他,她疯了吗?

可能是早晨德邦打电话告诉她跑步机到了,她才想起他的吧?

应该是。

他还真买了跑步机,多歹毒哇,生怕她忘掉她那天清晨主动投怀送抱是吧?

怎么,百合可以抱他,夏灯这个前女友就不能抱他?

也不知道是谁暗恋了她八年,还给她拍照,还告白,还偷偷摸摸的,想让她知道他藏得很深。

就凭他的那点儿小蠢货的行径,她当年那么睿智,真是一时糊涂才让他得逞了!

今时不同往日,她现在抱一下他,他都要阴阳怪气,她可真是比不上百合妹妹呢,百合妹妹有他胸膛的专属权。

啧!

谁稀罕他?

夏灯不再想下去,也不再停留,离开了顶楼。

来到露天的咖啡厅里,她要了一杯意式浓缩咖啡,在遮阳棚下望向沙滩。泡沫被浪潮推到沙滩上,消失,再被推到沙滩上,再消失,好无聊,她却看得入神。

涂州有众多的岛屿,但因为交通不便利、基础设施差、产业单一且规模较小、没有保护措施、生态环境极易遭到破坏等问题,经济基础很差,岛屿也就一直没被开发。

现在跟当年不一样。

首先,枕京跨洋大桥已经开通运营。桥长几百里,起自枕州,途经南广、狐狸畔群岛、鲁梁半岛、葫市、卡戎岛、满营,终于京山。为了修建大桥,几万名工人耗时多年,政府耗资百亿。

其次,位于涂州的全国第二大国际机场已经于三年前竣工,正式地对外开放了,年流量可达国内的第二名、世界的第四名。

再就是有资本入驻带动发展,以前显而易见的痛点在今天已经消失了。

夏灯从前的理想是在海边开酒吧,她想听五湖四海的人讲述人生。游风帮她实现了目标,"红酒绿"由此诞生,但那时的卡戎岛还没有五湖四海的人。

想到这里,她收回目光。

多么讽刺,她抛弃他去追求事业、实现自我价值,回头后,却发现原先的理想只有在今天才能实现。

这样的八年,遗憾又适当。

她喝了一口咖啡,准备去民宿里收拾东西。

"小姐姐,我能加你的微信吗?"

身侧突然传来怯生生的声音,夏灯扭头,看到一个年轻帅气的男孩,不远处还有几个跟他年龄相当的男孩在看着这边。

男孩已经把手机递过来,还递过来一杯冰激凌。

夏灯看他们很真诚,同意了,但是先跟他们说:"我不一定会回消息。"

男孩难掩喜悦,说:"嗯,我也不会随便地打扰你的。"

夏灯同意了好友申请后,他飞快地跑过去,那群男孩都凑向他的手机,完全不顾还没离去的夏灯。

夏灯没要男孩的冰激凌,正处于生理期中,吃不了冰激凌。

她快走到民宿的门口时,又被一个熟悉的声音喊住:"嘿。"

夏灯停住脚步,扭头看到文哥。文哥是游风少时的邻居,后来在卡戎岛上与人合伙打理一些旅游项目。

她礼貌地招呼道:"文哥。"

文哥走上前来,笑着寒暄:"好久不见了,这几年你在忙什么呢?"

"瞎忙。"夏灯说。

两个人走到民宿门前的招待区里,民宿里的工作人员端上了两杯柠檬水,还端上了一个果盘。

文哥说:"刚才在咖啡厅里我就看见你了,正要叫你,被几个小年轻抢先了。你还是这么受人瞩目，走到哪儿都受欢迎啊。"

夏灯不矜不伐，说："年轻人喜欢开玩笑。"

文哥晃着手指，歪着头说："又谦虚了？"

夏灯淡笑着回应。

说完了客套话，文哥进入正题，问："你上岛是来旅游的？"

"我看看'红酒绿'。"文哥知道"红酒绿"所有的事，夏灯也没必要藏着掖着、装模作样。

文哥点头："你想重新开张？"

夏灯也不隐瞒想法，说："我是想要这个门面，但没找到房东。"

她闭口不谈游风，文哥自然也避开游风，说："房东是老陈，人家在新西兰陪闺女和女婿呢，十年内不会回来。"

"文哥能帮我联系一下他吗？我想租这个地方，租金好说。"夏灯立即询问。

文哥略显为难地说："老陈这个人最讲究契约精神了，前边的合作还没到期，他一定不会松口。"

夏灯张嘴就说："前边的合作应该明确了使用的目的，现在酒吧没有被如约地经营，使用权人违约在先，按照合同，房东可以收回使用权把房屋另行出租。"

文哥笑道："但是人家之前给的钱也不少，老陈也不差钱，没必要为了一点儿身外之物把做人的招牌砸了。"

"他履行合约可能不会砸了做人的招牌，但'红酒绿'荒置着，影响邻里，他对不起邻居，也没多仁义吧？"

文哥险些被打乱了思路，不再开玩笑，坦白地道："实话实说，这个门店现在在我的手里。"

夏灯竟然没有那么惊讶。

"人家本来是给他的女朋友租的房子，但是女朋友拍拍屁股出国了。"文哥说着观察夏灯的神色,看见她倒是从容不迫,继而又说,"他一伤心,就把房子转手给我了。我也不知道用它干什么,又忙,没空去琢磨这件事,房子就荒了。"

"那文哥能不能把房子租给我?"

"可以呀,我很愿意把它租给你,但咱们的租金不能马虎。"

"没问题。"

"真痛快!"

夏灯也觉得很畅快,总算推进了进度。

游风落地后接到秘书的电话,秘书说是跑步机的商家给他打电话,德邦快递送达后收件人拒收了,商家回访,想知道收件人为什么会拒收快递。

"你就说收件人只喜欢在走廊里跑步。"游风说。

"好的。"

挂断电话,游风正要点开邮箱,先收到了微信消息,贺仲生问他晚上去不去参加同学聚会,游风没回复消息。

随即贺仲生打来电话:"我们年年聚会,你年年不来,不会是怕他们问你被甩的事吧?"

游风听着他说废话,上了车,司机开车上了路。

"你说话呀,是不是在懊恼?你游风如今多牛,但怎么就跨不过被人甩的坎儿呢?"贺仲生跟沈佑一样擅长给游风添堵。

游风说:"同学聚会的本质是混得可以想吹牛的人和混得不行想求接济的人的狂欢,我不属于这两种人。"

"夏灯待会儿就到。"

"地址。"

夏灯在北京的第三天，余焰和丁司白还在闹别扭，惊动了双方的长辈，仍不消停。

他们吵架的原因是夏灯回国后没住在北京的家里。

夏灯早就跟他们打过招呼，说要去卡戎岛上开酒吧，余焰因为腰部受伤，住院时倍感孤独，对她过分思念，才由此产生了分歧。

丁司白主张夏灯想干什么就去干什么，余焰觉得他在暗讽她黏女儿、自私、只顾自己。丁司白说他们也有繁重的工作，余焰哭天抹泪地把女儿叫回来，没过两天就不再想念女儿，把女儿置于一边，这根本不利于家长和子女的感情稳定。余焰不听，笃定地认为丁司白变了，认为他对她的感情变淡了。

夏灯觉得两边的人都不好劝，就谁都没劝，只默默地陪伴在他们的左右。

第四天，他们和好了，并且奔赴了各自的岗位。

夏灯正准备回涂州，高中的同学赵苒打电话，邀请她去参加同学聚会。夏灯说自己不去，赵苒使出撒手锏，说："我结婚的时候你不在，我离婚的时候你不在，我想趁这个场合宣布要二婚，你还不在？"

于是夏灯来到了这里——其中的一个同学在御诚和买下的四层别墅。

赵苒走到一楼的偏厅里，找到躲避人群的夏灯，把装着酥油点心的盘子递过去："我半天找不到你。"

夏灯说："飞机明天一早起飞，我要早点儿走。"

赵苒坐下来："我的男朋友还没到呢。"

"我走了，你就不结婚了？"

"……"

赵苒咬一口酥油小糖糕，转移话题，指着楼梯前穿着一身丝绒面酒红色长裙的人说："房蜜说按宝格丽晚宴的规格办宴会，米荞就真穿了晚礼服来。"

夏灯端着酒杯沉默不语。

"我倒要看看她穿得这么隆重是为了谁。"

夏灯有点儿困。

赵苒扭头看她一句话也没听,放下酥油小糖糕,抱怨道:"夏灯!你听没听我在说什么?米荞没安好心!"

夏灯诚恳地道:"我不记得这位同学。"

"……"

赵苒差点儿忘了,夏灯有选择性遗忘症,不会重复记忆不重要的人和事,久而久之,这些人和事就在她的记忆里变得越来越浅淡。

赵苒解释说:"你不记得米荞也正常,她比我们晚一届上学,我对她也没什么印象。要不是她在我前夫的单位里当助理,我还不知道我们的高中里有这么一个声娇身软的学妹。"

赵苒咬牙切齿,夏灯懂了,米荞大概插足了赵苒的婚姻。夏灯问:"你叫我来不是要宣布二婚吧?"

赵苒抿嘴,笑出了眼尾的细纹:"我要拿你吹牛。"

"这只会让她更不想跟我有牵扯,并不会让你找回在她那里失去的场子。"夏灯说。

"但你是我的朋友啊,灯!我有厉害的朋友,这多少会对她起到一点儿震慑的作用吧?"

夏灯没反驳,说:"随你了。"

"你在伦敦待得太久了,根本不知道,女人真惨,一辈子就是当工具的命!"赵苒义愤填膺地说。

夏灯不作声。

"我觉得她很可怜,但也要扇她的嘴巴。有些罪犯也可怜,但还是得死!"赵苒说,"看着吧,米荞的目标不是游风,就是肖昂。"

游风。

夏灯的指尖颤动一下。

从别人的嘴里听到这个名字，跟自己默念这个名字完全不同。

赵苒突然反应过来，一拍大腿，道："我就说我忘了什么事，刚才在那边看见贺仲生，他跟别人说游风也来！"

夏灯没接话。

顿时，赵苒觉得今晚的一切不再重要，放弃了拿夏灯吹牛的计划，拉住她的手道："要不我们去旁边的温泉馆里泡温泉？我们不在这里待了。"

夏灯笑了笑，说："你怕什么？"

所有人都知道八年前夏灯甩了游风，游风大概已经恨她入骨。无论聚会能不能进行下去，要是游风对夏灯做出报复的行为，赵苒会一刀捅死自己。

她们说话间，主厅里突然躁动起来。

夏灯闻声看去，那果然是游风。

肖昂也来了，他们的高中里平平无奇的腼腆男孩今天已经是明星律所里的合伙人。

赵苒刚感觉脊梁一冷，主厅里的人已经齐刷刷地看过来。

夏灯终于对那块酥油小糖糕感兴趣了，漫不经心地咬了糖糕一口，托着下巴缓慢地咀嚼。

人群中的游风遥望着她，目光含笑。

可以，夏灯，就这么勾引我，我就吃这一套。

## 第四章
## 潜水艇的假面具

游风站在人群中缓慢地眨眼,似乎彻夜未眠。他一直用右手随意地捏着手机,把左手插在西裤的口袋里,婉拒任何人端来的饮品,既不主动地攀谈也不接话。

七八个人里,就他表现得敷衍。但没有人会忽视他,毕竟他是混得最好的人。

他穿得素,穿着普普通通的深银三件套,领带上有蓝色的斜纹。肖昂正好与游风相反,穿了一件紫色的衣服。

游风的妈是中法混血儿,游风继承了她的那副骨相,又很会长,有良好的皮相,难有敌手。其实他人生的剧本应该是拯救娱乐圈,但是夏灯不喜欢名艺人,他就为她研究起了摘星。

肖昂没有游风像整容模板一般的长相,但也长得周正,一双眼明亮异常。肖昂又与游风差不多高,于是气场同样强大。

青年才俊站在一起,总会让人控制不住地比较他们,众人客套时不自觉地打量二人，二人的每一根青筋和每一根头发都被列进了比较的清单里，众人在心里打下分数。

贺仲生终于哄好女友，走下楼梯，看到游风，不由得挑眉，阴阳怪气地道："哟，大爷到了。"

他们比媒体的记者还讨厌，给游风起了一大堆乱七八糟的外号，什么"游总指挥""游总教""东方Tony Stark（托尼·史塔克）"，包括这个"大爷"。游风一直警告他们，他们还一直这样叫他，还说他玩不起。

游风懒得理他们，贺仲生更兴奋了，走过去撞撞游风的胳膊，看一眼偏厅，接着说："甩你的人在那儿呢。"

游风用得着他说？刚进门，游风就用目光锁定了夏灯。

房蜜给贺仲生端了酒："你就别哪壶不开提哪壶了，两个人没能在一起就是缘分不够。今天这么多老同学在，大家都比过去还有魅力，没准儿一扭头，枪虾就遇到了它的虾虎鱼。"

枪虾和虾虎鱼是互利共生的关系。

确实，他们这样的人择偶时，比起考虑爱情，更优先考虑的是能不能互相利用和成就、能不能一起走得更远。

贺仲生嗤笑道："那游风应该是虾虎鱼，保镖嘛。至于有些人眼神不好，确实很像枪虾嘛，都把稳赚不赔的股票抛售了。"

贺仲生说得轻松，别人却怕极了游风翻脸发火，下意识地观察他的脸色。虽然很多年过去了，但游风脾气的杀伤力依旧让人记忆犹新。

游风面无表情。

他觉得夏灯确实是一只枪虾，而且她是视力最不好的那一只。

他没再看她了，她应该知道他来了，但在那边坐得还挺稳当，也不吃点心了。

一个月过去了，她就一点儿也不想他。

嗯。

他一点儿也不在意。

在被称为"天然氧吧"的御诚和，人们足不出户就能享受森林浴，这里是房蜜和她丈夫的众多房产之一，一直被她用来招待朋友，被用于同学聚会还是第一次。

房蜜把一直立于角落里的女孩领进人群中，介绍道："来，大家都认识一下，这是我们工作室新签的模特。"

房蜜有一个原创的服装工作室，最新系列的服装主打民国风，她已经宣布要跟秦获的潮牌联名。

秦获是赵苒的前男友，把原创的潮牌做得风生水起。

赵苒当年嫁给了一个领导。

好景不长，米荞介入了赵苒的婚姻，赵苒潇洒地挥手把位置让了出来，结果米荞没取代赵苒的位置。

赵苒笃定地认为米荞死性不改，米荞精心地打扮自己一定是为了寻找更结实、弹性更好的跳板。

但米荞一直未挪步，始终在与人闲聊，甚至不如被房蜜领到人群里的模特有存在感。

模特害羞地一笑："我第一次被老板拉来参加私人的活动，有点儿紧张。"

她说着耸了一下肩膀，很可爱地说："你们好。"说话间，她不能免俗地瞄了一眼游风。

她喜欢游风的长相，还喜欢他的名字。

房蜜当下便拆穿模特："我们的美女都不掩饰了，就喜欢帅哥。"

房蜜说着，冲游风笑道："你也单身太久了，不如趁着咱们的热闹场合脱个单？"

模特有衣架子般的身材，脸十分漂亮，贺仲生抗议道："有这么多单身汉呢，能不能把美女给更有趣的人哪？游风要是会谈恋爱，怎么会

· 076 ·

被甩呢？"

有人打圆场："什么甩不甩呀？两个人不合适自然会分手。"

有人和稀泥："那是夏灯嘛，游风被甩也很正常。"

有人冷嘲热讽："游风，依我说，你也别上心，老天太眷顾夏灯了，给她这么牛的外表和这么牛的家庭背景，她不眼高于顶都不正常。你就睡完……"

那人还没说完话，就被贺仲生拽走了。

把人拽到楼梯的拐角处，贺仲生呼出一口气，扭头看人群中的游风，游风的脸色果然极差，怪不得贺仲生出了一身冷汗……

被拽走的人不明白，皱眉问："你慌慌张张的干吗？"

贺仲生翻白眼："你要作死得等没人的时候，别拖着一群人陪葬。夏灯的事是你能胡说的？"

"不是，夏灯把游风甩了，谁不知道这件事？"

"初恋都有滤镜，你没听说过？哪怕男人被伤透了心，他的初恋也是神圣不可侵犯的，你懂什么？"贺仲生懒得解释，"你长点儿记性，可别提'夏灯'俩字了。"

游风眨眼的速度越来越缓慢，他几天连轴转的后遗症出现了。

无聊的场合连一点儿吸引他的地方都没有，无论是早就淡出记忆的同学，还是模特不加掩饰的欣赏，都引不起他的兴趣。

他只是想看夏灯一眼，现在想走了。


房蜜还没大学毕业便接受家人的安排结婚了。那时男方还不出名，后来晋升成为一个珠宝品牌的中华区董事兼总监理，携房蜜参加新系列的发布会，一众朋友这才知道这件事。当晚众多的旧友将房蜜屏蔽，有的狂删朋友圈。

这大概是因为房蜜从前并不起眼，所以她的"好日子"总归有些刺眼。

她如今八面玲珑，站在人群中不卑不亢、大方得体。

赵苒含着柠檬片看那边的房蜜，十分羡慕地说："如果我当年懂得陪一个有上进心又忠诚的人成长会有更高的收益这个道理，就不会落得现在的下场了。"

酥油小糖糕太甜，夏灯吃了两口便放下了它。

她偷偷地看了那边几眼，游风明明来了，也知道她在，她不是他暗示余情未了的前女友吗？他怎么把她晾在这边？

一个月了，一个月了。

他一点儿也不想她。

真好。

她也不想他，一点儿也不。

赵苒摇摇头："不过我也说不好，12班的一个女生结婚时一穷二白，后来他们夫妻把店开起来了，曾经的老实人也开始偷腥了，还和小三合伙算计她，让她净身出户。"

赵苒感慨完，继续给夏灯介绍客人，这时有人来到她面前。

赵苒顺便介绍道："这位是咱隔壁班的那个被劝退的霍青。"

霍青皱起眉："你不会介绍人可以不用介绍。"

赵苒翻白眼："我哪一句话说错了？"

霍青不再同她斗嘴，冲夏灯伸手："咱握一下手吧，夏老师。"

赵苒上来打掉他的手："你也配？"

霍青也不恼，笑着说："别用老眼光看我，我已经今非昔比了，不然也不能来这里。"

赵苒这才对夏灯提起他的近况："月光漫画工作室是他跟人合伙开的，他们跟上百个画手签约了，跟很多平台上的人都有合作。"

霍青第二次对夏灯伸出手。

夏灯没有握他的手，说："你好。"

赵苒笑出声："你找一个地方坐一下吧，霍总，别丢人现眼了。"

霍青也见好就收，笑着说完"等会儿一起喝一杯酒"，便离开了。

赵苒顿感乏味。霍青的话不假，若不是今非昔比了，他不会前来。这场聚会的本质就是一群现阶段过得不错的人的交际场。

以为米荞会有所动作，赵苒已然待战，米荞却只是静静地与人聊天。

赵苒觉得也许误会了米荞，就像很多人也骂过赵苒。赵苒觉得自己也许只是把一些信息拼凑起来，就这样定义了米荞。

赵苒真感到有些挫败。

她深深地呼气："确实无聊。"

"那就走吧。"夏灯本来就困，厅内又灯火如昼，她被照得根本睁不开眼。

而且她看见那个漂亮的女孩望向游风，眼神里有明晃晃的爱慕。

女孩很漂亮。

夏灯的心里发闷。

赵苒点点头："同意！"

人群中仍不时地传来笑声，夏灯已经踏上离开人群的路。

游风已经通知了司机，正准备离开，夏灯从偏厅里走来。他并未抱有期待，却没想到她当真目不斜视地往外走。

众人屏住呼吸，等待两个人擦肩而过的画面。

很快，夏灯走到游风的跟前，又走过他的身旁。

游风突然抓住她的胳膊。

主厅里只剩下背景音乐在响。

夏灯扭头看了一眼他的手，心跳很快，脸上却神色如常。她问："有事吗？"

游风看着他喜欢的脸和那样不悦的表情，松了手："我牵错人了。"

夏灯把指甲掐进食指的指腹里，转身就走。

游风已经把柔软的唇抿成一条线。

夏灯走出两步，突然扭头，往回走。

背景音乐正好终止了，下首歌的前奏还没响起，厅内顿时变得静悄悄的。

夏灯却没走向游风，毫不犹豫地路过他，停在肖昂的面前。

众人惊诧，觉得不可思议。

肖昂也受宠若惊，不由得睁大眼睛。

夏灯淡淡地问："外边下雨了，能麻烦你送我回家吗？"

众人不约而同地看向游风。

游风脖子上的青筋一条一条地显露出来。

肖昂并未看向游风，微笑着对夏灯说："好。"

夏灯走得极快，生怕被游风抓回去一般，肖昂险些跟丢她。

赵苒瞠目结舌，半晌没动弹。

游风也没停留，快步离去。

众人悬在嗓子眼儿的心这才缓缓地落了下来。

贺仲生很从容，还笑出了声。没有人比他更了解游风，游风肯定是去找肖昂算账了。

夏灯打着伞站在蜿蜒的道路的一侧，望着路的对面，郁郁葱葱的树木被小雨淋得"窸窸窣窣"地响。

肖昂去开车了，让她等等他。

但夏灯也开了车，没等他，而是在等赵苒把自己的车开来。

肖昂比赵苒先到。车窗降下来，他神情温柔地说："我知道你只是在气游风。但我真的可以效劳。"

夏灯抱歉地道："我刚才没有不尊重你的意思。"

"理解。"肖昂仍温柔地道，"那我先走了，改天再聚。"

"好。"

赵苒随后赶来，打开车门："上车。"

夏灯上了车，赵苒竖拇指："你比以前猛。"

夏灯靠在座位上，闭上双眼。

她认为自己没变，从前被惹恼也会反击，只是极少会反击游风。

"你真那么恨他？"赵苒实在没忍住问。

夏灯一声不吭。

赵苒说："这也正常，他爱你又怎么样，还不是有一张刻薄的嘴？哪个女孩会喜欢一直跟她抬杠的男孩？你甩他，他并不冤。一张坏嘴足以毁灭一百颗真心。"

"我睡一会儿。"夏灯回答。

赵苒不说话了，把空调的温度调高了点儿，让夏灯好好地睡觉。


游风在北京的房产最多，秘书一直都叫人打理着游风常住的那套房子。游风每每在北京工作，冰箱总是满着的，今日也不例外。

游风拿出罐装的冰咖啡，烤面包，切开牛油果，把酱抹在面包上，麻木冷淡的动作里带着火气。

他咬了一口面包，咀嚼着，把手撑在桌面上，小臂上的青筋很醒目。他光着的脚似乎因为青筋的凸起更显瘦了。

夏灯没良心，连一点儿良心都没有！

司机告诉游风，夏灯是跟着一位女性朋友离开的，游风才没有追上去把肖昂怎么样——虽然他根本不会把肖昂怎么样。

游风知道夏灯是在气他，也许是因为他忙了一个月，也许是因为跑步机，也许她已经猜到了文哥是受他之托去"偶遇"她并把"红酒绿"转手给她的……

无论如何，她超乎预期地达到了目的。游风现在气得牙疼。

夏灯回到自己的家里，她的家是能一览全城的大平层。她没开灯，踢掉鞋，把音乐的音量调得很大，再直直地躺在秋千床上。

> 天空中劈过一道闪电，照亮她紧闭的双眼。
> 他怎么能拉住她再松手？！
> 那他干吗要拉她呢？
> "牵错人了"？
> 那你想牵谁的手？
> 爱穿越在深巷里
> 那道光属于
> 我口袋
> ……
> 记录多少孤单
> 剩一人的舞台
> ……

歌曲十分应景，她听得心烦意乱，起身想关掉音响。还没走到音响的跟前，她转而走到吧台旁，打开柜子，用手指划过一排酒，挑了一瓶烈性的酒。

她开酒，倒酒，掀开制冰机，铲出几块冰块。冰块掉进酒杯里，发出清脆的"扑通"声。

这雨下得仍旧
　　划过涟漪漫游
　　月光曲只剩半首
　　没留住的
　　晦涩的温柔
　　…………
　　原来你一直都在
　　原来你一直都在
　　…………

　　她深吸一口气，再缓慢地呼出一口气。
　　她没救了。

　　心情差，游风又喝了咖啡，脑袋逐渐变得昏沉，眼睛也很酸疼，这可能是因为他太久没睡觉了。
　　他闭着眼站在窗前，闪电不时地照亮他的脸。
　　他有些怨气，为什么夏灯没有害怕闪电的毛病呢？她为什么不怕闪电？
　　想到这里，他又在心里骂，她怕什么东西呢？她是"夏大胆"，怕什么？
　　手机的铃声突兀地响起，而他明明交代了秘书今晚不要让任何工作电话打进来。他皱着眉走向手机，拿起手机就要批评秘书，那边先传来了醉话，夏灯软软地拖着长腔说——
　　"我怕闪电……"

　　夏灯用双手撑住自己，肩膀变得更加纤薄，直角几乎变成锐角。细带裙子的领口极低，几条裙褶沿着腰侧延伸，裙摆垂在膝盖上，被风一吹便微动起来。

她的全身很有骨感，腰臀比、腿长及腿型却无不恰到好处。就因这种无可挑剔的外貌，夏灯的优秀总是不易被看到。

她凝视着见底的酒杯，旁边放着只剩半瓶酒的"高原骑士"——世界最北部的威士忌品牌。她后知后觉地意识到她的酒量竟变得这么好了，根本喝不醉。

她想起刚才被游风挂断的电话，他是看透她了吗？他知道她根本不害怕闪电，还是知道她根本没喝醉？

她闭上眼。

片刻后，她决定洗澡睡觉，明天早上起来就当这件事没发生过。

她洗完澡出来，关掉音乐，想收起那半瓶酒。但不知为何，她不仅没收起酒，还又倒满了一杯酒，加冰喝了一口，打了一个激灵，浑身麻透。

舒禾和程程说喝酒致癌，让夏灯注意身体，但夏灯是要开酒吧的人，必须得喝遍天下的酒，才能跟天下的人交友。不过她喝酒也会适量的。

喝到眼神迷离，她就回房了。她已在醉倒的边缘徘徊了，得去睡觉了。

她刚走到卧室的门口，敲门声传来。

她已有醉意，脚步发飘地走到门口，扳动门把手，游风站在门口。

他闭着唇，看上去很平和，但她能通过他胸膛的起伏、凌乱的呼吸还有他被雨淋湿的肩膀，得知他是怎么匆忙地赶来的。

心在狂跳，她却淡定地问："你来干什么？"

"你不是害怕闪电吗？"他说。

夏灯转身，随手关门，却没把门关死。

游风看着她留的门缝，直接进门。

夏灯走到沙发旁，轻轻地扶住额头。

她有点儿后悔喝剩下的半瓶酒，现在晕乎乎的，有点儿危险，尤其是她喜欢的男人就在她的身后。

游风进门后一眼看到见底的"高原骑士"，皱眉表示不悦。他以为她在演戏，她竟真喝了酒。她的头又不疼了？

他走过去，拉住夏灯的胳膊往回一扯，逼她转身，摸上她的额头。

夏灯被他摸着额头试温度，一直注视着他。同学聚会现场的灯实在太刺眼，她根本看不清他的眼睛。以前她作为百合时也看不清他，怕他认出自己来，总是不敢看他。

今天她没戴面具，是夏灯，没什么不敢做的事，甚至敢打掉他的手，面无表情地道："自重。"

"谁给我打电话？"

酒精已经在夏灯的脑袋里玩起云霄飞车了，她已不能照常地站着，便靠在沙发的靠背上，抱住双臂，歪着头说："我打错了。"

房间里没开灯，只有趁闪电突然来到时，游风才能看清她酩酊大醉的模样。

他没再问，转身要走。

夏灯拉住他的手。

他扭头看她的手。

夏灯已经醉到看什么都是重影的程度，语气也变得忽轻忽重。她说："是我打的电话。"

游风停住脚步。

"我没打错。"夏灯又说。

游风转身，上前一步，把她困于自己和沙发的靠背之间，低头，找到她的目光："你害怕闪电吗？"

· 085 ·

夏灯不想被他看着，低下头，声音很轻地说："不怕。"

"那你为什么说怕？"

夏灯忘了，可能是疯了吧。反正她总是无法在他的面前保持理智，为他推翻了那些原则。

游风牵住她，唇就悬在她的耳朵上方，他一开口，气息便会拂动她耳朵上的绒毛。他问："你是不是想我了？"

夏灯垂着首摇头，却不抽回被牵住的手，也任由他撑住她的身子："你还可以再忙一点儿……"声音已经有气无力，她醉得明显。

游风抱住她，让她的额头贴在自己的肩膀上，想骂她。

现在她连一个月都很难忍住不想他？那是谁八年来一直铁石心肠？她的意思是，非得等她不执着于事业了，他才有资格被她想？

但他没骂她。

他一直在等今天。

"你为什么不早给我打电话？"

夏灯抬头，贴着他的胸膛，仰着脸，用手指在他的脖子上划拉着："我给你打电话？以什么身份？你现在不是有别的女人吗？我只是你的前女友……"

游风轻扶她的脖子："你那天为什么穿高领的衣服？"

"你少管……"夏灯迷迷糊糊地说。

游风故意欺负她，说："你可以找别的男人，我就不能找别的女人？"

夏灯闻言撇嘴，顿时变得泪眼婆娑。

"……"

游风皱眉，捧住她的脸，用拇指把她掉出来的两滴眼泪轻轻地抹掉："嗯，我不找。"

"但你还是找了……"夏灯指着他喉结的左边，"这里，被吸了好大的一颗'草莓',我看得一清二楚!"

游风弯唇:"确实是这样,那个女的怎么回事,不想让我见人了?"

夏灯听到这里更委屈了,把脸埋在他的胸膛上,说着醉酒后才会说的吴侬软语:"你说过,初臣是要抢你喜欢的女人所以才来找我。那你怎么能一边喜欢我,一边跟她在一起?"

游风突生坦白的冲动,想告诉她,自己一早便知百合是她,从她加他的微信的那一刻起就知道了。

要不他就说了?他也不等她主动了?

但她不会跑吗?她最擅长逃跑。

他很多时候不是不敢说,是没那么自信,她以前也对他表达爱意,却走得毅然决然。

夏灯攥着他的衬衫,幽怨地开口:"你是在报复我当年跟你分手吗?"

游风便问:"那我成功了吗?我找别人,你难受了吗?"

夏灯拧眉,推开了他:"那我们这么恨彼此,还有什么必要再待在一起?我们各自去找别人吧!"

她说着身体一晃,游风立即上前拽住她的胳膊,托住她的手肘,然后才说话:"是谁大早上在电梯门口堵着我投怀送抱的?又是谁给我打电话说害怕的?"

夏灯很凶,当即反击:"是谁让文哥把'红酒绿'给我的?是谁接到我的电话后淋着雨赶过来的?"

"那我走。"这个人很知道怎么气他。

夏灯搂着他,突然把他抓得更紧。

游风看向她的手:"你又不松手?"

夏灯把额头贴在他的胸膛上:"我觉得我的脑子快不够用了,我们明天再吵架行吗？"

游风大败。

夏灯的两根手指慢慢地钻进他的袖口里，她说："你就别走了吧？"

游风根本不是她的对手，不论八年前还是现在。他攥紧她的手指："我不走，干什么？"

夏灯声若蚊蚋地说："想乘人之危……"

她的声音实在小，游风又问："想什么？"

夏灯抬头吻住他。

游风愣了三秒，清醒过来，用力地搂住她的腰，抱起她，把她放到西厨里的操作台上。他把双手撑在她的两侧，再俯身加深这个吻。

八年，因为她的规矩，他不能吻她，八年。

夏灯想了半个月，总算亲到了他。八年没亲过他了，她真不容易。他的唇齿间有咖啡的苦味，但她很喜欢他的唇，熟悉的软唇。

呼吸渐重，游风却没顺水推舟，还要逼自己在她的耳边敛声问："醉了吗？"

夏灯闭着眼睛说："嗯。"

"那乘人之危的是我。"

"那我就没醉。"

"……"

游风轻捏她的脸，轻声细语地说："真聪明。"

他扛起她，轻车熟路地进入她的卧房里。

夏灯千娇百媚，他根本不想浪费一分一秒，不然天很快就亮了。

她一疼就掐他，反正他从不喊疼。

她忽而鼻酸，双眼发涩。

他真不疼吗？

他不也是肉长的吗?

他怎么会不疼?

他为什么从不说疼?

她不要他了,他是不是快要疼死了?

他不是对百合很温柔吗?

为什么他对前女友也很温柔?

他知道夏灯和百合是同一个人?

想到这里,夏灯居然不惊讶。

她并非一点儿都不怀疑游风知道她是百合,只是不允许自己去想这件事。

她深想下去,原因并不复杂。她希望他拆穿她,他最好能掀开她的面具,说:"傻瓜夏灯,我知道百合是你,不怪你,也不问你,你现在是不是终于想好了?我们是不是能重新开始?……"

她坏透了。明明是她做错了事,她却仍想让他来戳破这层窗户纸,已经享受了他的爱很多年,居然还想继续这样下去。

想得难过,她又吻住了他。

游风以为她疼,动作变得越发轻缓。他这是在与作为夏灯的她做这种事,不是在和百合做这种事。他不想让她觉得现在的感受还不如当百合时的感受。

她被他弄得渐渐地有了感觉,伤感之事便被抛在了脑后。算了,事情太复杂了,她明天再想,当务之急是要把他睡了。

一个月了,她要把她失去的东西讨回来!

天终于亮了。

天总是会亮的。

游风穿上裤子,俯身在她的眼睛上亲了亲:"我去抽一根烟。"

夏灯的嗓子哑了,游风用拇指摩挲着她的发,等着回复:"行不行？"说完他看了一眼露台，"很快的。"

夏灯张了张嘴，嘶哑地说了一声："好。"

说完她便昏沉地睡去，最后的记忆是游风在她的脖子上落下一吻。

她光着脚，带着撕裂般的疼痛走到吧台旁，倒了一杯水。

她还没来得及懊恼，手机响了，她走过去拿起手机，接通电话。

"灯，你怎么还没到？"程程的声音传来。

夏灯哑着嗓子说："到哪里？"

"你不是让我带你见几个涂州本地的酒商吗？"

夏灯忘了这件事，抱歉地道："我在北京，还没回去呢。"

"啊，那明天？"

夏灯觉得自己得休养几天，说："再约吧。"

程程终于听出夏灯的不对劲，问："你是生病了吗？"

"我被狗咬了。"夏灯信口胡诌，突然看到她的记事本，还没来得及疑惑它为何在这里，便看到了上边游风的笔迹。他把她写的"游风，一个贱男人"划掉了，还在后边写——

"我还要开会，把冰箱里的食物全换过了，给你订好饭了，汤和粥都有，还有醒酒糖，清理剂和药膏在左手边。我把卡戎岛上加你的微信的那个男孩删了。"

夏灯皱眉，刚要骂他没素质，顺便好奇他为什么能解锁她的手机，恍然间看到折痕下还有一句话——

"0919。咱们都分手八年了，你还用我的生日当密码，夏老师挺长情。"

"……"

狂妄！夏灯先把手机的密码改掉，再把记事本上游风写字的那页纸撕掉，翻开新的一页，重新写下：游风，一个贱男人！

她的本子上不能有比她的字更好看的字，他别想炫耀。

完成一系列的动作后，夏灯对程程说："我暂定周五回去，当天计划有变的话就给你打电话。麻烦你帮我给酒商道歉，我预订了十组新品，你和舒禾喜欢新品的话就去提，不喜欢就让酒商把它们发到我在湖区九号租的仓库里。"

"那我俩要是不把它们提来，不是人设都崩塌了吗？"程程笑道。

电话就这样被挂断了，夏灯的目光落在左手边敞开的药箱上，上面的一层里全是擦伤药，药是敏感部位也可用的。

她把左手撑在桌沿上，意料之中地沉默了——

她想起他们第一次做那种事的情景，结束后游风就去抽烟了，把她丢在床上，她心寒，觉得他说的爱与行为不符，于是不负责任地玩起人间蒸发来。

他发疯地找寻她，没找到人，却找到了他被忘的真相。

原来他们幼时就约定过成为彼此的最佳病友，他还把自制的船锚手链送给了她，结果她不仅把手链丢了，还把他忘了。

那天也是屋漏偏逢连夜雨，他找到她时，她正被人骚扰，骚扰者正好成为游风发泄的对象。

游风把那人打得头破血流，自己也被那人的亲友团群殴，瘫坐在墙角边，如同一摊带血的烂泥。

后来游风和夏灯在医院里闹起别扭来，这是他们相识以来闹过的最严重的一次别扭。

她怪他太冲动，他总用拳头解决问题，而且根本不能战无不胜。

他怪她太冷淡，她先是把他忘掉，再丢掉他的礼物，然后人间蒸发。甚至他伤得不省人事时，她还能保持理智，别说眼泪，连焦急之色都没有。

反正两个人僵持不下。

那时他们年轻气盛，尤其是夏灯。她性子冷淡，看的书又多又杂，逻辑是她立世的根本，她凡事非要论真章和对错……

现在想来，那时的她比后来心比天高、立志匡扶正义的她还要可笑。

只有小说才必须要做到人设稳定、剧情的发展符合逻辑，现实哪里有逻辑？

后来，她想起幼时，想起病友、船锚、船长所有的事。

她倒是有一个能屈能伸的优点，不知道错时死犟，知道错就认怂。

她回去讨好卖乖，给他做饭，让他亲亲，他就原谅了她……

他甚至没挣扎一下。

想到这里，夏灯突然意识到了她仍然等待着游风来挑破那层纸的原因。

因为游风总是主动的那个人，她每次还没愧疚，他就心疼、翻篇儿了。

吹着傍晚的东南风，她陷入长久的思考中。

她发现她能屈能伸的优点还在，但心境确实发生了翻天覆地的变化。就像她原先喜欢伍迪·艾伦，现在觉得他的作品一般。原先她可能只因自己做错了事而道歉、认怂，今天却能因为想念游风、在意他而认怂。

她在意他。

非常在意。

但游风必须得说出来早就知道她是百合的事！

他一直在模糊她的心目中对错的界限，就得承担代价。

他不能一直告诉她做什么事都可以，先逼她养成习惯，再突然告诉她不可以这样做。她做错了，他做得也不完全对。

昨晚她喝了太多酒，又对他没什么抵抗力，根本想不通事情，现在伴着风理顺这些事，顿时舒服了。

夏灯轻松地拿起手机，突然僵住——

她忘了刚改的密码，怒意上头时还不慎关闭了人脸识别的功能。

她把自己的生日、所有能想到的数字组合都试了一遍，手机提示一分钟后再试。

"……"

刚厘清思路的那点儿愉快又消失了，她还是打开电脑，看了房间里的监控，屏幕中的自己用食指很用力地把密码改成了2222。

"……"

她还是把密码改回了原来的密码。这主要是因为她太熟悉原来的密码，一定不会忘记它，而不是因为她就想把游风的生日设置成密码。这跟他没关系。他算什么？他只是一个长得帅的贱男人而已。

反正打开了监控的记录，她突发奇想，又往前拖了拖时间条，看到昨天在电闪雷鸣下拉住他的手、搂紧他的腰、死活不让他走的自己，当即耳朵发烫。她迅速删除记录，"啪"的一声合上电脑。

一旦证据被毁灭，事情就没发生过。

她舒服了，去洗澡。

洗澡之前，她发微信拜托小姨帮她找一个教书法的老师，老师不用太专业，能写"江湖体"就行。

游风结束了一天的工作，撑着疲惫的身躯翻行程表。他当然知道明天要飞去美国，就是想看看他是不是记错了。

他没有记错，飞机明天下午三点多起飞，这是真的，他的记性真是不错。

三百平方米的空间内鸦雀无声，回音久久难消。AI（人工智能）助手感应到游风的心情不好，十分体贴地改变了办公室里的灯光，却不巧点燃了他的怒火。

游风站起来，用双手撑住桌面，环形感应灯亮起，AI助手等待着指示。

游风伸手关闭总开关，三百平方米的空间陷入黑暗中。

现在已经十二点半，他一会儿还要开海外的视频会议，所以不能走。他昨天喘息片刻，代价就是他未来的几天里都别想休息了。

他走到沙发旁，平躺下去，用手腕挡住眼睛，把另一只手自然地放在腹部上。被挽至小臂上的袖子、自然地敞开的衣襟，让他的手背、小臂以及一部分的腹肌露了出来，使他的气质里忽而带了一些颓废。

他确实太累了，也没辙。

他已经要死了，尤其昨天还为夏老师服务了半宿，她倒是说睡就睡着了，他还有一堆事，事情堆积在脑海里，他根本不敢偷懒。

现在他终于开始怨自己，怨自己当年非要跟她一较高低，怨自己非要证明他能一边工作一边爱她，怨自己非要证明他比她牛，然后就变成了这副德行。

其实他给她发"早安"和"晚安"也得定时。

那时两个人都忙得脚不沾地，但他怕她没安全感，怕她胡思乱想、患得患失，睁不开眼也要冲冷水澡后跟她打视频电话，嘱咐她注意休息、远离生冷油腻的食品。

全球女性的生存环境都很艰难，她在那里又属于其他种族的女性，刚融入社会时被排挤、被歧视，又暴瘦……

他那时自以为是地觉得，他的关心和呵护只要从不缺席，就一定能对她起到安慰的作用，她会过得舒服点儿。

他没想到他的小潜水艇会愧疚。

有一天他们通话时，她问他，你是洗的热水澡吗？怎么牙都在打战？他怕她看出来真相，以有事为借口，匆匆地挂断了电话。

之后没多久,她便提出分手,倒没说"她不爱了"这种扯淡的话,而是说她没办法兼顾学业、事业和爱情。她贪心地想要这三样东西,但不能一心二用。

他当然不同意分手。他当时正好与几个同学一起作为航天的新星登上几家权威报纸的头版,其他领域里的人或许不知晓,但做他们这一行的人都知道有一批卓越的航天设计师在残酷的角逐中脱颖而出。

游风开始公开地说胡话,日日饮酒,不务正业,就这样以另类的方式在这批人当中迅速蹿红,天天霸占头条。

他发疯是真的。他要让夏灯知道他在发疯也是真的。

他以为她会后悔,但她连一点儿动静都没有。

无论他怎么追到伦敦、在她的公寓外淋雨罚站,她都只说那句"我们解决不了问题,就别互相耽误了"。

游风当时真恨她,恨意却总比不上爱意,他咬牙发誓要变得比她厉害,最好以后可以掌握她的生杀大权,扭头又在夜里喝得烂醉。

他过了半年这样混沌的日子,百合出现了。

起初他乍起恶念,决定一口回绝,让夏灯也尝尝被抛弃的滋味。但他的手不听使唤,他不仅同意了她的好友申请,还答应了她的那个匪夷所思的戴面具的要求。

渐渐地,他明白过来,她解决不了不能一心二用的问题,但又舍不得他。

就这样,他明白了她用心良苦,佯装不知百合是她。

想到这里,他没来由地怨她。

现在她已然回国,对事业也不再执着,他就想让她服个软,她怎么就那么倔呢?昨天她在那种情境下都不松口。总之,她就是要睡他,但他别想让她说服软的话。

他还巴巴地去伺候她?

游风，你疯得可以！

他气得很，从沙发上站起来，呼出一口气，身上的青筋都鼓了起来。

反正要是她不明确地表达她就是想他、控制不住地想他，他就不会再理会她的一切小动作。

他一接她的电话就马不停蹄地飞奔过去的情况，必不可能再发生！

夏灯跟赵苒约了中饭，地点是一家日料店。

赵苒喝了一口清酒，问夏灯："你要不就在北京多待几天？"

夏灯在和沈佑发微信聊天，没顾上回答。

赵苒也不急，咬了一口蟹黄糕，静等她聊完。

夏灯不是喜欢聊天的人，认为有事打电话更有效率，但沈佑的消息来得太突然，又太吸引她，她便没管其他事。

沈佑很快又发来消息。

沈佑：我不在北京，游风下午也得走，没人看着谭——那个小崽子，他最近因为那个女孩上特级班的事跟家里人闹起来了，嚷嚷着要独立呢，你看你能不能帮忙照看他一下？"

夏灯：他总得迈过这个坎儿。

沈佑便不回复她了。

夏灯放下手机。

赵苒瞥见这句话，不由得笑出声："这人做了这么多铺垫，意思这么明显，你怎么能这么正经地拒绝他呢？"

夏灯本不想多说。她也蛮喜欢谭——，但沈佑明显是另有所图，于是她回答赵苒："以照看孩子为借口促进交流的方式不太真诚。"

赵苒歪着头一想，抿嘴点头道："有理。"

沈佑收起手机,耸肩道:"不愧是夏灯,读书多的人就是不好骗。"

游风正在从书架上拿书,闻言停住动作,转身问:"你说了什么?"

沈佑跷起二郎腿:"我没说什么,就是让她收留谭——几天。我这不是给你创造机会吗?你周三回来后,就有理由找她约饭了。"

"你要是闲,就把公司的厕所刷了。"

"……"

沈佑叫屈:"你为了咱们行业的发展不辞劳苦,还要在爱情的路上踽踽独行,我不是不忍心吗?你不看电影啊?一般男女主角的恋情进度都得由我这种人来推动。"

没等游风回答,沈佑又说:"哦,你不看电影。你哪里有空看电影。你都几天没睡觉了?看看你那黑眼圈。"

真烦,游风把他轰出去了。


赵苒扒拉着鱼片,没什么胃口,唉声叹气地道:"我昨天刷朋友圈,秦获交女朋友了,我觉得那个女孩跟我长得有点儿像。"

夏灯没有秦获的微信,没表态,不过顺便看了一下朋友圈,正好看到游风不久前发的朋友圈——

"三点的飞机。"

她缓缓地吐出一口气,从容地关闭了手机。

赵苒又说:"但我觉得那个女孩不如那时候的我轻松,这大概是因为秦获今非昔比?"

夏灯又忍不住看了一眼朋友圈,而这时已经十二点半了。

他去美国几天?

他不会又要去一个月吧?

她开始用拇指的指甲刮勺柄上的花纹。

一点十分,游风已经在前往机场的路上。

他每隔五分钟刷一次手机,但某人就是按兵不动。

他看透了,她只是想睡他。

他对她就只有那点儿诱惑!

他烦躁地把手机扔到一边,把手覆在额头上,分别用食指、拇指摁住两侧的太阳穴。因为他太用力,手臂上的青筋都凸显出来了。

他已经放弃希望,不抱任何期待,却仍不受控制地点开微信。看到朋友圈的更新提示时,他并不觉得那是夏灯更新的。所以下一秒他看到她的头像时,心脏才没来由地漏跳几拍。

夏灯分享了一首歌——

《消失的爱人》。

这是袁娅维的歌。

游风随即对司机说:"返程。"

他顺便通知秘书,让秘书把航班改成今日的最后一班。

赵苒问夏灯:"灯,你有没有追回前任的切实可行的办法呀?我跟秦获有感情基础,能跟他再续前缘吧?"

夏灯一直在瞄黑屏的手机,只听了半句赵苒的话。

"夏灯,你怎么了?心不在焉的。"

夏灯回过神,拿起手机佯装自然,答非所问地道:"再续前缘?随你喜欢。"

赵苒皱眉:"你说什么呢?"

夏灯随意地解锁手机刷朋友圈,刷新几次都没再看到游风的那条朋友圈,心跳顷刻间加快。她站起来,拿起包,抱歉地对赵苒说:"我有事先走了。我请这顿饭,还请下顿饭、下下顿饭。"

说完她大步离开,任谁喊也不回头。

赵苒本来很有怨气,一看账单,还是忍下了气。

夏灯回家洗澡,洗到一半,浴室的门就被人从外面推开。她很惊诧,接着就看到游风走来,他托住她的脖子把她带到面前,吻住她。

她"嘤"了一声,说:"我在洗澡……"

"一起洗。"

## 第五章
## 不结实的窗户纸

他们早就拥有过彼此了。

那时候他们都还小,擦在伤口上的药膏、系在手腕上的船锚、"我永远记得你,你是我唯一的病友"的约定,便是对他们将要纠缠一生的证明。

她攥着他的衣襟,手上除了水,还有从手心里钻出来的汗,湿乎乎的,只有她自己知道。

她恍然间想起那时她去郊区接他的情景,大半夜他就站在路边,吹着风,有些落魄,就像红极一时的演员从云端上跌落,只能在街边接活儿,等着被人捡走……

现在他快三十岁了,不知道还能过几天好日子。

游风咬了她一口,似乎在惩罚走神的她。

游风最厌恶别人说他有福,哪怕他们只是在暗示这一点。

游风认为每个人都在不怀好意地审视夏灯，每个字都彰显着深埋在他们骨子里的粗鄙和腌臜。

游风痛恨别人对她的念想，隔三岔五就因这种事把他们摁在墙上暴打。

那段时间里他打架不要命、令人"闻风丧胆"，都是因为这一点。

那时他的脸上总是有伤，他动不动就住几天院。

夏灯不知道这些事。

他在她的身后，单枪匹马，阻挡了一切肮脏的人。

她都不知道。

他们结束活动后，夏灯不要了，把游风丢到床上就跑掉了。

游风靠在床头上不明所以，夏灯已经重新从浴室里走出来，穿着小白兔图案的绒毛睡裙，跳到床上，挪到他的身边，拉着他的手，让他搂住她的背、把她圈在臂弯里。

他还没说话，她已经柔声问："香不香？"

"什么？"游风随意地拨弄着她的发，问得也很随意。

夏灯靠在他的怀里："给你抱，你睡觉吧。"

游风的手停住，眼睫微动。

夏灯搂住他的腰，闭上眼睛："今天没航班了，你转机得等明天。反正你不能准时地到了，那就睡觉。"

游风浅浅地一笑，揉捏她的手："好。"


游风失踪了，沈佑正好跟贺仲生约了一起喝酒。

沈佑晃着酒杯里的冰块："游风这么多年来从没临时改过行程，这个人堪称劳模。那会儿我割痔疮，休息了几天，他就寒碜我。我说，你最好永远都这么勤快，可别让我逮住了。好家伙，人就说了，说一定不负众望。今天这脸被打得'啪啪'响啊，他的俏脸蛋儿不得被扇肿了？"

贺仲生笑得肩膀乱颤："他干吗去了？"

沈佑还真不知道，说："我以为他是去找夏灯了，但你刚不是说夏灯跟你的同学在一起吗？"

"有一个同学中午在群里说，跟夏灯一起吃完日料就去游泳。"贺仲生觉得这件事邪乎，说，"那要不是去找夏灯，他能去干吗？这个大劳模。"

沈佑问贺仲生："那天的同学聚会怎么样？"

贺仲生就把游风和夏灯之间发生的事添油加醋地说了一遍："你是没看见，夏灯跟那个男的一走，劳模的脸都绿了。"

沈佑恍然大悟，说："我就说这两天游风阴晴不定的毛病又加重了。我今天给他创造机会，他还把我骂了一顿……"

说到一半，沈佑皱眉又道："他不会想不开吧？"

"关于这点你就没我了解他，他绝不会比夏灯先死。"贺仲生说，"我看新闻说，那个唐夕住院了？"

贺仲生不知道唐夕和游风根本不熟。

沈佑懂贺仲生的意思，没说"放料结婚"的馊主意是自己出的，说："他俩总共就公开地约了一次饭，游风还没去，上岛跟夏灯偶遇去了。餐厅是我定的，他的那身衣裳都是我割肉买的。我还被唐夕那个蠢女人追着骂。"

沈佑越想越生气，把剩下的酒饮尽了："我要跟他绝交！！"

贺仲生看沈佑说到一半生气了，幸灾乐祸地说："你别管他，我都不管他。管他向来是费力不讨好。"

"唐夕那个蠢女人最近也是作得要死，为了一个男的拼命地喝酒，该学学人家夏灯，夏灯说走就走，让别人天天失眠喝酒。"

贺仲生真是快乐，给沈佑倒满酒："咱俩以后多约约这种'辱骂局'。"

"可以，趁着游风现在还没跟夏灯和好。"

"夏灯一听他结婚就回来了，八成是有求和的意思，咱们就看他能坚持到什么时候吧。不过我看他很能装，他不想低头，估计他们得僵持一段时间。"

沈佑刚要说话，手机里有了微信消息，他点开微信一看，皱了眉，给贺仲生看手机时笑了一声："确实是，他们得僵持了。"

贺仲生眯眼一看，消息是唐夕发给沈佑的——

"哥，我要跟你说一件事，赵知葡从冰岛回来了，应该是看见新闻上说我跟游风要结婚的事是假的了。她对游风很执着，是我们圈子里知名的恋爱脑。昨天游风的公司不是公布新项目Sumardagurinn Fyrsti（夏季的第一天）了吗？这是冰岛的法定节日……你看她的朋友圈，她分享的都是在冰岛上的日常。她巴不得让全天下的人都知道她去冰岛了……"

贺仲生看完了消息，挑眉问："Sumardagurinn Fyrsti，这是初夏的意思吧？"

沈佑收起手机，耸耸肩，没有说话。


游风一觉睡到第二天的中午十一点。

他好久没这么舒坦地睡觉了，醒来没看到夏灯，站在会客厅里环顾左右,只看到餐桌上有一个保温桶,拧开盖子,里面是粥。

他拿起手机,她几小时前发来微信——

"我的小姨住院了。"

他放下手机,先去洗漱,回到餐厅里舀了一点儿粥喝。

想到昨天她十分罕见的良好表现和那一句"给你抱",他感觉未来的一周里都不用休息了。

夏灯看着小姨打着石膏的腿,怨小姨不小心,又怕语言会伤到对方,说:"你要是不适合瑜伽这种运动,就趁早终止。"

小姨即便是吊着腿也很硬气,说:"我已经不婚了,再没有兴趣爱好,余生那么长,我怎么打发时间?你又不陪我。"

"我可以陪你。"

小姨说:"我昨天就给你打电话了,你怎么没接电话?"

"……"

夏灯昨天在忙,说:"我有事。"

"你在涂州有事,我信了,你在北京有什么事?你计划也在北京开一家酒吧?"

"也不是不行。"

小姨挑了一下眉,发现夏灯变得越发有趣了,以前夏灯总是哑口无言的那个人,现在见招拆招,不当胜利者誓不罢休。

这八年里,夏灯到底经历了多少事?

两个人正说着话,肖昂走进了高级病房里。

夏灯并未露出诧异的神色,肖昂也表现得很平淡,只保持着礼貌的微笑。小姨跟他客套一番,对夏灯解释道:"我刚跟肖律师签了法律服务协议。听说他跟你是一个高中的，我就叫他来了。"

"我有这么单纯吗？"

小姨嗤笑道："我这不是让你多认识一些青年才俊吗？你得通过比较才能知道哪个男人好。"说完她对肖昂一笑道，"我开玩笑，你不要介意。"

肖昂开得起玩笑，淡淡地笑道："我不介意，余总随意。"

小姨十分满意地说："真懂事。肖律师下午要是有空，就陪我的外甥女去游泳呗？"

"我有事。"

"可以的。"

有事的是夏灯，刚好真有电话打来，只是她没想到电话居然是初臣打来的。但既然他打来了电话，她就顺手接起了电话，给小姨和肖昂展示来电，说："我接一下电话。"

病房里只剩小姨和肖昂，小姨淡淡地道："你也看到了，我的外甥女很受欢迎。"

肖昂垂下目光，声音低沉地说："我知道。"他一直都知道。

"那你够呛啊。我本来肯定不会站在你这边，是想多给她一些机会选择，让她看看跟谁在一起更快乐。"

肖昂也知道对方的想法，抬起头来，坚定地说："我想试试。"

小姨微笑："那我勉强投你一票吧，至少让你有一个参赛的资格。"

"谢谢余总。"


初臣找不到唐夕了，也打不通经纪人的电话。唐夕是公众人物，她的事一有风吹草动便会刷屏，初臣不宜大张旗鼓地找她，正好查询到夏灯在唐夕的小区里也有房产，便来求助夏灯。

夏灯没有立刻回答初臣，先给沈佑打了电话，确定唐夕真的失联后，才答应初臣帮他找唐夕，随即跟沈佑一同前往唐夕的住处。

夏灯离开后才跟小姨打了招呼。她虽然知道小姨和余焰女士都只是担心自己不能走出上一段感情，但还是不接受小姨乱点鸳鸯谱的行为。

夏灯开了车，但沈佑说他在附近，可以接她一起过去，她答应了，就在医院的门口等待。

等待期间，夏灯刷新了航班的信息，游风大概率会改乘的那班飞机已起飞，她再刷新与他的聊天框，什么消息也没有。

好，这个贱男人，连招呼都不打。

夏灯收起手机，不给自己添堵了，沈佑正好也到了。

上了车，夏灯正在系安全带，沈佑先问："怎么了？你看起来不高兴。"

"没事，就是养了一条喂不熟的狗。"

沈佑"咯咯"地笑："在这种情况下，我通常会劝你宰了狗吃肉。"说着他将车子驶入主路。

"你吃狗肉？"

"我不吃狗肉，但你要是宰了那条狗，我可以吃上一口肉。"沈佑说，"犟嘴的狗都有发达的颊肌，肉质一定好。"

夏灯淡淡地一笑，不再接话。

"哎，夏灯，我怎么看不了你的朋友圈？"

夏灯拿起手机："我没屏蔽你。"

沈佑"咝"一声，说："那真奇怪了。"

夏灯翻着朋友圈,想证明她没屏蔽任何人,突然看到游风一小时前发的朋友圈——

"如果天上的风就想要水里的灯,你要不要重新跟我在一起?"

夏灯的心头卷起滔天的浪,脸上却很平静,她平淡地锁屏、反扣手机,把头扭向窗外,看夏季黏腻的光线、遮阳伞下的女孩额角上的薄汗、饮品店的门口排起的长队。

"如果天上的风就想要水里的灯,你要不要跟我在一起?"

游风曾两次问过她这句话,一次是在他偷拍她的照片时问的,一次是在她的那套涂州涂山苑的山庄别墅里问的。

这是他第三次说这句话了,不同于以往的是,这一次这句话里多了"重新"二字。

夏灯冷静了五分钟,还是打开手机,打开朋友圈,像酝酿了很久一般略微严肃地打下"过期的情话"几个字。手指悬在发送键上半天,她还是没摁下发送键。

沈佑一直没敢看夏灯,这主要是因为他跟她交往得不深,话多会惹人讨厌。但他能通过呼吸的频率感知到她的情绪。

她也在挣扎吧?

八年过去,游风和夏灯都不再是冲动的人,游风若不是能够兼顾爱情和事业,应该不会因为爱就豁出去。

爱情于正当年的人来说只是锦上添花之物,不是必需品。

又过了五分钟,夏灯重新拿起手机,就看到游风删了朋友圈。她刷新几次都没再看到那条朋友圈,确定他已删掉了它,用力地锁屏、关机、把手机放进包里。

沈佑还不知道这件事,自作聪明地当助攻,说:"有些人真是的,不会私聊吗?朋友圈不是私人的地方。"

夏灯头也不抬地说:"确实,有些人发了删,删了发,刷别人的屏,我会想拉黑他。"

"……"

沈佑一愣,伪装看表时迅速看了一下游风的朋友圈,那条朋友圈不见了……他用心良苦,游风却烂泥糊不上墙,于是沈佑不再多嘴。

夏灯第一次明显意识到生气时从胸腔里升起的那股气跟平常的气相差甚远。

她的心房差点儿失守。

这个骗子。

她得好好地整理一下心情,不要太容易被他牵着鼻子走,也别像雏儿一样对他无法抗拒。

二十四个小时里,她最多让他霸占脑海一会儿,在其余的时间里必须干正事。也没有人可以在二十四小时里一直谈爱,那不现实。

何况,他把朋友圈删了。


游风不在夏灯猜测的那趟航班上。他出行都是根据"更适合"这一点选择民航机或公务机,大多数时候选择公务机,因为它更高效。

他本来准备在夏灯的家里喝完粥就离开的,但突然找不到袜子了。虽然他一会儿也要回去整理行李后再出行,但他坚决不裸脚穿皮鞋。他想起以前也曾来她的家里过夜,猜测衣帽间里总有他的衣服,便推开了门。

他没看到一件他的衣服,倒是看到了他为她拍过的照片。它被贴在左侧的墙上,就像一件艺术品,装点着这个房间。

照片中,夏灯背朝着镜头,但灯塔的光衬在她的裙摆周围,耀眼夺目,他几乎能通过它一览她生涩的脸。

他拍的这组照片被青年摄影展的人偷偷地展览过,他当时发了火,却也觉得他们的眼光还挺好。他也觉得他拍过的那么多组照片里,只有这一组夏灯入镜的照片,是超出他的常规水平一大截的。

他缓慢地走过去,轻轻地掀开照片,却没看到他的那句表白,那里只有一块斑驳的痕迹。她把那句话撕了。

后来,他离开那里,回到住处,前往机场,一直都无法保持平静。人都是越急就越想要结果,越急就越混乱,反而与期望的结果背道而驰。

他在头脑不清楚时发了一条朋友圈,又焦急地等待了一个多小时。直到上了飞机,他终于清醒过来,删了那条朋友圈。

朋友圈不是表白的地方,这个举动显得他急不可耐,她以前都没有很感动,现在看起来更不好骗,大概连心跳的速度都不会变快。

而且她得先把被撕掉的那句话贴回去。

她一点儿都不礼貌。

唐夕没待在她位于朝阳的家里,而是待在她位于通州的滨水豪宅里。沈佑甚至没去朝阳转一圈,直接把夏灯带到了通州。

夏灯这才知道他们之间有联系。

沈佑看她一点儿都不好奇,出于礼貌还是解释了一番:"我跟唐夕是老朋友,她有事会瞒着经纪人和她以前的那些男朋友,但不会瞒着我。"

夏灯也是在谭一一的生日会上才知道沈佑和唐夕是朋友,能大概推理出游风和唐夕被曝结婚的乌龙跟沈佑脱不了干系。

但她没打算问他。

说话间,他们已经来到唐夕家的门口,唐夕的家就是斜对面几十米外的那幢别墅。此时屋里的人大概在聚会,墙头上挂着彩灯,欢笑声时不时地传来。

沈佑熟练地输入了外门和房门的密码,给夏灯拿了新的拖鞋。

"谁呀?"

夏灯刚看了一眼鞋,房间里传来一声询问,唐夕把甜腻的尾音拖得很长。

沈佑走过去把她手里的酒瓶抢走,把它"咣"的一声放在堆满酒瓶的桌上,翻白眼,随即骂道:"谁?你爹我!"

唐夕毫不留情地一脚踹上他的腰:"你有病啊?不敲门!"

"你在干什么见不得人的事吗?"沈佑翻白眼,"你不会又在给大扑棱蛾子录小视频吧?"

唐夕坐起来,用双手把他的脸扳过来,逼他跟她对视:"人家叫初臣!"

沈佑"啧"了一声,拿开她的手:"行,初大扑棱蛾子臣,所以你是不是在录小视频?"

唐夕撇嘴,用双手捂住脸,还没哭两声,听到动静,扭头看到夏灯,眼泪说停就停。她回头看沈佑,好奇地道:"什么意思?"

沈佑先招呼夏灯坐下,再回答唐夕:"我本来不想说,就怕你又燃起希望,但也不想骗你。"

唐夕很迷茫。

"夏灯在你位于朝阳的那套房子的小区里也有一套房子，初臣知道这一点，拜托夏灯去看看你。你不是给我们几个熟人发消息说要永别吗？他估计是怕你想不开，到时候网友扒出来你是因为他才想不开的，他这辈子就完了。"

唐夕自动地屏蔽了后面的那一句话，惊喜地道："真的？他这么担心我？！"

沈佑使劲地翻白眼："你也不看看你发的那玩意儿有多吓人，说什么'我最爱你''不要怀念我'，我都怕到时候警察拿着你的手机找到我问我跟死者的关系，别说他一个本来也不对你上心的人了。"

唐夕撇嘴："谁说他不上心的？！"

夏灯看他们得闹一会儿，准备完成前来的任务后就离开，于是用一句"不好意思"打断他们，在两个人看向她后，把手机放在桌上。

屏幕上是小姨前一段时间发来的消息，夏灯解释道："家里的长辈曾邀请初臣来做客，其实是想让我和他相亲。我的小姨怕我被欺骗，托人打听了他的事。这是他在韩国读书时交的女朋友，这个女孩曾因为怀孕被人议论。"

唐夕花容失色。

沈佑紧蹙眉峰。

夏灯继续说："校内的人几乎都知道这是因为初臣，但他否认了，并对女孩提出分手，说是要自证清白。"

唐夕摇头表示不信，说："你考证过这件事吗？这不就是看图编故事？"

沈佑再一次说："人家是博士，而且在新闻行业里工作了很多年，真实性是新闻人首先要考虑的问题。"

唐夕有多偏执？她不仅听不进去他们的话，还要歪头拧着下巴，用夸张的表情毁掉漂亮的脸蛋儿，骂道："博士博士！没完了？是！人家是博士，何止呀？人家长得漂亮，还有钱，还有一个万众瞩目的前男友，前男友多年对她念念不忘，甚至都怕她听到假料难受，赶紧找媒体背黑锅！她都占到了所有的好处，你这种人还替她吹牛，她是博士，是博士！然后呢？所以呢？我没文化，没机会出国，偶然得到关注才走红了。我看不清一个男人，恋爱脑。但我哪怕有她的一项优势，都能让你看看我唐夕今非昔比！"

她说到最后开始吼叫，嗓子被酒伤过，声音嘶哑得严重，让她的形象更显得有些凄楚。

沈佑第一次听到这种话，才知道唐夕成名以后仍对背景、学历这些事情耿耿于怀。他不知道从何劝起，因为自己也面对着一样的问题。他自己尚不能把事情理解透彻，不知该怎么告诉她，人生而不同，你怨也没用。

夏灯本该尴尬，但没有尴尬。她甚至走过去，蹲下来，把被唐夕踢掉的毯子捡起，用毯子盖住唐夕险些走光的腿，说："你说得对，我不反驳。"

唐夕缓慢地扭动脖子，看向她。

夏灯拉起她的手，让她自己摁住毯子的一角，随后站起来，语速平缓地说："我从小性子冷，拒绝交流，跟大部分人没有共同的话题，也不想用'懂得更多'的优越感去压迫任何人。'懂得更多'本身也是背景赋予我的，我只是运气好，有这个背景。"

唐夕一顿，不知道说什么话好。

"对初臣的事，我只是觉得你有知情权。"

她点到为止，无一丝多余的话。

唐夕把嘴一撇，眼泪"啪嗒"掉落，她抓住夏灯："对不起，我不是冲你来的，只是……"

"我知道。"夏灯说。

唐夕吸了好几下鼻子，醉酒让她比平时还显得呆一点儿，她说："但我现在心里还是喜欢他的，要怎么办？"

"我之前是用更疯狂地工作来转移注意力的。"

唐夕皱眉想了想："行……"

沈佑目瞪口呆，之前唐夕每次钻牛角尖时，八百匹马都没法儿把她拉回来……

不光对唐夕的转变感到费解，他也惊讶于夏灯之举。也许这就是夏灯一直以来冷淡的原因，但她从不把它宣之于口……

思及此处，他也难免感慨，近来真的太容易因夏灯而惊诧了。

夏灯先行一步。她走时，唐夕的情绪已稳定许多。

沈佑看她泪眼汪汪的丑样，一边"啧啧"，一边拿纸巾擦掉她的眼泪："你这是平等地怨恨每一个抢了你的人生的富二代吗？"

唐夕吸吸鼻子："是。"

沈佑被她逗笑，给她倒了水，说："但你长得也挺好看哪！你又是抢了谁的脸？"

唐夕撇嘴："那你说，他为什么不喜欢我呀？"

"我说不出来。"沈佑把水给她端过去，"你把水喝了。"

唐夕乖乖地喝水，喝完水小声跟他说："你帮我加一下夏灯的微信。"

沈佑也小声回答："好，我等一会儿就把她的微信推给你。"

唐夕心满意足，突然想起一件事，问："哎，我一直忘了问你，前女友为什么把你甩了呀？就是另一个博士姐姐——梁麦。"

沈佑脸色一沉，说："你现在是不是高兴了？高兴了就给你的经纪人打电话，你赶紧回去上班！不好好地上班，你拿什么保持光鲜亮丽？拿你的蠢脑袋吗？"

"……"

夏灯叫完车便跟小姨打了招呼，约定好陪她吃晚饭，没想到肖昂来得更快。她也不矫情，从容地搭了他的车。

肖昂淡淡地一笑，道："你不要怪余总为我创造机会。"

"我不怪家人。"

"那你能不能也别怪我把初臣在韩国的事告诉余总？我只是想减少一个竞争对手。"

夏灯坐在后座上，把脸扭向窗外："你对初臣下手没用。"

肖昂点头："是，你的心里只有游风，游风才是我的竞争对手。"

夏灯并不否认。

肖昂又是一笑，说："我这么坦诚，你能不能也坦白地告诉我，你是什么时候开始喜欢游风的？好让我死心。"

"你僭越了，我们不算熟。"夏灯淡淡地警告他。

"抱歉。"

车内陷入寂静中，肖昂从车内的后视镜里看了一眼夏灯的脸。

所有人对游风和夏灯的记忆，都是游风暗恋并苦追了夏灯八年后终于抱得美人归。

只有肖昂知道他们之间的故事有另一个版本。

在图书馆里,他看见夏灯俯身偷亲了睡着的游风。

夏夜仍然炎热不堪,小姨忽然打来电话说临时要参加视频会议,让夏灯自己解决晚饭的问题。小姨创造机会的意思显而易见。

肖昂抓住机会,问道:"赏个脸吗?让我请你吃饭。"

两个人站在路边,正是吃晚饭的时间,天桥的两端灯火通明,天时地利人和,夏灯如果不同意,似乎很不礼貌。但她还是淡淡地道:"你跟我的小姨是合作的关系,跟我不是。对不起,我另外有约要赴。"

"我是你的高中同学。不能有特权吗?"肖昂不死心,追问道。

正是下班的高峰时段,公路上的车辆川流不息,环境实在吵闹,夏灯不愿再跟他纠缠,说:"聚会的那天我听朋友介绍你,才知道你跟我是一个高中的。"

肖昂温润地一笑:"那好吧。"

正好赵苒把车停到了路边,夏灯礼貌地道别后上车。

肖昂看着那辆车离去,笑容逐渐加深。她有选择性遗忘症吗?她对不重要的事就坚决不重复地记忆,等它渐渐地在脑海中淡去?

那她到底记不记得那次她在图书馆里偷亲游风?

她要是忘了那件事就好了,那他或许就能篡改那段记忆,说她是亲了他。

想到这里,他一挑眉梢。这样做也不是不行。


赵苒开车时往后望了一眼:"那不是肖昂吗?"

"嗯。"

赵苒不可思议地道:"不是吧,夏灯老师?"

"不是。"

"那就行。"赵苒告诉她,"我跟你说为什么不能和他谈恋爱。你可能忘了我们当年经历的事,但我被骂得很惨,印象深刻!"

夏灯静等下文。

"在高中,学校建游泳馆的那段时间里,很多人不是正好在隔壁的体育馆里筹备橄榄球赛吗?当时校区的高中里正流行这项运动。你们家……呃,游风当时是咱们校队的四分卫,老贺和肖昂是跑锋,外接手跟我关系好。那天我花了两百块钱请值周的同学吃了一顿羊蝎子,换来俩袖标,说是替她们打扫游泳馆,其实是去体育馆里看比赛。咱俩一起去的体育馆,你记得吧?"

夏灯经过她的提醒,想起来那件事,说:"记得,你跟我说值周生可以在游泳馆开放前试游,还买通了值周的同学,她们跟你一唱一和,说'是这样'。"

"……"

赵苒无力地笑道:"你怎么就记得这种事?!"

"因为要不是听了这个理由,我根本不会答应你。"

"……"

赵苒识相地跳过这个话题,接着说:"然后咱俩就被告发了,你知道吧?校队赢了,我正跟你在那儿吹牛呢,主任喊了一嗓子,差点儿吓破我的胆。他开着办公室的门,骂咱俩不害臊,你还记得吗?"

夏灯不记得了。

这一段情节没有重复记忆的必要。

"怎么,看橄榄球就不害臊了?真不懂他!"赵苒先诋毁了膀大腰圆的主任一番,才继续说,"除了参加比赛的那几个人,还有谁知道咱俩去了现场？肯定不是值周的那两个人告发咱俩的，我的那两百块钱不是白花的。"

夏灯记得后续的事情，她和赵苒因为逃午休去看比赛，被罚站了一周。

赵苒越说越气："我以前也想过会不会是游风和贺仲生，但游风没那么多事，贺仲生跟他关系好，肯定也不会多嘴。外接手自然也不会告发我。你说还有谁？"

照她的意思，只剩下肖昂有可能告发她们。

夏灯没有搭茬儿。

"他最不起眼，又老实，我当时就没往他的身上想。你看现在，他今非昔比，哪里还有老实的样子？我跟你说，当时就是我判断失误了。"赵苒说，"他就是一个内心狭隘、表里不一的人。"

夏灯没有接话。

"还有一件事发生在高一下学期咱们分班时，就在比赛后没多久。游风当时是全年级的第一名嘛，清华还是北大的新航项目的录取通知书已经下来了，就是说这位哥高一就被保送了。"赵苒看向夏灯，"至于他为什么没去考试，我也不知道。"

夏灯没告诉她，自己去看望他的爷爷，从爷爷那里知道——别说高中被保送，游风初中时就通过了测验，免三考了。

说起来，他拿倒数第一名给她兜底的事根本不影响他未来的路。

其实初中时她不感动，还觉得这个游风真笨，他总是考倒数第一名。

她那时考倒数第二名是因为她不想考试。考试时她一直看着窗外的阳光穿过树叶，光线投射在窗台上的盆栽上。

余焰女士当时是一名海外的谈判官。在国内，这个行业并不热门，她又想打开国内的市场，于是接了很多国企对外贸易外包的单，那些大都是大案子。

她优秀还努力，国内的媒体就给她树立了"我国精英女士"的形象。

她一下子获得了大量的追捧，这是一把双刃剑，揽下这个头衔就意味着她不能出一点儿差错。

夏灯是余焰女士的女儿，一定会被推到风口浪尖上。

就这样，夏灯因体质的问题无缘国家游泳队后，乖乖地去上学了。

她又回忆了一遍陈年旧事。

她闭上眼，思绪回到游风考倒数第一名的事上。

他俩都以为对方不爱学习吧？

她仍然记得爷爷那时说，游风一天里几乎学习十五个小时。他现在好像也是这样做的，媒体经常报道他已连续工作很久。

想到这里，夏灯发现，游风变成更厉害的人好像是必然的事。她不能邀功，说这是她提出分手的好处。

他以前也是一边保护她，一边拿到免三考的资格的。

这个人也是强悍，换成她早就猝死了。

赵苒说："我也是上大学后听高中同学说的这些事。说实话，我听到这些事并不好奇，因为还听说了游风的家庭。他的爷爷和父亲都是大学问家，他能免三考有什么稀奇？"

说完她"啧"了一声，埋怨自己道："扯远了，我接着说分班的事。"

夏灯说："你先开车，到餐厅里再说。"

"也行。"

滨水别墅里,唐夕看着斜对面的热闹场景,端着碗,食不下咽。

沈佑把螃蟹剥好放到她的碗里:"赶紧吃,我晚上还有活儿要干,没空陪着你磨洋工。"

唐夕摇头晃脑地道:"人类的悲欢并不相通,我只觉得他们吵闹。"

沈佑白她一眼:"鲁迅在《而已集·小杂感》中写这一段文字,不是让你用它抒发情绪的,这是一种无可奈何的悲情。不要从哪儿听了一句话之后就无病呻吟,你要追本溯源之后再表达自己,才不会让人觉得你浅薄。"

唐夕也白他一眼:"就你懂!沈大明白!"

沈佑看她活过来了,准备一会儿就回去,说:"以后你再作死,我就把夏灯叫过来治你。我看这样挺好,办法很管用。"

唐夕扒拉着蟹肉:"其实刚才我反思了一下。"

"嗯,你反思了什么?"沈佑给她剥了最后一只螃蟹。

唐夕掰着手指:"我不该嫉妒她有钱、有学历、有颜值、有好身材、有深爱她的男人。我记得一个作者写过一本书,说这种情绪叫恶意。有罪的是不平等的世界,不是她,她又没伤害过人家。"

沈佑笑了一下,有意逗她:"不能光知道这些道理,你能改正错误吗?从咱们认识到现在,你天天反思自己,天天不改正错误,反思有什么用?"

唐夕转移话题,问:"哎,你为什么分手?"

"……"

既然她想知道原因，沈佑就告诉她："她妈逼她去与和她更合适的人交往，我当时只有学历，没钱，失去她。"

唐夕犹豫后问："哥，你不怨吗？"

"不怨。"

"毕竟现在你什么都有了，肯定也释怀了。"

"那你也什么都有了，有钱有名利，为什么还不能对出身释怀，还介意自己的背景？"

唐夕不说话了。

"你心高气傲，不想被轻视，更加奋发图强，但被轻视的那一刻会在你的心里结成痂。"

唐夕张口结舌，十分认同他的话。

沈佑翻出一些邮件给她看："这是我托人打听的。当然，我主要是帮某个傲娇的人打听夏灯在伦敦的生活。她吃了很多苦。她工作了好久才有一点点的成绩，还不能犯错，不然要付出更大的代价才能把一个错误的篇章翻过去。"

唐夕看不懂英文，但看得懂图，那个时期的夏灯也太憔悴、狼狈了。

可她最多心疼夏灯，无法与夏灯共情，说："但她还是什么都有哇，别人也吃苦，就只有苦，不会拥有其他的任何东西。"

沈佑接下来就要说这一点："每个人想要的东西不同，如果你出生在一个富贵人家，但你的父母有很强的控制欲，要你按照他们的计划成长，你觉得自己很苦，别人却觉得你什么都有了还说苦，你怎么解释？"

"她的家人又不控制她。"

"但她的家人给她看了太多的书，让她看到了太多的苦，她活得太通透了，就想用所学的知识改变一些恶臭的规则。"沈佑说，"如果她光是看了一点儿书就有这么大的抱负，你可以说她矫情，但人家实打实地拿到了很多学位，又在存在歧视现象的单位里拿到了晋升的资格。说白了，她写一篇报道就真能改变一些舆论的风向。你很难理解吧？她竟有那么远大的理想。这就是太有学问的其中一种结果。你想要吗？"

唐夕理屈词穷。

沈佑趁热打铁，又吓唬她："还有一种结果——你看剧时肯定见过，就是因为学术而抑郁。"

唐夕不寒而栗。

沈佑把手机收起来，接着给她剥螃蟹："我给你讲这些事，就是让你多看到事情的一些方面，凡事不要一概而论。你因为背景而委屈，但我也没背景，也一路被轻视，不也活下来了？"

唐夕的气被他打压得所剩无几，她焉头耷脑地说："那你能忍这些委屈，是一只鳖。"

沈佑笑了，把螃蟹给她吃："不要老想着老天爷不公平，你想得再多，第二天起来还是要工作。"

唐夕被戳到伤心处，撇嘴，眼泪又涌出来。

沈佑"啧"了一声，抽纸巾给她擦眼泪："你要过好眼下的生活，怨天尤人的话，没人会心疼你的。"

唐夕拉着他的手，一边抽泣一边摇头："你会心疼我的。"

沈佑瞥她："是，谁让我是受气包呢？我不干正事，在这儿给你讲道理，教你小学的知识。"

"那你赶紧走人！"

沈佑看一眼表，觉得该走了，站起来说："别再为初臣哭了，不然我就报警了，让警察把你逮走，他们能给你科普一点儿防诈骗的知识。"

唐夕翻白眼："走开！"

沈佑走到门口，唐夕喊住他，他转身骂："又怎么了？这一晚你拦我三回了！你还让不让我挣钱了？"

"把门带上。"

"……"

餐厅的二十多层，靠窗的位置。

夏灯点完菜，赵苒继续说起分班的事："游风学理嘛，肖昂也学理，但刚上了一天学就找主任转去文科班了。那天聚会之后，我想起这件事，好奇，跟游风他们班的人私聊了，问了问当年肖昂怎么突然去学文了。"

她拎起酒瓶，给夏灯倒了一点儿酒："他们班的人说，肖昂给班主任发了证明游风不好的照片，想让学校处分游风、把游风降到理科B班。但班主任当作无事发生，事情却被别人知道了，有人还把照片发在了人人网上。"

"什么照片？"

赵苒见她神色如常才开玩笑："重点是那张照片吗？"

"我随口一问。"夏灯说。

赵苒倒好酒，找出聊天记录给她看："这个。"

照片上的光线很暗，画面中的地点好像是清吧或者私人影院。女孩坐在沙发上，穿着男孩的校服，腿上盖着一件棒球衫。她披散着头发，低着头,夏灯看不清她的脸。她用两只手牵着男孩的手腕,男孩用被她拉住的那只手摁着棒球衫的一角,防止她走光。

照片上只有男孩的半个身子,没有脸,但夏灯能看到他胳膊上的伤。

那时游风刚作为代表在高一的大会上发言,胳膊上有一个这种形状的新鲜伤口,全校都知道。

赵苒以为夏灯不会记得游风的伤口,张嘴就说:"这个男的也没露脸,谁知道他是谁呀。他们非要说他是游风。"

"是游风。"夏灯淡淡地道。

赵苒一怔,要把手机拿走,夏灯已经放大了那张照片,说:"游风的手肘上有一个被烟烫出的疤。"

这是他爸以前"不小心"弄的。

夏灯跟游风同床共枕了那么多年,清楚他身上所有的痕迹。

赵苒锁了屏,拿回手机:"事情已经过去了,无所谓。咱们不用管。"

夏灯当然不会管这件事,因为那个女孩是她。

通过这件事,她意识到了问题——

除了安全扣的饰品、海浪的照片、船锚、问安巷里他拼死地守护这些事情,他还隐瞒了很多事情,比如关于这张照片的事。

她不会认错自己,但不记得当时发生了什么事。

她暂时不知道原因,不过能确定,他们的过去好像比她已知的更丰富。

好一个游风。

他这是要跟她比谁更能藏事吗?

## 第六章
**不平庸的青春期**

"能把照片给我吗?"夏灯问。

"能啊。"赵苒立马把照片发给她,还把提供这张照片的人的微信推给她,说,"这个同学叫王萝予。"

夏灯顺手加好友了。

赵苒望着她的一通操作,欲言又止,但还是问道:"所以你回国真是为了他?"

夏灯放下手机,端起酒杯喝了一口酒,咬碎冰块,只握着酒杯。

她一声不吭便是默认了,赵苒得到了答案,想到可以大大方方地提游风了,呼出一口气,如释重负地道:"真挺好的。"

没有多问夏灯,赵苒继续说肖昂的事:"肖昂告发游风,照片被发到人人网上,游风就被孤立了——虽说A班的人向来也不爱交朋友,只爱学习。肖昂转文后待在我们隔壁的班里,后来的事我没印象了。直到前一段时间大家聚会,他混得真不错,但没用,我记得他干的事。"

"你不是说有正事吗？你一直在说别人。"夏灯提醒。

赵苒"哓"了一声，拍额头道："也不算正事吧，就是我要结婚的事是真的，我要当面邀请你当我的伴娘。"

夏灯没当过伴娘，说："我没经验。"

"没事，你都不用上台，就穿得漂漂亮亮的，把我从楼上领到楼下就好。"

"行。"

赵苒喝了一口酒，说："你可得比以前过得还要幸福，那我也算是了却遗憾了。"

她盯着酒杯里的橙色液体，眼角一直有光闪烁。

夏灯知道她在想秦获。那时夏灯跟游风在一起，赵苒跟秦获形影不离。

赵苒把目光移到夏灯的身上："破镜不能重圆，因为碎片之间的距离超出了分子力的作用范围。但你俩的这块镜子就没破过。"

夏灯没说话，他们的这块镜子需要被擦净、打磨。时间久了，灰尘未免积了太多。

不过镜子就快被擦净了。


夏灯跟赵苒分别后去见了大狗，大狗待在大兴艺术街区的顶层公寓里。

大狗租下了这里，把它改成了一家集画廊、读书会的会厅、酒吧和北欧餐厅为一体的俱乐部。

夏灯以前在温特图尔看到过类似的俱乐部，大狗这间屋的个人风格更明显一点儿。

她还在随意地四处观看，大狗已经下楼，拍着手说："看看这是谁！"

夏灯闻声看过去，温和地一笑。

大狗从楼梯上下来，给她拿了一瓶水，说："飞机明早起飞，我只能大晚上叫你来，别怪罪。还有他们有点儿吵，你别嫌弃。"说话间，他瞥了一眼吵闹的酒吧区。

"是我找你帮忙，怎么会怪罪？"

大狗笑道："你还是跟以前一样客气。"

他们也没多寒暄，匆忙地说了几句后，大狗把一个盒子递给她："修好了。"

大狗是一个设计师，游风以前送给夏灯的安全扣手链就是大狗指导制作的。

夏灯拿起盒子，用拇指摩挲盒盖的边缘："谢谢。"

"这条链子对你意义重大，我不敢怠慢。"

"是。"

意义重大。

大狗看她承认得痛快，挑了一下眉，但没对她的转变评论什么。他们很快就开始聊下一个话题，但没聊两句便各自忙碌去了。

夏灯回到家已经是半夜，打开音乐，站在吧台旁喝酒。

喝了半杯酒，她扭头从柜子里拿了威化饼、咖啡和巧克力，到卧室里翻找了一通，最后从窗前的懒人沙发上找到了电脑，还发现游风的领带完全皱了。

这种材质的领带居然皱了。

她一下子想起昨晚的事，喉咙有些干，耳朵也有点儿热。她挠了两下耳朵后，把零食夹在胳膊下，拿上电脑，回到外面的工作台边。

她站在桌前，脑海里又浮现出昨天的情景。她依稀记得他身上的木质香水味。

她突然想起，某人以前会为了跟她做那种事洗一个多小时的澡。

他最好五十岁后也这样爱干净。

那样他们的老年生活一定会少很多矛盾。

思绪飘远，她忽然意识到老了以后宵禁、没收手机也至关重要，省得某人一天到晚发了朋友圈又删让人讨厌。

埋怨了一会儿，她顺手查看了他的航班，飞机要明早才能抵达旧金山。她放下手机，打开电脑，开始工作。

酒吧的设计稿已经通过了审批，她跟设计师在前几天的半夜里想出了一些新的创意。除了翻新酒吧，她还要跟一些酒水品牌达成合作，联系乐队，还要写营销方案。她得在这段时间里完成这些事情。

敲定了几个早上醒来后要完成的任务，她放下笔，走到窗前，放空自己的思绪。回身准备睡觉时她看到了桌上的书——她写的《世界民族观》。

这本书只在欧美发行，国内的出版社没有引进这本书。

国际发行更容易，国内的审核工序多，但她当时总不能及时地回复出版商的消息，在国内发行这本书的事就被搁置了。但她不遗憾。

她走到今天，不好轻率地说遗憾不遗憾。

她早年读司汤达，就有很多共鸣，人不能把幸福寄托在别人的身上，不然就会沦为别人人生的配角，铺陈别人生命的底色。

再回到当年，她应该还是会去伦敦。

她爱游风，但不会因他而牺牲理想，现在也一样。

但不同于原先无法平衡事业和爱情的情况，如今她变得厉害了一点儿，找到了兼顾他和理想的最佳状态，笨鸟也飞起来了，会再飞得更快一点儿的。

她把书合上，拿起手机回到卧室里，突然铃声响起。

王萝予同意添加她为好友。

沈佑看着游风的秘书发给他的会面现场的照片，摇头咂嘴，不屑一顾。游风看起来就贵，虽然用"贵"形容一个人显得庸俗，但沈佑还真想不到别的词汇。

距离唐夕抽风已经过去三天，他今天从热搜上看到她开工了，这总归是好消息，她别再围着男人转了。

沈佑放下手机，又发现微信里有了新消息，看到朋友发来了梁麦的结婚邀请函。照片上的梁麦看起来很贵气呢。

看呆了数秒，他锁屏，放下手机，咬住吸管，心不在焉地喝了一口咖啡。

梁麦在私募圈里有不小的名声，难怪有一身贵气。这样的结果也是必然的，她很优秀，还有背景。

以前沈佑被称为"寒门贵子"时，还不觉得人与人之间的差距有那么大，后来他身边的人都是国外顶尖学校的Ph.D（哲学博士），见识和背景都拿得出手。哪怕他们也很随和，健谈又有礼貌，沈佑却始终觉得被凝视。

说起来他还得感谢游风成天发疯，游风把精英二代的格调往下拉了不少，沈佑这些年来才能活得从容。

当然游风可能不缺乏那种压迫感，只是不会压迫沈佑。不对，沈佑想：那个人成天让他当牛做马，眼睛长在头顶上！秘书也很烦人，天天给他发这种美照显摆自己的老板！

这个世界缺帅哥吗？

沈佑越想越生气，给游风打了一个电话。

游风刚醒，声音低沉地说："喂。"

沈佑听得更上火，说："你睁开你那两只眼睛看看电话是谁打给你的，别装了！"

游风把电话挂了。

"喂，喂？"沈佑"嘿"一声，又把电话打过去，"你还要在休斯敦待几天哪？你还去不去旧金山？你就这样把'初夏'丢给我了？你什么时候回来呀？"

游风起了床，声音恢复了一些，话里的疲惫感却更明显了，他说："下周二。"

"'初夏'是你力排众议后做的项目，你自己不做，这算什么事？"

"把能源的事处理完，我就有空了。"

"你最好真有空。"沈佑给他添堵，说，"还有一件事，唐夕加了夏灯的微信。"

游风第二次挂断了电话。

他把朋友圈删了以后，夏灯把他拉黑了，他现在听不得别人说谁加了夏灯的微信。

他还去问百合有没有空，百合没回消息。

他不是觉得在朋友圈里说那种话显得太随便了吗？谁在朋友圈里解决八年的旧事？

而且他以前发消息，她经常第二天才回复他，解释"当时在忙"。现在她是住在朋友圈里了吗？

他本来就只睡了三个小时，沈佑又找事，游风现在感觉牙有点儿疼。

他洗漱完，秘书已经把早餐准备好，游风坐在桌前，拿起叉子却不开吃，低头操作手机，注册了一个新微信。

他很直接，也没跟她一样装模作样，直接把微信名设置成了"WQXD"。

他输入她的微信号，屏幕上显示"用户不存在"……

他抬头问："什么情况下微信会显示'用户不存在'？"

秘书回答："对方不允许您添加好友的时候。"

"……"

游风不信，研究了一番，发现对方设置不允许通过微信号添加好友后，就会出现这样的情况。他又试了试通过她的手机号添加好友，也不行。

但他的气消了。

上次文哥告诉他，岛上有人把手机递给夏灯，想加她的微信。

他就解锁了她的手机，把她的微信上新添加的人删掉了，但没改动设置的选项。

今日他加不上她的微信，足以说明她后来自己设置了不允许对方添加她为好友。

这位嘴硬的夏老师是怕他不开心吗？

他的牙突然不疼了，他朝外面看了一眼，阳光也很明媚。

夏灯在涂州和北京之间往返了两次，才跟王萝予约上饭。王萝予已经结婚，一边看孩子一边当翻译，不好安排时间。夏灯迁就她，约在她家的附近吃饭，让她来选餐厅。还是夏灯先到了——王萝予说孩子在闹，可能要晚点儿到。夏灯专门腾出一下午的时间，让她不用急。

夏灯等待的期间，小姨打来电话，夏灯扯动唇角，接通电话，道："小姨。"

小姨上来便问："你的微信怎么回事？我怎么搜不到你了？"

"我刚盼着我妈忙起来就顾不上给我找男人了，你就顶替了她的位置。"

"我的眼光肯定比她的好，而且我绝对会先调查好那些男人。你快把权限打开,让他们加好友。你工作累了想放松一下,打开列表一看,多快乐。"

王萝予到了。

夏灯正好挂了电话:"小姨,我还有事,你自己看列表吧。"

王萝予有些局促,也一直不敢看夏灯,把双手放在膝盖上。

夏灯打招呼:"你好,希望没打扰到你。"

王萝予摇头,小声说:"觉得被打扰我就不会答应过来了。"

"先点菜吧。"夏灯把菜单递给她。

王萝予刚翻开菜单的第一页,便做了一个蜷缩手指的动作,还没翻到第二页就把菜单合上了,把它推回给夏灯:"我吃什么都可以。"

夏灯也没再翻开菜单,只是问:"你有忌口的吗?"

"没有。"

夏灯随即对服务员说:"就点你家的招牌菜吧。"

服务员离开,王萝予才说:"我没来过这家餐厅。"

"我也第一次来这里,第一次看见菜单上的菜。"

王萝予终于把双手放到桌面上:"你找我是要问照片的事?"

"嗯。"

王萝予好奇地问:"那是你呀,你没一点儿印象了?"

夏灯解释:"对于让我特别难过的事,我会在每次刚想起它时就去想别的事,或者找事做。所以对很久以前发生的不太好的事,我的印象都很淡。"

王萝予明白了,说:"我之前翻过一本书,作者是维京人,也是用这种方式保护他的精神世界的。"

随即她把知道的事情告诉夏灯:"高一的大会之后,孙越川组局……"

孙越川。

夏灯突然耳鸣，周围的一切景物都颠倒了。

她记得他。

十三年前，夏灯上高一。

入学的第一天，高中的门口人流如潮，司机把夏灯送到校门口对面的街边，她穿过人行道，进入学校。

校门内的大道两侧站着一群叼着棒棒糖打闹的男生，他们在夏灯独自经过面前时弄出很大的动静。

人群中就有孙越川，但夏灯并不认识他。

新生去班级报到后便要军训，要去老校区。夏灯本不想去军训，余焰女士也跟班主任说明了她贫血的情况，但第二天家长群里有人匿名提到了这件事，明里暗里地说她搞特殊。

夏灯只好前去军训，想着跟教官说明贫血的情况也是一样的。

军训期间，孙越川开始对夏灯示好，方式不限于给她买水、买巧克力、送小风扇和冰贴。她走在路上，偶尔被球砸到了，他也会突然把她拉到身后，扭头骂人。

夏灯不胜其烦，能躲开他就躲，躲不了就去找教官。

没过两天孙越川开始造谣，说夏灯在意他。

夏灯当时是去播音室里拿着喇叭拆穿他的谎言的。

这一澄清，导致她后来的半个月里都被孤立、排挤，遭受了语言暴力，因为当时孙越川在高一的新生里拉帮结派。

夏灯本来也不爱说话、交友，不知辱骂声的源头在哪里，也懒得一一地把那些人找出来辨认。结果就是，她走到哪儿都能听到"清高""装"的字眼，还能听到尖锐的嘲笑声。

半个月后，军训结束，所有人离开老校区回归学校，这场闹剧还没结束。彼时夏灯已被霸凌了二十天整。

她的承受能力很强,而且他们荒废了自己的时间,这是他们的损失,对她没什么实际上的伤害,她便一直没花费时间采取措施。顶多是她听着那些话,觉得有点儿不舒服。也只有话难听,没人敢动手。

新生大会后的假期有三天,夏灯把时间安排得很满,第一天要看一本书,等晚一点儿,游泳馆里的人少一点儿,她就去游泳。第二天她要去津港坐轮船,感受海风,第三天要睡上一整天。

她一直喜欢体育馆里的泳池,那是举办过多次国际赛事的池子,只有在那里她才游得过瘾。

意外就是在这一天发生的。

下午三点,她背着游泳装备,骑着小姨刚给她买的联名自行车前往体育馆,骑到正门附近时被突然出现的七八个高中同学拦住。人群里有男有女,他们欢呼雀跃,强拉硬拽地把她带进旁边的店里。

大道上人来人往,她一直大嚷着"不去",但没人停下脚步把她拉出人群。

这确实只是聚会,但他们非要强迫夏灯唱歌。

他们讲着不中听的笑话,说:"夏灯,你为什么不跟孙越川在一起?他可是十一初中的老大,你太不给面子了吧?"

孙越川被他们调侃得面子挂不住了,过去给夏灯开了饮品,单膝下跪把饮料举给她喝。

所有人都起哄呐喊。

夏灯突然耳鸣,狭窄的空间开始收缩,她出现了幻觉。

她起身要走,被孙越川拉住,被他泼了一脸饮品,被捏住脸,被咬牙切齿地骂:"我的脸都让你丢尽了!你有什么了不起的?你以为你长得好看?"

其他人还在打闹,只有一个女生走上前解救夏灯:"孙越川,你干什么呢?是你在窗台旁看见她,让我们下去把她带来的,说一起玩。你这是玩吗？"

孙越川一挥胳膊把她揉到一边，接着对夏灯吼道："你喝不喝？！"

夏灯一直在挣扎和反抗，把手伸进兜里摁了报警的电话。

孙越川攥着她的胳膊威胁道："你要是不把它喝完，我天天到你们班的门口造谣！"

牙关紧闭，夏灯死活不喝。

孙越川就叫他们把她的嘴掰开，几个人十分乐意，搓搓手走上前。他们刚灌了她一口饮品，警察赶到了，一些过路的人也涌了进来。

夏灯当时靠在沙发上，低着头。有人挡在她的身前，给她披了一件衣服，还在她的裙子上也盖了一件衣服。

后来四周吵吵闹闹的，人好像越来越多，她抬不起头，耳鸣更严重了。她最终挣脱开他们，低头跑出去。

体育馆已关门，但她不管，扔下车子，跑进游泳馆里。

游泳馆里只有保洁阿姨了，更衣室已上锁，她正好懒得换衣服，一头扎进水里，试图用水的阻力压住强烈的心跳。

她不停地游，嘴里不停地念："忘掉忘掉忘掉……"

保洁阿姨喊了她几声，她充耳不闻，阿姨也不是工作人员，便没再管她了，只提醒她这里十点会关灯，会有工作人员来闭馆。

夏灯没有回答，馆里只剩她一个人。

她游累了，平躺着，漂浮在水面上。

耳鸣的问题好像消失了。

阿姨说得不准，这里不到十点就关灯了，整个游泳馆里只剩下监控的红点在闪烁。而且工作人员没有检查游泳池。

她一下子想起前一段时间网球馆闭馆把男孩锁在馆里的事，莫名其妙地感到后怕，上岸准备离开。

站在池边，她脱掉外套拧水，突然更衣间里传来动静。她警惕地停下动作,看过去:"是谁?"

没人回答。

夏灯不再问,正要走,身后传来声音:"我是看着你跑进来的。"

那是一个男声。

夏灯觉得她没理解错事情,问:"你也看见我从那里跑出来了?"

"是。"

负面情绪好不容易被她转移走,现在又死灰复燃了。

她坐下来,把脸埋在膝盖间,疯狂地想开心的事,比如小姨就要从曼彻斯特回来了,余焰女士给她买了喜欢的书,丁司白先生介绍她"这是我优秀的女儿夏灯,她是游泳运动员"。

她想啊想啊。

她要忘掉忘掉。

挨过这一会儿,她起身,缓慢地走到更衣室外的那面墙前,停住脚步,没再往里走,只是问:"给我披衣服的那个人是你吗?"

他没说话。

夏灯没看见那人的脸,不过觉得给她披衣服的人应该是他了,轻声说:"谢谢。"

他沉默着。

夏灯低头看自己的脚尖,轻吞口水,声音微哑地说:"能不能……"

"嗯。"

他没等她说完,似乎无论"能不能"的后面是什么事,他都能答应。

"你能不能也忘掉今天的事……?"夏灯说,声音明显在发抖。

"好。"

夏灯从体育馆里出来,看到余焰女士的车。她还没想明白对方怎么会在这里，余焰女士已经下车，过来把她搂住，说有人把电话打到了公司，说她现在在离家不远的游泳馆里。

夏灯不知道为什么自己会扭头，朝黑灯瞎火的游泳馆看上一眼。

这件事没发酵，也没被传播开，只是孙越川因为摔断腿转学了。他为什么断了腿没人知道，只有传言说他伤得不轻，要休养多年。

到高一下学期分班时，夏灯已经不会再想起这个人。

夏灯听着王萝予讲述过去的事，慢慢地拾起关于这段旧事的记忆。

王萝予说完她知晓的故事版本，解释道："那天他拍了很多照片，都是用一个同学的相机拍的，说好给每个人发一份照片，但事后说相机丢了。我当时也用手机拍了几张照片。后来换了手机，我把所有照片都存在QQ空间里，其中就有这一张照片。它因此被传播开。"

"我那时候没注意传言，你能告诉我这件事是怎么翻篇儿的吗？"

"这张照片是肖昂偷走并报给老师的，老师没处分游风，肖昂觉得不公平，把这件事发到了人人网上。"

"他坦白了他把照片告诉了老师的事？"

王萝予点头："那个人人网的账号关联了一个博客，博客的首页里有一首挪威诗人的诗歌，诗歌是我翻译后分享给他的，所以我知道是他。"

夏灯分析不出肖昂的动机，问："他为什么这么做？"

"他就想让游风从A班降到B班，老师佯装不知情，他气不过，就把事情的原委发出来，暗示老师包庇游风，想让大家由此孤立游风。但我们都欺软怕硬，谁敢孤立游风呢？肖昂受不了，就去学了文。"

夏灯都知道了，心绪逐渐变得混乱。

王萝予说了许多话，不知道夏灯主要想听哪部分的事，不过也不会问夏灯，只会被拮据的生活逼着开口："夏灯。"

"嗯。"夏灯回神。

"我看你出了很多书,你的书在国内还没发行。我得看孩子,没办法出去做口译,所以……"

夏灯拿起旁边的椅子上的袋子,里面正好装着她的书,她把袋子递给王萝予,说:"我确实在考虑在国内发行书,你有兴趣翻译的话,我可以跟编辑讲。"

"谢谢。"

"我不做人情方面的事,只是看了你的译作,你把那本《幸福计划》写得太好了。"

王萝予腼腆地一笑,那副拘谨的模样又回到她的身上。

回家的路上,时间突然变得漫长,夏灯好像不是开车行驶在马路上,而是行驶在岁月这条长河中。

笨鸟,我让你忘掉那件事,你就真把它忘掉了呀?

你怎么那么爱我呢?

而且你怎么总是让我去猜你的想法呢?你怎么不来猜猜我的心思呀?你再仔细地找一找,看看我有没有瞒了你一些什么事呀。

笨死了。


夏灯是在新闻上看到"Sumardagurinn Fyrsti"这个运载火箭的项目立项的消息的。

她沿着环京大道行驶了一个多小时,从最南边行驶到最北边,眼看着夜色降临、街灯亮起。

她快到家时,出版商发来消息,诧异地问她怎么不自己翻译书,她又不是中文不好,为什么还要找翻译?但出版商也说,如果她考虑译本，王萝予的文笔确实非常棒。

夏灯就是因为这一点才让王萝予翻译书的，她的书更像日记，记录她在世界各地观察作业的始末，如果她能邀请王萝予跟她合作，有王萝予的顶级文笔的加持，她的书一定能增色不少。

她跟出版商的编辑沟通后，编辑又发微信回复她。

编辑：那我去约一下她吧，把你的原话告诉她。

夏灯：嗯。

夏灯回完这条消息刚好进家门，放下东西去洗澡，再顶着一头湿漉漉的还在滴水的头发走到冰箱前，打开一瓶冰啤酒，靠在桌前闭眼享受酒的滋味。

她不知为何又想到了更衣间前的墙。

为什么她那时候从来没想过墙的后面是他？如果她知道那是他，一定不会因为曾经的那点儿荒唐的心事感到羞耻和悔恨。

她想了想，这可能是因为高中时她一直觉得他对她有意见。

在她看来，游风从倒数第一名一跃成为正数的第一名，她从倒数第二名沦为倒数第一名，虽然她对名次不在意，但他突然之间不再给她垫底，她是会有心理落差的。

她那时就觉得他不愿和她一起被人说是"两个大废物"。

再就是，赵苒提起了橄榄球比赛的事，她比赵苒多了一些记忆。

十三年前，高一的上学期，橄榄球赛正在进行。

比赛的当天游风十分受人瞩目，观众席上一直有人喊他的名字、为他尖叫。他始终面无表情，仿佛眼里只有球，结果在转向观众席后突然变了脸色。而他的目光投向的地方，正好是夏灯的座位。

她不理解他为什么变了脸色，但不觉得这跟她有关系，照旧抬头挺胸地看比赛。

直到他多看了她几眼,周围的人都开始向她投来异样的眼光,她虽然不知原因但还是放弯了脊梁。

比赛结束后,赵苒跟夏灯约定在门口见面。夏灯一个人往外走,突然被人喊住,扭头看见那是其他校队的球员,他也是余焰女士的朋友的儿子。

两个人还没聊两句,一颗橄榄球从他们的中间飞了过去,风带起她耳边的碎发。

男生很生气,扭头看到那是游风扔的橄榄球,更是气不打一处来,捡起球扔回去,随即皱眉问道:"有意思吗?"

夏灯也已回头,正好看见游风神情平静地接住球,他平静得不像抛球者。但她就算是一个第一次看球赛的人,也知道球就是他的。

"什么?"游风说。

男生也很愿意把刚才的话重复一遍,正觉得前一句话的气势不足呢,鼓足了劲嚷:"你有意思吗?"

游风没回答。他的头发被汗打湿了一些,脸上有擦伤,似乎是比赛时不慎受伤了,厚重的护具好像没起到什么作用。

旁边有两个女生一直问他要不要先去医务室看看,还给他打开水,给他端着水壶。贺仲生帮他拿着衣服,还要从他的肩膀上把包拿下来。有他们的这些殷勤行为的加持,游风哪怕只是站着不动,没有支使别人,也没有逼迫别人,都让人觉得比一个纨绔少爷还讨人厌。

男生又扫一眼他的"左右护法",讽刺道:"你也就赢这一次了。"

游风说:"你上一次也是这么说的。"

"……"

男生不甘示弱,又说:"这本来也是拼蛮力的运动,确实适合你这种浑身都是刺的人。要是我不让你赢,你不就白练那些腹肌、胸肌了吗?"

贺仲生瞥他:"你也练哪,谁拦你了?"

"我不屑于练。"

"那你还说什么?!"贺仲生翻白眼,"输了就失去话语权了,你懂不懂?"

男生点头:"懂,不过有什么用呢?"

说完,他偏头冲夏灯笑道:"我们走吧,我送你回学校。"

夏灯刚好收到了赵苒催促她的短信,随他一起转过身。

谁知道球又飞了过来。

男生火大,扭头骂道:"有女生在这儿呢,你看不见哪?有没有礼貌,有没有素质?!砸到人家怎么办?!"

游风走过去,把球捡起来,瞄准贺仲生把球扔了过去,球从贺仲生的耳旁飞过,没有碰到他丝毫,游风说:"我要是砸到她,不就成了你了吗?八场比赛都被零封,你们校队要不还是就地解散吧!"

眼看他们要打起来,夏灯叫了男生一声:"我们走吧。"

男生把气咽下去,狠狠地瞪了游风一眼,一边随着夏灯往外走,一边回头冲游风说:"等着!我迟早把你干掉!"

贺仲生和两个女生上前,其中一个女生说:"五中的人真是幼稚,不过为什么咱们学校的夏灯不跟咱们一块走?"

本来她不提这件事,游风的脸色就已经很难看了,这下他直接把三个人甩下,先行一步。


夏灯将思绪拉回来,想象自己回到了当时的场景里。她当然会觉得游风在针对她。

球从她的耳边飞过两次,他就算有把握砸不到她,也不礼貌。除了他对她有意见,还有什么理由能更完美地解释他的行为?

还有那次他们在问安巷里,因为有社会青年在那儿聚集,她不敢走,正好遇见他,就给了他一瓶水,问能不能两个人一起走,他凶巴巴地不同意。

虽然最后他还是护送了她几天,但在她看来,他完全是被她问得不耐烦才大发慈悲地帮忙了。

她把空酒瓶放在桌上,又闭上了眼。

潮水一样的心绪拍打着储存记忆的地方,那些被她掩埋而非忘记的经历几乎就要破土而出……

高中时他们接触不多,她肤浅地认为他长得好看、个子也高、身材又好,认为他学习、运动样样拿得出手。有时他漫不经心地看向她,慵懒平和地经过她的身侧,都叫她生出一些不能追根溯源的心慌感……每次她一这样动心,他就做一件冷漠的事。

没有人可以在青春期里拒绝一个最好的少年,即便是看透太多事物的她也不能免俗。但如果这个少年随即做出不符合"最好"二字的行为,她会有些失落,然后逼自己迅速把他移出脑海。

她干过很多次这种事。小时候看书、看电影时,她也会喜欢男主角,然后在看下一部电影时喜欢别人。

她深知她的中意带有她对电影本身的叙事手法、构图、色彩等方面的喜爱,所以他们可以像流水一样经过她的记忆,而不留下痕迹。

游风也不例外,却是被她移出脑海最多的一个人。因为他是进入她的脑海里次数最多的人。

他总进来。

没完没了。

她身边的所有人都在说着"游风游风游风",她每次因为一个理由告诉自己该把他忘掉,他一定会重新找一个理由,再次钻进她的心里。

在夏灯寡淡的高中生活里,他是被她注视得最久的人。

在那些充斥着蝉鸣的夏天、被霜雪覆盖的冬季里,他就像菟丝子一样缠在她的心头上,被她清理掉又重新缠绕上去。挨过三个春秋,她终于要摆脱被他反复地吸引的境况时,他突然把她堵在家门口,问她要不要跟他在一起……

她不可能答应他。被吸引是正常的现象,但她不能因为被吸引而丧失理智。

她想想,跟他在一起,还不如跟游泳池在一起。她肤浅地欣赏他的外在形象,这是十分私密的事,但她跟他在一起就不再是私密的事了,她不擅长跟一个人开始这种关系。

然而她答应了。

她当场答应了他。

后来她一直说她不知道为什么会答应他,大概是因为不反感他。她确实没说谎,不过隐瞒了最重要的原因——

她没有躲过少年耀眼的光芒。她只是看起来没有被他的光芒照耀到。

跟游风在一起以后,她一点点地发现、猜测、探索他的秘密,发现他与记忆中的形象存在偏差。他其实为她做了八年的骑士,她忘记了他们小时候曾是病友,而他那时就在守护她了。

从笨拙到熟练,他一直都是她私有的。

那些触动了她的伤口,其实是因她而生的。

还有那些漫不经心地落在她身上的目光。其实他也很紧张吧?他怕她看出来,又怕她看不出来。

天更黑了,风呼啸起来,雷也响了几声,暴雨像一个莽撞的孩子突然扑到她的怀里。

她猛地从纷杂的思绪中抽离出来,走到起舞的窗帘前,将窗户关闭。

她拿起手机，竟然八点了。

她查看完所有的消息，"Sumardagurinn Fyrsti"出现在她的信息栏中。

这是冰岛的法定节日，她曾为看极光前往冰岛，租下了雷克雅未克距离水街不远的红色房子，后来因Sumardagurinn Fyrsti而在那里待到夏季。

她很理解当地的人对严寒的厌倦、对夏天到来的欢欣，但确实感到有些不可思议。

竟有国家为夏季专门设立了节日。

他们是有多爱夏季呢，还是有多迫切呢？

她以为往后的余生里只会在她写的书中和网络上看到这个节日了，没想到它会以游风公司的火箭项目的形式出现在她的视野中。

游风为什么要给他的运载火箭起这个名字？

他也要庆祝夏……

她怔住。

雨降临了，雨声与雷声齐鸣，但她还是听到了她擂鼓般的心跳。

她深呼一口气，开了一瓶新酒，转转脖子，熟练地给酒加冰，喝了一大口酒。

她用左手端着杯子，用右手点开微信，把游风从黑名单里放出来，翻开他的朋友圈，他倒没再发新的朋友圈。

随即她登录了"百合"的微信，他问她"有空吗"。

他现在应该还没回国，但她还是忍不住打了"有空"两个字。

她点击发送键。

片刻后，她又补充了一句。

百合：而且，我有点儿想你。


消息石沉大海。

不过此时旧金山是凌晨四点，他可能在睡觉。睡吧，他出差了几天，每隔五小时就制造一条新闻霸占头条，高效的人生也应该有一刻喘息的时间。

夏灯打开电脑，等待着原同事的跨洋电话，对方遇到了一些问题，需要夏灯帮忙厘清思路。

时针指在"9"上，手机响起，不是来了电话，是来了一条微信消息——

游风发来一张图片。

她点开图片，看到了飞机的型号和航班的名称，原来他搭乘的是私人的公务机。她那两天还一直在查民航的信息。

他又发来"明天来接我"这句话。

夏灯正握着酒杯，目光落在这五个字上，指腹在杯口轻轻地摩挲着，唇角不知何时带上了一抹笑意。

百合：你是在问我，还是在命令我？

游风：我在求你。

啧，这个人。

夏灯锁屏，放下手机，托住下巴，听着心跳声跟雷雨声争鸣。

片刻后，她拿起手机，打了一个"好"字，又把它删掉。

百合：答应你。

五天里，游风的睡眠时间屈指可数，几乎每时每刻都有需要他做决定的工作，他忙得连水都顾不上喝，却还是觉得时间无比漫长。

八年都过来了，他过不了五天。

他原定下周二回去，还要在这里待四天。这五天里他都已经度秒如年，还要过四天，看来要把屈指可数的睡眠时间也省去才不会那么难熬。

结束了工作,他从他位于旧金山的大楼离开时,已是半夜两点。

楼是他的,但他是租的这栋楼。前几年他在建设离岸的机构时考虑过买楼,但美国人小心眼儿,不知道什么时候就会找一个理由把楼收回去,他没处说理。

他倒是买了不少房子,但根本没空去住。他来美国五天了,今天应该是第一次回到他在这边的家里。

他洗漱完,已经四点多了。他打算睡到七点半左右,起来接着当"牲口"。

他刚躺下,百合给他发来微信,他立刻坐起身。她说有空。但他现在没空啊,在国外呢。

他正不知道怎么回复消息,她又发过来一行字——"而且,我有点儿想你。"

他不用想了。

回国。

他立刻打电话,把行程全改了。花那么多钱养那么多人,他还天天跟一头牲口一样干活儿,凭什么?!八年了!八年了,他该给自己放一个假了吧?

安排完行程,他才回复她,直接发了航班信息的截图,航班在旧金山的早上九点起飞,大概在北京时间的下午两点降落在首都机场。

此时是旧金山的六点,他还能睡两个小时。但他睡不着,因为她说有点儿想他。

夏灯起得很早,洗完澡出来,看到了新鲜的报道,报道通篇都是在谴责和编派游风,他们好像忘了游风并不是公家的人。不过这也正常,自古有能力的人就应该"多劳"。

她正要点开头条,小姨打来电话,夏灯随手接通电话:"喂。"

小姨义愤填膺，上来就骂："我告诉你，夏灯，我以前还很温和，没有强烈地要求你把他从心里清除出去。上次他要结婚的消息传出来，我已经忍住找他麻烦的冲动了。这次你说什么也要给我把他忘掉，不喜欢我给你找的新人，那小姨继续带你去旅行！"

夏灯很少听到小姨这么生气地说话，淡笑道："怎么了？"

"你没看到新闻？"

夏灯还没点开新闻，说："我正在看。"

"我等你一分钟。"

夏灯随手点开头条，标题十分醒目——"商业太空领域游风缺席与3M（美国3M公司）通信公司运载卫星签约会，理由是'我的太太有点儿想我了'"。

心一惊，她慢慢地屈起僵住的手指，用指甲细细地抠掌心。是这样吗？

"你看到了吗？看完了吗？"小姨这时问。

夏灯关闭新闻，说："这只是他们为了编派游风找的理由，没有人愿意看不刺激的新闻。事实上，这一类单子在被公开时就已在进行中了。他不会拉着别人陪他玩闹的，这样决定必然是安排好事情了。"

小姨停顿了一下才说："我是在跟你讨论他能不能安排好工作的事吗？你以为我是媒体的记者，跟风讨伐一下他不敬业的问题？我是让你看'我的太太'那几个字！不是说结婚是乌龙事件吗？他哪来的太太呢？亏我以前爱屋及乌，还给他房子。我一会儿就问问我司的法律顾问怎么把赠予的房屋追回来！"

夏灯笑："好。"

小姨听到了她的笑声，说："你还笑，还笑！你看看，你的眼光还不如你妈的眼光呢。"

夏灯点着头，不想瞒着小姨，说："现在有些事还没定论，我处理好这些事，就把事情一五一十地告诉你，你再决定要不要收回房子、找他的麻烦，好不好？"

小姨又停顿一下，后知后觉地降低了音量，问："你们……？"

夏灯说："等我把事情弄清楚。"

"好。"小姨说得也很痛快，她相信夏灯的能力。

把电话挂断后，夏灯走到窗前，仰头看天。

一边忙于学业一边完成工作的日日夜夜中，她鲜少抬头看天，以为可以用没时间的理由蒙蔽自己。其实这不过是因为天上有风，也有深邃的宇宙，它们都与他相关。

万一她没忍住思念，真是丢人现眼。

她转过身，走到工作台旁，靠在边上，往后撑住桌面的手碰到了手机。她拿起手机，重新点开微信，才想起自己是以"百合"的身份给他发的消息。

那她得戴上帽子、墨镜和口罩，象征性地掩饰一下，反正他会假装认不出来她。


北京时间的下午两点，游风准时地抵达了首都机场里私人飞机的停机坪。

路上他一直在看他的新闻，八年了，辱骂他的词汇还是那几个，他越看越觉得没劲。

在卫星网络的运用更加广泛、可以在飞机上使用Wi-Fi（移动热点）上网的这类小报道下，总有许多内容为"国富民强"的评价。确实如此，但送卫星上天的是游风，这也是事实，媒体却对此避而不谈，网友更是视而不见。

比起游风又有了什么功绩，所有人更想看他又发了什么疯。

这也很正常，他身边的人好像也更关注他为什么又被骂了——

下飞机后，游风如期地接到了沈佑的电话："你看看你的名声！是！你有太太！她长得巨好看还有才！但你就非要在那一会儿显摆吗？你也不说明已经都把事情安排好了！"

"我有决定自己公司的事务的权力。"

"……"

沈佑顿时哑口无言，确实，就算游风没安排好事情，这跟别人又有什么关系？

挂断电话后，游风左手插兜，用右手拎着手机的一角，散漫地上了车。

他其实有点儿期待一出机场就能看到夏灯的车，或者看到她站在一侧。算了，她还是在车里等他吧，不要站在外边，外边太热。

夏灯下午一点就在私人航站楼的休息室里等待了，发现有一位女士很眼熟，对方似乎是名人。

礼宾人员更换了夏灯面前的食物，询问道："您要喝什么饮料？"

前方有专属的咖啡吧和酒吧，夏灯要了一罐冰咖啡。

礼宾人员又问了另外一位女士，她要了一瓶汽水。

时间流逝。

两点二十分，游风现身。

夏灯拽了一下帽檐，推推墨镜，把口罩往上拉。另外一位女士已经站起身。夏灯迟疑了一下，扭头确定那是游风，他也一眼看到了她，朝她走来。

夏灯没多想，还是站起身，那位女士已先一步走到游风的跟前，阻拦了他走向夏灯的步伐。

约莫数秒后，游风才慢吞吞地转头，眼神依依不舍地离开夏灯，落在女士的脸上，他等待着女士道明目的。

女士笑起来更漂亮，腼腆地说："我看到你回国的新闻了，所以来接你。"

游风立刻看夏灯，夏灯倒是没反应。但她怎么能没反应？游风随即挑眉，向女士确认道："你是我公司的人，还是其他合作公司的人？"

"别闹了。"女士低头一笑，更害羞了。

"……"

夏灯什么也没说，走过去，把某人上学时最喜欢喝的成品咖啡塞进他的怀里，然后说："你是群发的那条消息，是吧？"

"……"

游风冤死了，立刻追出去。

女士拽住他的胳膊："游风？"

游风拿开她的手："这位女士，我不认识你。我现在要去追我的老婆了，请你自便。"

女士惊慌又难过，不死心，又拦住游风，给他看她的朋友圈："我去了冰岛，你的项目名称是冰岛的法定节日。我分享了电影《想见你》，你说你回国的原因是你的太太有点儿想你……"

游风皱眉，这都是什么乱七八糟的？

秘书当即上前，礼貌地拦住女士，说："您好，您有事可以跟我说的。"

游风大步往外走，夏灯连影子都没有了。

游风回到休息室里，秘书走向他，向他汇报："这位是赵知葡女士，是一位演员，跟您在一个品牌的活动里有过一面之缘。您那天专门在祝词里夸奖了品牌代言人，她就是品牌在亚太地区的代言人。"

游风记得这件事，说："那份稿子不是品牌方给的吗？"

秘书点头："是，我已经跟女士解释了，她说给她一点儿时间。"

他们说着话，那边赵知葡已经整理好自己的心情，神情也已恢复平静。她缓缓地走到游风的跟前，点了一下头，说："是我误会了，抱歉给您带来了困扰。"

游风略略点头，没有说话。

夏灯从机场离开，接到了一个酒商的电话，对方邀请她参与他们今晚举办的品酒会。酒商顺便表示了歉意，因为最近才跟她有工作上的往来，所以邀请她邀请得比较匆忙。夏灯表示无事并答应了。

挂断电话，她先开车前往书法老师的工作室。

小姨帮夏灯找了书法老师，老师第一次和夏灯见面，大概不会上来就讲课，但夏灯还是先去买了一套装备。

他们本来约在明天见面，但夏灯现在有空了，就问老师方便不方便，正好老师没课，她就上门讨老师的茶喝了。

工作室没有夏灯想象中的那么古香古色，反而是北欧风格的设计。

老师倒是穿着太极裤，把一头浓密弯曲的灰白色头发扎成低马尾，戴着圆框的老花镜，鼻梁和眼尾上的老年斑反而彰显了他的儒雅。

他看到夏灯，吃了一惊，邀请她入座后，问道："听余总介绍时，我以为你是中学生呢！"

夏灯明白他的言外之意，他大概是没想到她正处于搞事业的年纪却要静下心来学书法，她解释道："我目前做自由职业，正准备开酒吧。"

老师懂了，又问："那你为什么想学书法呢？你有目标吗？要练什么字体？想写成什么样？"

夏灯从包里拿出一个金属的文件盒，文件盒只有薄薄的一层，她打开它，里面有一个塑封的标本，标本里被裱起来的是手写的一句话——

"如果天上的风就想要水里的灯，你要不要跟我在一起？"

老师偏头看了一眼："这是……？"

这是夏灯从那张照片的背后撕下来的纸，她当时撕得特别小心。她隔着塑封纸，用指腹摩挲着游风遒劲有力的字："这是我想练字的初衷。"

老师品鉴了一番，皱眉："他这一手字是……？"

夏灯点头："不入流的自创字体，只是看着流畅、好看。当然不是要老师教我这种风格的字，我知道老师最擅长写柳体字，所以来学习，看看努力几年能不能领悟皮毛。"

老师捋须一笑："可以的。"

他看着夏灯收起塑封纸，忍不住问道："可能有点儿冒昧，写这句话的人是你的……？"

夏灯牵动唇角："心上人。"

老师恍然大悟，随即笑道："他跟我的夫人有一样的小心思呀，我的夫人当年也是求着我要学书法。什么学书法？荒唐着呢！"

夏灯静静地听着，不时笑着应和，跟老师聊了一些书法入门的注意事项。一小时后，她从老师那里离开。

游风一个人回到家里，给"百合"和夏灯发消息，消息全都有去无回。他正烦遭受了这场无妄之灾，沈佑还专门打来电话奚落他。

原来赵知葡被狗仔追了半个月，狗仔们发现了这条"大料"，勒索她。沈佑自行处理这件事后，不愿放过给游风添堵的机会，烦了他半天。

游风对此表现得十分烦躁，把沈佑拉黑了。

品酒会在艺术街区里举办，没那么正式。这也正常，品酒会是由爱丁顿旗下的一个十分年轻的纯麦威士忌的品牌方举办的，他们一直以来都标榜创新、大胆、年轻化。

现场灯光昏暗,放眼望去只能看到一圈蓝紫色的灯和圆形舞台上的追光灯。空间里满是干冰,酒香弥漫,酒塔摆满了八米长的桌子。

夏灯随便地穿了一件黑色的小吊带,踩着十二厘米的高跟鞋,长发微卷,妆容耀眼。虽然昏暗的环境让人们几乎看不清别人的脸,她又坐在角落里,但她还是吸引了不少年轻人的注意,频繁地被要微信。

酒商走过来,给夏灯拿了一瓶新的酒:"夏老师来了!人太多了,我们招待不周,别介意呀!"

"不会。活动挺不错的。"夏灯由衷地道。

酒商挥挥手,驱走眼前的白烟,说:"这是给年轻人的场子嘛,我们就得把它弄得稍微闹腾点儿。"

他和夏灯说着话,有人叫他,他答应一声,回头对夏灯随意地作揖:"感谢夏老师赏脸,你一来直接提升我们场子的格调了。玩得开心,有事叫我,我就在那边。哦,对,夏老师一会儿上台唱一首歌吧!听房蜜说,这两年你在跟百老汇的大师练歌剧呢,也别太卷了!"

他很能说,夏灯光听他说了,没答两句话。酒商也没等她回答,说完就匆匆地离开去招待其他人了。

游风本来专门腾出一下午的时间跟夏灯重逢,结果把她得罪了。他也不能回去干活儿,就在家里干坐了三个小时,提前叫来了造型师,准备今晚的专访。

其实《环球》杂志的人给了游风两个选项,他今天或明天接受采访都可以。杂志社的人本来说好明天来采访他,但如果不工作,游风真不知道该怎么度过今晚。

刚弄好游风的头发,造型师摇头晃脑,频频地咂嘴,满意地看着自己的作品,无数次对游风提出疑问:"哥,你真不考虑一下拯救娱乐圈吗？"

"已婚。"

"那不行。"造型师说完才反应过来，说，"谁问你结婚没结婚了？"

说完，造型师又觉得重点错了，问："你是隐婚哪？"

夏灯上台了。

她本来是要走的，谁知道多喝了两杯酒后稍微有点儿醉，人群一起哄，她就上台掀开了钢琴盖。她简简单单地弹唱了一首歌，镇住了躁动的人群。

夏灯没白练音乐剧，已经把五音不全的问题克服了。

她唱完，下一个嘉宾上来了，酒商也是一个老奸巨猾的人，把所有邀请来的朋友都一一地推到台上给他暖场。

夏灯一下台，酒商就对她拍了一通马屁，事情八字还没一撇，他就规划起了他们以后合作的模式。没等夏灯说话，他又被别人一把扯走了。夏灯坐下，不再喝之前的酒，又打开了新酒，往新杯子里倒了一点儿酒。

她刚喝了一口酒，还没把杯子放下，一个年轻的男孩靠过来，十分大胆地凑到夏灯的耳朵边："姐姐，你真好看。"

夏灯漫不经心地扭头，瞥向他。

男孩夺走她的酒，饮尽了酒："姐姐会跳舞吗？"

夏灯摇了一下头。

男孩要拉她的手，说："我教你！"

夏灯自然地躲开，又摇了一下头："你没我的男朋友好看。"

这次活动再热闹也是正规的，不是谁都有资格来到现场，进来的人素质都不低。男孩虽然被夏灯驳了面子，也只是红着耳朵蔫头耷脑地退开了。

夏灯打开手机，手机里没消息。

这个人怎么回事？她都发照片了，他还不来？这条裙子不是他买的吗？……

她正想着，突然一只手从头顶上伸过来，牵住了她正滑拉屏幕的左手。镌刻在脑海里的力道和温度，还有深埋于心里的手指的长度和细度，都叫她怦然心动。

夏灯轻吸一口气，扭头见到她好看的前男友，明知故问："你怎么在这里？"

游风沉着脸看她装蒜，说："你不是给我发照片了吗？你这是穿的什么衣服？"

夏灯一脸醉意，伸直胳膊，用手指点了点他的脸："这件衣服不是你买的吗？哦，我忘了，分手八年了，你早就把它忘了。你都把我忘了，别说裙子了。"

游风没躲，让她戳了两下自己的脸，随即脱下外套给她穿上："我买来这种衣服是让你在人群里穿它的吗？"

夏灯不伸手，把胳膊放在胸前，笑得肩膀都在颤。

游风抬头看她满眼醉笑，蓝光照在她的身上，她的脸上笼罩着一层令人沉迷的光晕。他真想掐死她！她笑得这么好看，笑什么笑？！

他不再跟她消磨时间，把她的手放进袖子里，想快点儿带她走。

夏灯偏不伸手，把头枕在他的小臂上，仰头看他："我穿得好看吗？"

"丑得要命，给我穿上！"游风低斥。

夏灯撇嘴，突然坐直，抠他的手："你凭什么训我？"

她抠得真使劲，把他的手背都抠破皮了，即使这样游风也不缩回手，就由着她抠。

他不躲，她便停了动作，低头亲亲他的手背："你干吗不躲呀？"

游风把她的头发拢到耳后："又没有多疼。"

夏灯微微地歪头，木讷地看了他一会儿，"啪"的一声打了一下他的胳膊："你干吗老惯着我？"

游风看她老实了，帮她把外套穿好，牵紧了她往外走。

酒商和两个洋酒集团的高管正好看到他们，走上前来。三个人在看清游风的脸后，不可思议地对视着，确认了游风的身份，还是不相信事实，又自顾自地摇起头来。酒商似乎是觉得这个男人太像游风，不问清他是谁对不起自己，于是把姿态放得极低，询问夏灯："夏老师，这位是……？"

夏灯的手被游风牵着，她半倚着他，把食指放在唇边，小声说："我该死的前男……"

"她的老公！"游风打断夏灯，把她牵出现场。

三个人面面相觑。

酒商酝酿半天，试探着问："那是游风吧？"

"天哪，那是游风吧？"

"不是吧……这根本不可能……"

游风把夏灯带出来，风一吹，她似乎清醒了一些，松开他的手，披着他的衣服独自朝前跑去。

她迈着小步子跑得不快，好像是觉得脚疼了，甩开了鞋，光脚继续往前跑。

游风捡起她的鞋，大步走上前，一把抱起她，回到车里。

车门被关上，夏灯扑到他的怀里。

游风放下她的鞋，正好把唇贴在她的脸颊上："你装够了吗？你醉了吗？"

带有咖啡香的气息穿过她发丝的间隙，轻抚她的耳朵，他不以为意，她却心跳如擂鼓，松开手，坐到一边，诚实地道："没有。"

"为什么？"她为什么这样做？

夏灯扭头看他："我还要问你呢，你为什么删朋友圈？"

"那是说话的地方吗？"

"你倒是跟我面对面地说呀。"

"你倒是别拉黑我。"

"你……别睡完我就马上出国！"

"本来我也要出国，是你把我叫回来的。"

"我没有。"

游风翻出她在朋友圈里发的《消失的爱人》的截图，问："这是鬼发的吗？"

夏灯抢来手机删掉图片，问："我发了什么？"

"……"

游风差点儿被她气笑，说："你别想糊弄过去。"八年了，她不能不说一句话，不能就逮着他一个人欺负。她想跟他和好，就必须说点儿什么。

夏灯一声不吭。

游风也不逼她，回到驾驶座上，打算先开车送她回去。

路上两个人毫无交流，来到她家后，他止步于门前，看着她进门，她站在门口，背朝着他。

他静等了五分钟，见她无话要说，开口说："晚安。"他转身走向电梯。

她追出去，发现他就靠在门左侧的墙上，他扭头看她，眼神分明在说"你还要较劲多久"。

夏灯缓慢地蹭过去，搂住他，在他的胸膛上靠了许久，拉起他的手，在他的手心里写下三个字——"我错了"。

游风也在她的手心里写下"原谅你了"几个字。

心中一阵抽痛，夏灯从他的怀里抬起头："你要不要再思量一下？"

游风搂住她，吻在她的额头上："不要。"

## 第七章
## 你就是我的唯一

高档住宅的走廊里，灯长明着，但在夜晚时分显得有些昏暗。游风和夏灯静静地相拥，均匀地呼吸，克制着心跳。像夏灯熟悉的导演汤姆·霍珀擅长缓慢地叙述故事一样，他们把透骨的相思高高地举起、轻轻地放下。

直到夏灯说："我饿了。"

游风才浅浅地一笑，驱散了这番意境，牵紧她返回家里。

夏灯坐在餐桌旁，那个精心地打理过仪表的男人穿着白衬衫，挽起一点儿袖子，青筋在裸露的肌肤上根根分明。他搅着蛋液，因为她想吃虾仁炒蛋。

游风抬头看她一眼："你不是要剥虾吗？"

夏灯摇头："我的手坏了。"

"……"

游风瞥她："是我把你惯坏了吗？"

夏灯点头。

"那我是自找的。"

夏灯点头。

游风给她出主意："大小姐可以先去那边看一部电影。"

夏灯摇头："电影一点儿也不好看。"

言外之意很明显。

游风以前可听不到夏灯说这种话，他暗恋她八年的好处变得越来越明显了。

夏灯本就觉得时间过得太快，这样光明正大地看他的机会太少，手机还不合时宜地响了起来。她低头看一眼手机，还好电话是小姨打来的，不然一定会被她拒接。

夏灯没走开，仍盯着西厨里的操作台前站姿挺拔的人。

他只是在擦一只用于放虾的玻璃皿，却也站得笔直，夏灯从她的角度看向他，只能看到背部到臀部的流畅的曲线……

灯光是暗橙色的，有些柔和。

窗户紧闭，世界安静得好像只剩下他们两个人。

游风洗完玻璃皿，把它放下，把双手撑在操作台上，与数米外心猿意马的夏灯对视。

他没一丝多余的动作，只是目不斜视地盯着她，好像好不容易才能光明正大地看向她。

夏灯的心忽地一沉。

八年来他真的好辛苦。

她再也不要丢掉这个人了。

接通电话后，夏灯匆忙地对小姨说："小姨，我等会儿……我明天晚一点儿再给你打电话。"

然后她挂断电话，走到西厨内，弯腰钻进游风的两臂之间，仰头看他。

游风的声音还是低沉正常的,他说:"我还没做好饭。"

夏灯摇头。

游风浅浅地弯起唇,任她抱着,把双手伸到洗手池里,洗净并擦干了手。他把手覆在她的小细腰上,再把手往下放到她的大腿后,轻轻地托起她,把她抱到干净的岛台上,将双手撑在她身子的两侧。

他很喜欢把她围在两臂间,她在他这里永远不用担心有危险。

游风总会听到质疑声,他们问为什么夏灯总遇到危险。

那种言语里有着傲慢无知、高高在上的意味,他根本懒得去争辩。他也想知道,他的小潜水艇怎么总因为美貌遭受恶意。

突然觉得心疼,他轻轻地吻住她的耳朵。

夏灯觉得痒,缓缓地缩起脖子,躲开他。

灯光怎么这么暧昧呀?夏灯觉得他好像比她初见他时更令人惊艳。她搂住他的脖子,用下颌在他的脸颊上轻而缓地蹭:"我真笨,竟然让你做虾仁炒蛋。"

明明有更好吃的东西。

游风的心里乱如丝,情绪缠满了血管,和沸腾的血液纠缠不清。喉结自然地滚动,他无法控制体温,他的手心里传来的热度几乎灼烧着夏灯的腰。

…………

不知不觉地就到了第二天。

两个人在浴缸里泡了一会儿澡,打算解解乏就去睡觉。

她一直推他:"你悠着点儿。以后要是你不行了,我还得带你去看医生。"

"……"

游风说:"你知道我忍了多久吗?"

夏灯说:"你不要说得好像你这八年里一直守身如玉,我可看过你脖子上的吻痕。"

她已认错,这层窗户纸必须得由他来捅破。

这样想着,她又说:"新闻上说因为你的太太想你了,你才回来了。但我可没说想你。所以是谁想你了?你哪来的太太?"

游风只看她,不说话。

夏灯很爱较劲,又爱认死理。心里有疙瘩时,她必须得先解开疙瘩才能解决其他的问题。她给他发照片,引他去品酒会,又在他的手心里写字道歉,说明她已经知道他早就识破了她、一直在陪她演戏了。

现在她这样问,大概是想逼他承认这一点。

但他也想听她承认,她当年跟他分手后就后悔了,很想他,特别舍不得他,所以化身为"百合"重新找到他。

夏灯捏了他一下:"你心虚了,是吗?"

游风说:"我从没承认过我有其他女人,那只是蚊子咬的。我问你为什么穿高领的衣服,你可是间接地承认了你有其他男人,还说你现在享受都是应该的。"

"……"

夏灯不说了,只是表现得越来越敷衍了。

游风也不是一个委屈自己的人,明明就很擅长主动。

由于工作忙碌,游风总是睡眠不足,也总是睡不久。周围稍微有点儿动静,他便会醒来,之后就难以入睡了。

在夏灯这里不一样,他睡得很踏实,能睡很久。

他睁开眼,看到趴在旁边、托着下巴看他的夏灯,突然心尖收紧。

他想:失而复得的感受,他一定到死都记得。

夏灯假模假式地说:"这是你的床吗?你还睡不醒了?赶紧起来,速速离开。"

游风看着这个过河拆桥的人,不说话。

夏灯拉他。

游风一用力就把她拽到胸膛上了,手脚并用地把她锁在怀里。

夏灯挣不开他,皱眉抱怨:"干吗?!"

"我就算是找新人,你凭这副嘴脸也是要被拉进黑名单里的,何况我已经原谅你了,咱俩也和解了。"

"……"

夏灯现在学得十分上道,立马回嘴:"我找别人都不允许对方过夜。"

游风果然皱眉,把她搂得更紧:"找谁?"

夏灯仰起头,逼他开口:"你早上提醒我了,我确实该坦白那件事。是这样的,我们分手的八年里,我找了别人。"

停顿半秒后,她补充道:"他比你强。"

"……"

她添油加醋地说:"他很懂事,不会在事后霸占我的床。"

游风把她的心思看得透彻,问:"他这么强又这么懂事,你怎么还跟前男友睡,还承认了错误?"

"我只是承认错误,又没说要和你重归于好。"

游风看着她,想把这张笑靥如花的脸掐肿。

他刚一伸手,她跑了,站在床边说:"起来赶紧走人!"说完她跑出卧室。

游风低头一笑。

夏老师,真是了不起呀。

他起床后先洗了澡,洗完走出来,夏灯已经把晚餐备好,晚餐是两人份的。他走到餐桌前,把手撑在椅背上,看着在西厨里的操作台前忙碌的人,问道:"你这么着急轰我走,是因为他要过来吗?"

"你不要管。"夏灯在榨汁,头也不抬地说。

游风坐下来,刚端起杯子就收到了微信消息,打开手机,看到那是"百合"发来的消息。

"百合"问他:"有空吗?"

唇角微动,游风很平静地放下手机,也没看西厨那边的人。

夏灯在工作台下偷偷地发完消息,立刻观察游风的神情,他竟放下了手机,没有回复"百合"的消息。她摸摸鼻尖,佯装不在意地问了一句:"谁大晚上找你?"

游风吃着他的小潜水艇为他做的晚餐,随手戳了一下屏幕,直接给"百合"打了微信电话。

夏灯的手机铃声顿时响起……

夏灯反应很快,不愧是国际知名的新闻人。她当机立断地按了静音键,却没挂断电话,把手机拿到耳边:"喂,小姨。"她边说边走到窗边,就在餐桌的不远处停下脚步,十分自然。

游风看到"百合"还没接电话。

"我昨天有事。"夏灯说完这一句话,不动声色地挂断了电话。

游风打的微信电话被"百合"拒接了,"嘟"的一声后,微信的界面恢复如常。

这时夏灯已解释完毕,切入正题,说:"嗯,昨天我去过了,一个月上四节课,能把时间安排开。嗯,好。明天我去你那边。嗯,拜拜,那我先挂了。"

她挂断电话,从容不迫地返回操作台边,抬起头继续问道:"你要是还有事就赶紧走,我好把床腾出来。"

游风一边细嚼慢咽,一边看向本事比天大的小潜水艇:"事也不太重要,要不你让我留下来看看?"

"看什么？"

"我看看你找的人是不是像你说的那样强。"游风吃饭很优雅，有时会把袖口挽起来，有时不会挽袖口。他把两条小臂搭在桌沿上，捏叉子的动作让他的手指屈起，细长的手指和手背上的青筋都是夏灯所喜欢的。

所以夏灯才不看他。

她跟他说："他强不强跟你有什么关系？我为八年前莽撞地分手而认错，又不是说可以任由八年成为过眼云烟，潜水艇不会一直驻守在同一个作业点的。"

游风看着一直低头说话的夏灯："你在跟谁说话？榨汁机？"

"你别管。"

他又要诱惑她，夏灯不会上当的。

游风不能一直看着夏灯垂首的样子。她早年清冷淡漠，眼神不免锋利，如今她的清冷里还多了一丝书卷气。她把头发低低地扎起，几绺头发从额角垂下，弧线正好勾勒出她好看的脸型，这些细节无一不是对他的致命吸引。

他的审美一直很好，他抵抗不了她的魅力。

夏灯抬起头来："你赶紧吃饭，吃完饭赶紧走。"

"我就是想看他比我强在哪儿，这都不行？"

"他哪里都比你强。"夏灯想起一件事，说，"我抠自己的手指，他心疼地吻了半天我的手。半天！"

游风低头一笑："嘴要是比云南白药好用，他应该申请专利。"

"……"

夏灯拒绝再跟他沟通，把一杯猕猴桃汁重重地放在他的面前："你喝完快点儿走！"

游风放下叉子："我的手坏了。"

"……"

夏灯直接把果汁端走,绝不惯着他。

游风拖延了半天时间,夏灯不留人,他没理由再待下去。正好晚上也有工作,整理仪表后,他准备先离开。

他要求夏灯把他送到门口,夏灯佯装不情愿,送了送他。

一人站在门内,一人站在门外,游风把右手插在口袋里,只淡笑,不说话。

夏灯关上门。

游风抓住门的边缘,阻止了她的动作。她下意识地睁大眼,还没说话,他已经慵懒自然地拉开了门。

夏灯还抓着门把手,他一拉门,她随着门往前走了两步,他松开门,牵住她的手。

前后也就几秒,夏灯已经靠在了他的怀里。

心跳加快,她一声不吭。

游风低头,刚好把唇贴在她的耳朵上。他没有一丝撩她的意思,只是放低了音量,真诚地问:"你要不要考虑一下我?"

夏灯的心跳得更快了,她不自觉地吞咽了一下口水。

游风的体温从手心传递到夏灯的心脏里,心脏跳得剧烈,泵血的功能变得格外好,血液流到她的全身各处,汗毛都在不知不觉中竖立起来。

她抓住他衣服的一角,手心里都是汗。她不知道要说什么,他又自夸:"我还挺厉害的。"

"你就那样。"夏灯说,气人很有一套。

游风突然吻她。

"你……"

他吻得太激烈,夏灯连一个音节都吐不出来。

游风让她靠着自己,帮她绾起发,又说了一遍:"求求你考虑一下。"

"求求"!

啊啊!

夏灯不是他的对手,但可以踩他的脚哇。她想到这里就踩了他一脚,立刻回身,进门、关门、靠在门上慢慢地滑向地面,把一系列的动作做得一气呵成。

她屈起膝盖,用双手捂住脸。

确实厉害呀,这个浑蛋……

被吻而已,她居然全身都酥酥麻麻的。他这么忙,还有时间兼职麻醉师吗?

她还没缓过神来,游风发来了微信——

游风:地凉,夏老师别坐太久。

夏灯:走开!

她把消息回复过去,发完还觉得不解气。

夏灯:你快点儿走,人家十八岁的男高中生快到楼下了。

游风:他现在十八岁?

夏灯不想回消息了,锁屏,把手机推到一边,坚决不再看它。消息声又传来,她盯了手机半天,还是伸手把它拿过来。她就再看一眼消息。她打开手机,看到一句"我对晚餐和吻都感到荣幸,谢谢"。

夏灯用两只手拿着手机,用食指的指甲在音量键的旁边不停地刮着,但这样也不能让她狂跳的心平静下来。

她总会遇到示爱的男人,但只有游风的情话让她感到清爽。

他一直都没变,在各个时期、各个方面都让人瞠乎其后。她也很荣幸,摘到了最好的这一朵花。

私人健身房里。

游风先去了休息室,用识别卡打开专属的柜子,换了一身训练服。

其实他现在比起少年时期更瘦一些。那时他正在上高中,运动得比较多,虽然肌肉看起来还是刚刚好,但体脂率确实高。现在体脂率降了两三个点,可能在百分之七左右,他的身上只剩下薄肌。

不过这样他穿西装会显得更斯文一点儿,更容易隐藏实力。

他现在来健身房只专注于练夏灯最喜欢的腹肌。

教练是游风私人雇的,只为他一人服务,看见他礼貌地招呼:"总教好久不来了。"

游风把手提包放在椅子上,熟练地拉伸肌肉,转脖子时闭眼回复道:"没时间来。"

教练说:"您只是没时间来这边,不是带着何到处飞?"

"何"也是游风的私人教练之一,单身,没牵挂,所以可以随游风一起出行。

游风没说话,教练已经开始给自己发布任务:"OK,我们今天还是着重练腹肌,对吧?"

教练说得很有喜感,游风听得出他以前带别人练身材时没听过这个要求。

游风回身时,教练想起一件事,又说:"还有一件事,哥,就是我下周有一个橄榄球比赛,看您下周的安排,能不能⋯⋯?"

"可以。"

"谢谢哥!"教练才二十三岁,是个年轻的小伙子,见游风难得多说了几句话,又有些兴奋地问道,"哥,你打过橄榄球吗?"

对方一提这件事,游风想起了自己当校队主力的那一段时间。

那时候学校举办了许多次英式橄榄球的友谊赛,英式橄榄球的比赛比美式的柔和一些,没那么依靠攻击力。但在仅有的几次美式橄榄球的友谊赛中，游风也拿到了不错的成绩。

除了有一次比赛时，他心不在焉，差点儿就把"常胜将军"的名号丢了。

那次比赛时，他在观众席上看到了夏灯。

他俩那时候没说过话，她必然不是去看他比赛的。果不其然，比赛结束后往外走时，他就看到她正跟五中校队的选手并肩而行。那是他生平第一次清楚地感觉到火冒三丈是什么样的感受。

气死他了。

游风那时都对"胜者为王"四个字产生了怀疑。他明明证明了自己是最强的人，为什么夏灯却跟一个在八场比赛中都被零封的选手走了？

哪一头雌狮会越过狮群中最牛的那一头雄狮，去看一个弱者？

他以为她没仔细地看比赛、没见到他拿分的过程，还专门抛了两次球让她见识一下他对这项运动的把控能力，结果她面无表情，只是对那人说："我们走吧。"

想起往事，游风突然失去了锻炼的心情。他不练了，她一点儿良心都没有，他必然不可能再为她练腹肌。

他准备离开时，贺仲生打电话叫他去喝酒，说沈佑很快下飞机。

"我对酒精过敏。"

"你胡说！"

游风挂了电话。

贺仲生又打来电话："肖昂也在。"

"不认识。"

"他最近跟余澜的公司有合作，你知道的，余澜就是夏灯的小姨。"

游风没说话。

贺仲生收到了信号，继续说："房蜜说肖昂就是奔着夏灯去的。你还记得高中时肖昂告发你的事吗？你仔细地想想，他告发你到底是因为觉得老师给你开绿灯了，还是因为那张你护着夏灯的照片？"

游风仍不言语。

贺仲生问："你想好了吗？你来不来？"

夏灯八点才给小姨回电话，小姨却告诉她，昨天的那个电话是肖昂借自己的手机打给她的。

夏灯很平静，说："那很好。"

"好什么？"小姨没懂。

夏灯看过通话时长，那个电话足足持续了三分钟，就是说，电话那头的人听到了她跟游风在互相挑逗。

夏灯本来给小姨回电话就是要解释这件事。既然打电话的人不是小姨，夏灯也不必解释了。

小姨问："你之前说有些事还没有定论，现在有了吗？"

夏灯用玉指轻轻地戳着桌面上的纹路，唇角不知何时微微地扬起，她说："别人不行。"

小姨知道了，不再管夏灯的事了，说："你要记得不要让自己受委屈，不然我一定会把他的天灵盖掀下来的。"

"我一定不拦你。"

小姨一笑，说："你又不傻，那人对你不好的话，你自然不会再回头。他说太太想他了，其实那个太太就是你吧？"

夏灯没说话。

小姨得到答案，说："挺好，我会暗示你妈的，让她别再给你找名字是两个字的男人了。你不是喜欢名字是两个字的人，只是喜欢那个人。"

那个人。

夏灯第一次觉得用什么词形容心上人都可以，因为你知道他，别人也都知道他，可以不用说得太清晰。

"葡萄树"音乐酒馆里。

虽然飞机晚点了，但沈佑还是比游风先到了。

贺仲生把沈佑引见给老友，绕着场子走了一周，终于回到他们的桌子旁。西班牙菜已尽数被端上桌，桌上还有他们喜欢的洋酒和满满的一桶冰块。

沈佑望着那头的房蜜，问贺仲生："你们的高中里有这么多牛人？"

贺仲生喝了一口酒："你也不看看我们的高中是什么高中，挤破脑袋想进来的有一大堆人，他们起码都有学区房。你只要跟老同学搞好关系，以后就不会混得太差。"

"牛！"沈佑摇头道，"人跟人之间哪，不平等。"

"你别跟我说这些话。等咱们的风哥到了，你去挤对他，他是天之骄子，当之无愧。"

"他要来？"

贺仲生指了指肖昂，说："你看见那个男的了吗？他是大律师，要挖游风的墙脚呢。"

沈佑挑眉一笑："你的这个同学真有勇气。"

沈佑环顾左右，又问："他这是包场了？"

"嗯，我们的老同学房蜜特喜欢聚会，几乎每个月都组织一次聚会。反正她请客，我们不来白不来。"贺仲生说完，纠正自己的话，"当然，前提是你能收到邀请。"

那就不是所有人都能来了。沈佑了然。

游风九点多到达这里，正好赶上乐队的演出。他一坐下，围着肖昂的那群人立刻更改了献殷勤的对象。

他们的表演假得不行，贺仲生和沈佑都深谙世事，又觉得场面真荒谬。

不远处的房蜜端着酒杯，看着众星捧月般的游风，衷心地劝肖昂："你干吗非要跟游风较劲？他现在太牛了。在咱们的这个弱肉强食的圈子里，只有他一个人的脚下都是'尸体'。"

"我不是较劲，是想知道一个普通人的上限在哪里。一无所有的我能不能拥有他有的一切事物。"肖昂说，目光深沉又幽黯。

房蜜"啧啧"地说："你从一无所有打拼到现在已经很厉害了。你以为只有你一个人感觉不公平？大家都知道，只是深知自己改变不了现状，不与大部队为伍就会成为众矢之的，所以都放下身段随波逐流了。"

"我不愿意这么做。"

房蜜很难劝肖昂，说："你愿意跟游风比拼也行，但不能把夏灯当成战利品。你们不能拿我们女人充面子、显摆自己。"

她停顿一下，又补充："你要是不听劝，我可不会给你留情面。"

肖昂没说话，满脑子都是昨天的电话里夏灯和游风调情的画面。凭什么十几年之前的游风和现在的游风都能拥有夏灯？凭什么？凭什么？

肖昂还在咬牙切齿地质疑，那边贺仲生已经驱散同学，给游风争取来了一刻喘息的时间，随即倒酒，幸灾乐祸地说："你就应该多参加这种场合，体察一下民间的疾苦，不然就老觉得谁都能过得像你一样顺遂。"

沈佑难得不认同贺仲生的话，说："游风过得顺遂？你每天睡几个小时，他每天睡几个小时？别老觉得别人的成功只依靠天赋。"

贺仲生不反驳，点头道："那也是。"

游风开门见山地问："高中的时候发生了什么事？"

贺仲生知道游风的性格，也不兜圈子，直言："肖昂最近太不正常，不知道在跟房蜜密谋什么事呢，两人说话老跟对暗号似的。我怀疑这跟高中的事有关系，就帮你这个大忙人打听了一下。"

沈佑嗤笑："咱俩真伟大，在各个方面为他保驾护航。"

贺仲生把高中时肖昂告发游风的事帮游风回忆了一遍，说："再就是高二时，你俩考那个什么的期间，那个叫什么来着？我忘了，但肖昂不是考试之后就被布里斯托录取了吗？你没考。"

说到这里，贺仲生好奇地说："对呀，我就很奇怪，就你俩有资格参加考试，但你没考。你为什么没考哇？他是不是给你下药了呀？"

贺仲生这么一说，游风想起了自己和肖昂的过往。

游风和肖昂都有参与IMO（国际数学奥林匹克竞赛）的资格。选拔的当天，游风因为"聚众闹事"这个莫须有的罪名被警方带走，缺席了比赛。后来他发现是肖昂的家人报了假警。

游风那时简单地以为肖昂是想除掉一个竞争对手，这也无可厚非，但现在种种迹象表明，或许还有别的缘故。

肖昂到底为什么那么恨他，不惜报假警也要让他缺席考试？那时到底发生了什么事？

是因为夏灯吗？肖昂发现他也喜欢夏灯？但肖昂是怎么发现这件事的呢？游风可是连自己都能蒙骗过去的。

那肖昂要是没发现他喜欢夏灯，又为什么这么恨他？

游风正胡思乱想，楼梯口传来一阵骚动，他闻声看去，就看到了夏灯，她穿了红裙，裙子也是他买的。

房蜜本来要把夏灯带到K区，夏灯跟她说了一些话，朝游风这边看了一眼，随即朝他们走来。

贺仲生撞了一下游风的肩膀，不停地咳嗽："你说夏老师要找谁？"

沈佑笑了笑："别犯贱了，珍惜生命。"

夏灯坐在这张桌边的空座上，跟贺仲生和沈佑打了一声招呼。

两个人边跟她寒暄边用余光瞄游风，游风倒不掩饰眼神，从夏灯出现在视野中起，他的目光就一直追随着她，不曾转向别处片刻。

夏灯喝了一口酒，阴阳怪气地说："有人不是有事吗？"

游风回击得果断："十八岁的男高中生呢？"

夏灯是在房蜜的百般邀请下才来的，想到房蜜给她介绍过酒商，不好驳房蜜的面子，答应了前来，没想到会在这里看到游风。

夏灯面不改色心不跳地说："我有事，让他先回去了。"

"……"

贺仲生和沈佑一头雾水。

紫色的荧光下，每个人的脸都虚幻得像是处于赛博朋克的世界里。游风和夏灯于嘈杂中对视，没有令人目眩神迷的氛围感，只有心怀鬼胎的默契。

夏灯跟他们打完招呼就要离去："你们聊，我去那边打一声招呼。"

贺仲生和沈佑还没来得及惊诧夏灯竟会主动地与人打招呼，乐队就演奏完毕，屏幕上开始放映昨天夏灯在品酒会上唱歌的视频——

"你是我的唯一。"

夏灯自弹自唱，追光灯把她照得白得透亮。

游风皱眉，把夏灯局促的模样看在眼里。既然她很为难，就说明这个视频未经她的允许就被放映出来了，他正要发脾气，夏灯却没再往前走。他也实在想听她唱了什么歌，遂决定暂时不动。

夏灯不是不想去制止别人放她的视频，但身子僵硬得没法儿动弹。

她在看到视频的那一刻，便想起房蜜和酒商的朋友关系，视频的来源显而易见。夏灯想去阻止他们放视频，但屏幕中的自己已然开唱，现场也安静下来,她的处境就变得尴尬了,她只好站在原地。

屏幕上的她熟练地拨弄琴弦。漫长的前奏后,她轻声唱道——

"很想给你写封信

告诉你这里的天气

昨夜的那场

电影

还有我的心情

…………

很想给你写封信

却只是想想而已

我已经不能肯定

你是不是

还会关心

…………

爱与不爱都需要勇气

于是我们都选择了

逃避

爱与不爱都需要勇气

于是我们都选择了

逃避

…………

虽然你是我的最初

虽然你是我的最终

虽然你是我的唯一

…………"

夏灯听不下去了,扭头就走。

太丢人了！

她走得很快，眼看就要离开"葡萄树"的大厅，一只手从后面拽住她的胳膊。

她还没扭头质问，已经被游风带到卫生间里，他关上单人卫生间的门，狭窄的空间里顿时只剩他们毫无节奏的呼吸。

夏灯不敢抬头。

游风倒是很享受地注视着她。

"喀。"她觉得气氛诡异，终于轻咳一声，张张嘴，"那首歌……"

他吻住她。

夏灯浑身发麻。

"你的唯一是不是我？"他问，低沉的声音如此好听。

夏灯在伦敦总会失眠。即便是这样，她也不会轻易地翻出游风发来的语音消息，怕自己太想他了。实在难熬时，她才蒙着被子翻出她储存的语音消息，一条一条地听它们。

他说："你给我好好地吃饭！好好地睡觉！"

他说："我想你了，夏灯。"

他说："你真狠心！你别以为我游风离了你就活不了！"

他说："我活不了……你开门好不好？"

他说："我听你的，你想要什么样的相处方式都行……你别离开我……"

他说："你爱我吗？"

…………

夏灯的心刺痛起来，剧痛无比，她搂紧他："是，你就是我的唯一。"

没有别人，只有你。

那些难熬的夜晚里，我不是没想过放过你，既然可以无爱走一生，那随便地找一个人敷衍余生便好。我真想过这样做。但我总是会把别人和你比较，这人没你长得帅，那人没你长得高，这人的身材不如你的身材好，他没有你身上的香气，没有你充满爱意的目光。

怪我年纪轻轻就见过了最好的山峰，把底线设得太高。

也怪你，即便跟我分开了八年，也要死死地驻足在我的海洋里。

夏灯抱着他，海浪在心中翻涌，心在狂跳，她却佯装轻松地将他们的事情揭过去，像一只终于飞累的鸟，在酒馆的卫生间里听着经过的路人充满醉意的欢笑声，一根一根地拉扯他的手指，直至与他十指紧扣。

游风心乱如麻。事实上，他已不奢求开诚布公地跟她确定关系。和她斗嘴时他会抱怨，但心里早就能接受和她这般相处了。

小孩子才喜欢问十万个"为什么"，到今天游风要确定的只有推演航天项目时的每一组数据。在成年人的世界里，"要答案"这种做法太荒谬，尤其是要感情方面的答案。

但夏灯说他是她的唯一……

这比"我们能和好吗""我们重新在一起吧"还震撼。

她现在唱得好听了很多。尤其是她唱刚才的那一首歌时，无论是拨弄琴弦的熟练度，还是对旋律的把控，都能说明她练习过很久。

他怎么能不心动？他没法儿不心动。

以前她唱歌跑调，他也听得很认真，觉得每一个跑调的音符都很动听。

他曾深深地以为，那些歌就该是她唱的那种调。

"我是什么？"他很俗，还想再听她那样说一遍。

夏灯不说那种话了，说："不知道。"

游风把双手覆在她的腰上，一弯腰，唇就落在她的耳朵上。他说："再说一遍。"

夏灯攥着他的西装，踮脚，也凑到他的耳朵边，告诉他："我就是不说。"

游风的笑意柔和，眉眼也柔和。他说："夏老师。"

耳朵发麻，夏灯不自觉地耸了一下肩，浑身变得燥热起来。但她也不重复之前的话，坚定地回答："我听不到你的话。"

"我结婚了。"

夏灯一惊，猛地抬头。

游风垂下目光："你又听到了？"

夏灯不甘示弱，松开他："你结婚了，还跟我纠缠什么？"

"太太姓夏。"游风说。

夏灯微扬下巴，轻轻地"哼"了一声，说："我没答应。"

"我没说太太是你。"

夏灯扭头就走。

游风立刻拉住她的胳膊："哎。"

夏灯仰头，等他的下文。

"不是你，还能是谁？"

夏灯没抑制住唇角的上扬，残存的矜持让她下意识地伸手摸了一下鼻尖。她咳了一声，保持平静如常的语气，说："咱俩一定要在卫生间里说这件事吗？"

话音刚落，外边传来男女说话的声音——

"我刚问了我的蜜姨，那人叫肖昂，长得可以。"小女生激动地道。

"你就是西装控，要是他穿我的衣裳，你肯定就不觉得他帅了。"小男生说。

"也有可能。"

"倩倩怎么没来？蜜姨都答应我顺便给她过生日了。"

"别问倩倩的事了,她的舅舅因为非法集资被查了,涉案金额有几个亿呢。家里现在一团乱,他们哪儿还有空给倩倩过生日?"

"她家的公司不是家族企业吗?他们都是慈善家?他们以后还会集资吗?"

"是家族企业,但怎么说呢?胡老师说过,有钱人不都是有能力的好人,有很多弄虚作假的人,我看今天场子里就有一个别着宾利钥匙扣的人,虽然也有人出于怀旧的心理用老款的钥匙扣,但老款的也不长那样……"

"都什么年代了,他们还搞这些事。"

"不聊这些了。好不容易能看'酒加'乐队的演出,等会儿我们去要他们的微信吧!我要老二的!贝斯无敌!"

"我想要肖昂的微信。"

"你没事吧?他都要三十岁了!"

"我就喜欢老一点儿的人!"

"你来得太晚,只看见了肖昂,刚才有一个男的跑出去了,也有点儿老,但真的帅。"

"真的假的,他穿了什么衣服哇?"

"深空灰色的西装吧,也是你最爱的西装。"

"确实,我一个男的都觉得他帅。"

"也别太谦虚了,你也很帅呀。"

"哈哈,而且我比他年轻。"

…………

夏灯也不知道为什么总跟游风偷偷摸摸地藏在卫生间里,然后总有人在这时到卫生间里聊天,而且游风总会是别人谈论的对象——他是聚会的现场里唯一一身着深空灰色西装的人,也确实有点儿老。

游风显然对"老"这个字很不爽,皱起眉。

夏灯挑眉，幸灾乐祸地张了张嘴，用口型说：你老。

游风掐住她的腰："老什么？"

他的手劲很大，夏灯忍不住"哐"了一声，睁大眼，也掐回去。现在她可凶了！他别想像以前那样欺负她！

游风不疼，还用一只手攥住她的两只手腕，轻轻地一拽，把她拉到身前，两个人之间的距离顿时变成了零。

"老什么？"他又问。

夏灯能屈能伸，打不过就认老大，踮脚在他的耳边嘟囔了一声。

游风何止是松了手，当即僵住了。

她叫他什么？

是"老公"吗？

是吧？

肯定的！

耳力好，他没有听错！

但怎么会……

她从没叫过他这个称呼。

从来没有。

夏灯看见他的眼神太吓人，觉得自己不太安全，迅速整理衣服，推门而去。

几个学生的聊天戛然而止，他们动作一致地看向夏灯，无一例外地两眼发直，目送她疾步离开。他们正要针对她的美貌说几句话，穿着一身深空灰色西装的游风从同一个单人卫生间里出来，边系扣子边面无表情地离去。

许久后，学生中有人惊叫："天哪！"

夏灯回到人群里，屏幕熄灭了，乐队在演唱歌曲，追光灯下故事感十分浓烈，充满幸福感的成功人士们三五扎堆，聊着前两天做了多大的项目。

贺仲生招手把夏灯叫到他们的桌前，给她拿新杯子，倒上新酒："你往外跑什么？你唱得多好！"

沈佑也说："我以为你是原唱呢！"

"你们别太夸张了。"夏灯无奈地道。

贺仲生边扭头张望边问："你刚才没看见咱们的风哥吗？"

"没有。"夏灯不会说谎，这两年比以前更嘴硬了，但说谎的熟练度还不及格，她每每说谎都得做一些多余的动作。

贺仲生挠头："那不是奇怪了？"

沈佑说："你给他打电话。"

二人说话时，一个人走到了跟前。他有三十多岁，说："好久不见。"

夏灯不认识他，只礼貌地一笑。

贺仲生和沈佑对视一眼。以往他们早就接话了，但想想可能会跟对方兜半天的圈子，最后还会发现对方只是想融资并拿出漏洞百出的商业计划书求他们投钱，于是没吭声。

男人有些尴尬，但也不死心，极力介绍自己："我比你们大三届，之前在校庆上跟你们这一届的很多人都认识了。"

贺仲生说："夏老师这几年一直在国外，没时间参加校庆。"

男人一拍额头："那时候肖律师提到了夏灯，我可能记成她也来了。"

沈佑看向贺仲生，寻求答案。

贺仲生挑眉，耸了一下肩，撇了一下嘴，表示他不知道。

夏灯倒很平静，问："是这样吗？"

她的语气太平常，男人就误以为她知道这件事，也以为自己没猜错。肖昂虽然说得不多，但确实给人一种他跟夏灯一直有联系的感觉。

男人以为可以通过肖昂跟夏灯攀上关系，便卖力地套起近乎来："是呀，前一段时间我刚介绍肖律师跟我的朋友达成合作，事后我们聚餐时，他没少说夏老师在新闻行业里取得的成就。"

夏灯浅浅地喝了一口酒。

贺仲生和沈佑其实并不太清楚夏灯和肖昂到底有没有关系，也不好贸然地反驳这个男人的话。

这时，身后传来声音："你们说了什么？我也听听。"

游风回来了，在原位上落座，自然地把夏灯面前的酒端到自己的面前，给她拿了一杯果汁，随即又问道："肖律师是怎么说的？"

男人一愣，大脑飞速地运转，分析游风的言谈举止。

贺仲生和沈佑喝着酒，准备看戏。

游风的压迫感让男人的全身都起了鸡皮疙瘩，场面陷入了僵局。

到场的人都是人精，尤其是房蜜。她善于嗅剑拔弩张的气息，在男人快要被游风压制住时走过来："你们聊什么呢？"

贺仲生接了一句话："就是闲聊。"

房蜜把手搭在夏灯的肩膀上："视频是爱丁顿洋酒的官方号发的，老刘让我帮他宣传一下，我以为他们把视频发到官号上就是经过你的同意了，没关系吧？我看你出去了，吓得出了一身汗，以为这样做让你不舒服了，当即叫他们关掉视频了。"

夏灯是介意这件事的，所以说不出"没关系"这种话，但可以把事情翻篇儿。所以她笑了笑，没接话。

房蜜了然，开启下一个话题："没有招待不周吧？"

贺仲生拍马屁道："蜜总的局还用说？"

房蜜垂眸一笑，对夏灯说："肖昂刚才在找你呢，你要不去喝一杯酒？"

游风不动声色，但握杯的手上现出了青筋，青筋比前一秒明显得多。

夏灯看一眼游风，这个人好生气呀，杯子都要被他捏碎了。她是很想再气一气他的，凭什么他总是气她呢？

但让他生气哪里有让他心烦意乱有意思？于是夏灯对游风开口："我能去吗？"

沈佑和贺仲生一脸疑惑，房蜜和那个男人露出惊诧的表情。

游风果然略惊，手指动了一下，又渐渐地放松下来。他刚要说话，夏灯又自然地收回了刚才的话："哦，我问错了。"

她扭头看向贺仲生，又说："你说完刚才的故事了吗？还有别的事吗？我能去喝一杯酒吗？"

贺仲生猛地扭头，睁大眼睛看着游风，摆动双手："不是，哥，我……"

沈佑幸灾乐祸地说："老贺，怎么回事？给你的女朋友讲故事没讲够哇？！你还想给我们的夏老师讲？我们的夏老师是什么身份？你的故事那么小儿科！"

那个男人不懂夏灯到底跟谁有关系，不再待了，悄无声息地退开两步。

房蜜认为自己没看错，夏灯又扭头对贺仲生说话，就是想掩饰。

夏灯就是在故意挑逗游风。

房蜜大受震撼。

房蜜一直觉得游风和夏灯彻底绝交了，而且上次夏灯不还当众让肖昂送她回去吗？房蜜猜测夏灯对肖昂有意思，正好知道肖昂也喜欢夏灯。虽然肖昂爱慕夏灯主要是想抢游风曾经的人，但房蜜也觉得肖昂和夏灯接触一下没坏处，也许他跟夏灯在一起后就能幡然醒悟呢……

现在是什么情况？

夏灯是看游风比过去厉害，后悔了？

但她是夏灯啊，生来招恨，很多人看她有钱、有貌、有才都恨死了，骂老天给她的人设太好了，她缺过什么东西？追她的男人都排到法国了……

数秒之内，几个人的头脑里都经历了一场风暴。

游风不生气，反而觉得夏灯很幼稚。尤其是她还以为他拿她一点儿办法都没有，他的眼神里流露出一丝笑意，她怎么这么可爱？

这时几个学生回来了，走到跟前同房蜜打招呼，却一直瞄着游风，游风确实帅，是全场最帅的男人。但他刚才跟一个漂亮的姐姐一起待在卫生间里……嗯，形象大打折扣。

肖昂这时也走了过来，跟其余的人点头招呼，唯独目光落在夏灯的身上。他问："余总邀请我去参加下周的年会，你要与我一同去吗？"

空气凝固。

贺仲生和沈佑都不敢用力地呼吸。

房蜜也不敢轻易地插嘴。

几个学生均瞪大眼睛。

那个已经退开数米的男人完全沦为了一个看客，与其他人相比放松了不止一点儿，还带着些"看你们到底能有多乱"的表情。

游风无言，只是用拇指轻轻地摩挲着杯口。

夏灯从容地回答："不。"

贺仲生和沈佑的心理活动如此一致：夏老师真棒啊！

房蜜心想：OK，是我理解错了，夏灯对肖昂毫无想法。

几个学生心想：呜呼！

肖昂波澜不惊，仍然淡淡地一笑，道："高中的东门外，图书馆重新开张的剪彩仪式呢？你也不去参加吗？"

夏灯不解地说："我不记得我入了图书馆的股份。"

肖昂放下酒杯，微醺让他的颧骨上有了一抹红晕，明亮的眼睛和带笑的唇角都令他显得温柔，他说："我跟老板很熟，他邀请我，我答应去参加剪彩仪式了。毕竟那里有我们的回忆。"

贺仲生和沈佑愣住了。

房蜜挑眉。

几个学生看热闹看得心潮澎湃。

游风停下摩挲杯口的动作，抬眼看向肖昂，眼里满是威慑的神色。

夏灯好心地提醒肖昂："你醉了。"

"这点儿酒不足以让我醉。"肖昂笃定地回答，之后又说，"我现在已经不奢求跟你在一起了，但你不能否认我在你的心里有一席之地。"

话音未落，游风已经一脚踹在肖昂的胸膛上，把他踹得后退几步，肖昂咧开嘴露出笑容。

众人惊呼。

有人上前扶肖昂，被他推开，他站直身子，目光掠过游风，再次落到夏灯的身上。肖昂说："在图书馆里的事，要我说出来吗？"

他说得轻松，一副胜利者的姿态。

游风的下颌线越绷越紧，怒意不加掩饰地流露出来，他甚至不愿听肖昂的下文，上前一步。

夏灯下意识地拉住游风的胳膊。

气氛紧张起来。

贺仲生和沈佑默契地想让游风把这人揍扁，想着大不了哥们儿三个人一起去赔钱、坐牢，所以刚才没拦游风。现在这个肖昂当众败坏夏灯的名誉，别说游风，他们也都站起来了。

房蜜的大脑迅速地转动。

几个学生感觉脑容量不够用了。

夏灯握着游风的手臂，当着众人的面慢慢地跟他十指紧扣，再回过

184

头,忽视了众人惊诧的眼神,对肖昂说:"你是不是以为,我由于有选择性遗忘症,早就忘掉了当时发生了什么事?"

肖昂早在她牵住游风时就有预感,经她一说,眼睛慢慢地充血,浑身都轻微地痉挛起来。

他在电话里听到游风和夏灯调情时就已决定放弃追求夏灯,但怎么想都不甘心,遂决定恶心他们两个人一把。

肖昂这是失策了。

"是,我在东门的图书馆里,趁一个男生睡着了,偷吻了他的脸。"

天哪!

天哪!

天哪!

几个围观的人已经不会有其他心情了。

音乐这时也已经播放到了高潮的部分。

纵然游风向来老谋深算,此刻灵敏的大脑也突然宕机。

夏灯亲了谁?

别让他知道这个人是谁!他一定会撕烂这个人的脸!

游风下午刚回忆过一遍夏灯曾经对他很冷漠,不知不觉地想到了五中的那个废物,她曾跟那人一起离开橄榄球比赛的现场……

她亲了那个废物?

一阵剧烈的心痛突然袭来,游风不由得放松了手,只是被她牵着,不再与她十指紧扣。

他受不了!

游风重新与她十指紧扣,准备先行一步,其他的事再说!

夏灯却拽住他,扭头看着他黑透的脸,没来由地想笑。

他怎么能这么生气呀?

你就不能动动你的脑子想一想?

如果我亲了别人,干吗答应跟你在一起?

为什么这个人总是在她的事上显得这么幼稚愚笨?

手被游风紧攥着,夏灯抽回手,当着众人的面点了一下他绷紧的咬肌:"你气什么?你不愿意被亲?"

我亲的是你呀。

一直都是你呀。

你对你少年时的吸引力真是一无所知。

## 第八章
## 唯一存在的意义

夏季是橘子汽水和蜜桃冰棒的专属季节,夏灯不爱吃这些东西,但总有人给她送东西,经常发生冰棒化在包里的情况。

语文课上,她正发呆,课桌"啪嗒啪嗒"地往下滴水。她弯腰一看,不知是谁塞的冰棒化在"桌肚"里了,PS4(游戏机)和手机都被打湿了,书本也没能幸免,白裙子上更是有了一块块的粉色污渍。

她忍不住在课上收拾东西,被老师轰出去罚站了。

夏灯站在走廊里,顶着书,看着实墙围栏上的塑料花盆,里面的多肉植物长得很好。

她也想变成多肉植物,这样就不用被罚站了吧。

下午两点正是一天中最热的时候,夏灯中午吃得太少,好像有点儿中暑,脑袋晕晕的。近在咫尺的操场上传来的哨声都像是从远方传来的,回声在她的心里荡啊荡。

她发现一盆多肉植物变成了两盆,而且它们在眼前晃啊晃的。她也感到了口渴，后知后觉地想起应该把水拿出来的。

身体突然不由自主地向左倾斜，她以为自己即将摔倒，却靠在了一个人的肩膀上。她抬头就看到了一张很好看的侧脸。

游风。

全学区的人都认识他。

夏灯还是觉得头晕，握住对方的胳膊缓了半天，慢慢地站好，靠着墙，声音发飘地说："谢谢。"

她继续站着，面朝前方，把肩膀借给她靠了一下的人突然叫她，她扭头问："还有事吗？"

游风拽拽衣服的前襟："你的手表钩住我的衣服了。"

夏灯低头一看，发现事情真是这样，挪开一步："抱歉。"

游风还不走，就站在她的旁边，她也不问他。很多时候她都是被动的。

"我要去超市，给你带一瓶水？"游风说。

夏灯想了一下，说："可以。"

游风转身就走，夏灯想起什么事，拉住他。

游风回头，神情里带着询问的意味。

夏灯松开他的袖子，说："我要矿泉水，不要纯净水。"

她还挺多事的。

游风没说话，下楼了。

班主任这时来查班，看到夏灯在偷懒，"啧啧"地提醒她："书！举起来！"

夏灯重新把书举起来，胳膊已经开始发抖了。

游风很快回来，把水给她。

夏灯放下书，接过来矿泉水却拧不开瓶盖，扭头看向游风，眼神里充满求助的意味。

游风帮她拧开瓶盖，再把矿泉水递给她。

她接过水,手开始颤动,让她看起来特别像是故意装出这副模样的。但她真没装,真的只是手酸而已。

游风把水喂到她的嘴边:"张嘴。"

夏灯一点儿也不矫情,被他喂着喝了一口水,然后道谢。

第二天,夏灯又看着多肉植物发呆,游风突然出现,举着书站在旁边。显而易见,他也被罚站了。

平淡的一天里,他们没有任何交流。

第三天,夏灯带了一个鼓鼓囊囊的包,游风一出现,她就往外掏东西,掏出了巧克力、情书、原版的名著、打橄榄球的攻略、手工制作的花、夹心软糖、耳机、菠萝蜜炭烧饼干。她掏出一大堆东西,边掏边跟他说这些东西都是谁送给他的。

夏灯跟游风一起被罚站,为那些女生讨好游风提供了便利,她们把假条给夏灯,让她帮她们给游风送一件东西,她就可以拿到一张两小时的假条。她有了假条就能通过门卫那一关,成功地前往游泳馆了!

她欣然地接受了她们的要求!

游风还是第一次看见夏灯流露出这么明显的愉悦情绪,她帮别人追求他居然还这么高兴。

他让她走远一点儿。

她很有骨气,把东西又装回包里,走到走廊的北端,坚决不跟他在同一个地方站着了。

他扭头看到已经走到走廊的另一端的她,突然烦躁起来,觉得自己主动地请求被罚站的决定愚蠢至极。他牺牲了宝贵的时间,过来陪急着把他往外推的小蠢货。

他越想越气,决定回去上课,还警告自己,再管她自己就是狗!

次日,夏灯继续站在走廊的北端,想到站完今天和明天就能回去了,顿时精神抖擞、干劲十足,把书举得很高,把胳膊疼的事抛到脑后。

就在她又看着多肉植物发呆时，游风突然站到了旁边，她扭头看向他，不明所以。

游风也不看她，目视前方，说："把那些东西给我吧。"

夏灯立马把包拿来，又把东西摆在台阶上。

游风看到只有一个运动手环上没有贴带名字的小字条，把它拿起来。

夏灯当即跟他抢手环。

他把手举高。

她告诉他："这是我的。"

"我就想要这个手环。"游风说。

"我没说把它给你呀。"

"那你把这些东西都拿走，我一个也不想要。"

"……"

夏灯忍受了，说："行，给你了。"

游风把运动手环戴上，也把她的手腕拽过去，在她的手背上贴上一枚冠军金球的不干胶贴纸，这是他打球赢得的奖品。

他说："礼尚往来。"

夏灯觉得贴纸丑死了，但立即把它揭下来不礼貌，就由着它自然地脱落了。没想到它还挺牢固，一直在她的手背上停留了三天。她洗澡和游泳时它都没掉。

这件事没在夏灯的心里留下痕迹，但后来身边的同学不停地重复"游风游风游风"，她每次被提醒时，都会想起走廊的北端，想起他们近距离地相处的那几天中他玩世不恭的神情、恣意散漫的举止。

时间一长，她不用别人提醒就不由自主地想起他了。

偏偏游风还很争气，今天在运动会上拿奖，明天成绩被登上报纸。他不知不觉地变成了夏灯心头的一棵常青树，时不时地抖落一堆叶子，扰乱她的心，在她早读时钻进她的脑海里，在她休息时又进入她的梦境里。

连游泳时她都会想起,他在这个大会上讲话,在那个赛事上拔得头筹……

女同学们喜欢猜游风的背景,观察他的衣服和鞋子的牌子、他一应俱全的最新款或者限量版的电子设备,但谁也猜不出来他的背景,他总是神出鬼没的,放学后也不总是朝一个方向走。

夏灯可能是唯一知道游风的家境很好的人,她家有一套房,房子跟他爷爷的家挨着。他的爷爷是很厉害的翻译家,干的却不止翻译这一行。但夏灯从没在那些女生猜测游风的背景时提及这件事。这倒不是因为她想独享这个秘密,一是性格使然,她不喜交流,二是她觉得这是人家的隐私,既然他不愿意提起家庭,那她自然要为他守口如瓶。

渐渐地,她对游风的关注越来越多。知道他要参加IMO时,她也开始常去图书馆,当然不是看教材,而是看老师眼中的"杂书"。

那天的午后,阳光明媚,夏灯戴着帽子和口罩,全副武装地坐在游风的斜对面,离他有十米左右,边看书边把目光投向他干净的衬衫、因思索而紧皱的眉。

他在上国外教授的视频课,她能通过他的口型判断出他的口语很流利。

他上完课,笔记本已经被翻过了七八页,她从她的角度看到每一页上都写着密密麻麻的解题思路。

后来他可能是太累,趴在桌上睡着了。

离学校的东门不远的这座图书馆是私人开设的,对进来的人没有那么多要求,禁止喧哗却允许他们适量地讲话。来这边的人大都是不易受外界的干扰的,而这样的人少之又少,所以图书馆里的人一向很少。

这天下午人就少,倒是给夏灯创造了好条件——

她悄悄地走到游风对面的位置,也趴在桌上观察起他来,起初是想为什么她们都喜欢他,后来是想——为什么她要在这里偷偷地观察他?

也许这是因为她看向他时心跳总是加快,她想找到原因。

暖阳似乎也很偏爱他,那样灿烂的一缕阳光照在他干净俊俏的脸上,熠熠闪光的画面像璀璨的银河,笼罩在她的心上。

她怦然心动,像是喝醉了酒,蹑手蹑脚地挪过去,在他的脸上蜻蜓点水般亲了一下,亲完就跑。

她跑到图书馆后,靠着墙,捂着心口,想着刚才从唇部传来的致命触觉。

感觉其实还好,男孩子的皮肤好像没女孩子的柔软。

但他很香,香味是一种自然的淡香,也许来自浴液,也许来自乳霜,反正好闻,她甚至后悔为什么只是蜻蜓点水般亲了一下。

她也太亏了。

她既然想占便宜,为什么不过足瘾?

从那一刻起,她就像患了心跳加速症,几乎都要压不住心里强烈的悸动。

直到游风和一个女生的新闻传出,夏灯的病就好了。

后来她不停地督促自己忘记他,忘掉偷吻的事,忘掉一切与他相关的事,用游泳和看书替换掉青春的心事。

忘掉他可能不容易,但她能把记忆封存在心底,暂时不会再想起他。

虽然后来传闻因游风公开每日的行程而不攻自破,但夏灯对他也没有偷吻他时那般疯狂了。

再后来她正不知道怎么拒绝出国一事,他突然把她堵在家门口,问她要不要和他在一起……

她答应了。

因为她那时并不想出国。

也因为少年早就是她向往的人。

"葡萄树"音乐酒馆里,夏灯的一句话让全场的人吃了一惊。

贺仲生觉得自己的脑筋生锈了。

沈佑也是。不过他怎么有一种身临其境的酥爽感呢?

房蜜终于意识到她帮助肖昂和夏灯制造机会的决定有多么离谱儿了,夏灯跟游风互相喜欢!

几个学生面面相觑地交换着想法。这是十多年前的秘密被揭开了吗?穿着深空灰色西装的老帅哥跟这个漂亮的姐姐要是有这种羁绊,挨踹的老肖昂根本没机会呀!

神情微滞,游风许久没反应过来。

夏灯给他时间反应,反正回来就是要在他的身上花大把的时间的。

游风被夏灯牵着手,愣着不动,半晌才问:"那时候,你已经……?"

夏灯没答,有些难为情地用手指在他的手心里刮着。

她本来是要瞒他一辈子的,但不能让肖昂这样算计他们,不能让他受这种委屈。

她索性承认了。

而且这个人好像也猜不出真相了。等他自己发现,那不知要到什么时候了。

游风一向自信、运筹帷幄,此时眼中却疑云遍布。但他知道夏灯不会说谎,惊诧于她竟然瞒了他这么久。原来他从来不是孤独地单恋她。

他怎么这么迟钝?

歌曲换了一首又一首,几人的冲突已经从开端发展到高潮,再发展到沉寂。

肖昂的脸色很难看。他可能再也不会参加房蜜的聚会了,无论游风和夏灯还会不会出席以后的聚会。

生锈的脑筋终于转过弯来,贺仲生不合时宜地问:"你们……是和好了?"

游风牵紧夏灯,看着她的眼睛,说得平淡却又令人震撼:"是从来没分开过。对吗？百合女士？"

夏灯仰头时，追光灯的灯光刚好打在游风的脸上，他真好看。

对，我就是百合。

游风和夏灯先行一步，留下众人目光呆滞地消化刚刚的那个消息——

游风和夏灯从来没分开过。

很快这个消息就会由现场的同学在各个圈层的人群里传播开——游风的前女友回归并破坏了游风的婚礼，碾压了唐夕，轻而易举地重新上位。这个版本的故事迅速流传开来。

"白月光"之所以是"白月光"，就是因为"白月光"一回来，其他人变得逊色了。

这些事都是令人始料未及的，当晚，沉浸在被夏灯偷亲的澎湃心情里的游风根本顾不上管外界的事。

司机来接游风时，他还大大方方地牵着夏灯的手，准备一路牵着她回家，夏灯却说："我晚上还有工作，我们各回各的家？"

游风眼底的愉悦顿时消失，他不管她的废话，拉开车门把她抱进去，关门，摁住她准备开门的两只手："你跟谁学的？"她撩完他就走？

夏灯扭头看他，装模作样地说："我现在很生气！"

游风强迫性地与她十指紧扣，似乎早就看穿了她，说："嗯。"

夏灯把手抽回去："停车。"

游风投降，按常理问道："好，你为什么生气？"

"我不逼你，你就不说那件事。"你早就知道百合是我。

"那我能承认我一刻也不想分手，你怎么就不能承认刚分手你就舍不得我了？你怎么不承认不到半年你就回头找我了？"

"……"

夏灯把事情翻篇儿，重新去牵游风的手："我们就不提过去的事了，好吗？"

游风可以把事情翻篇儿，但是说："要提图书馆的事。"

"……"

游风扭头看他的小潜水艇，难得和她靠得这么近，观察着她的神情："我想了半天图书馆的事，那大概是发生在我准备IMO的期间？"

夏灯的勇气是执拗带来的，但若碰上游风这样的对手，她八年前就总是落于下风，难免发怵，不自觉地把脸扭开，躲避他直勾勾的目光。

游风得到答案了。

难怪肖昂那时不惜报假警也要让游风缺席比赛。

自己居然在那时就得到她了，但怎么从未察觉？他们寥寥无几的交集怎么能让她产生了这样的心思？

幼时他跟夏灯相遇，她教他要变得强大，他便成为张扬的人。他最强，就要让人看到他最强。

曾经游风傲慢无礼，还刻意地假装对她不在意，连自己都骗了，她又怎么会发现他的心思？尤其是她那时不如幼时活泼，冷淡得好像不把任何人放在眼里，他又算什么？

夏灯把脸扭向窗外，以为游风已经放弃了追问，扭过头，眼神却对上他赤裸裸的目光。

他还在等她回答。

她面朝前方，说："也许吧。"

"为什么？"

夏灯不答，只是偏头对司机说："麻烦到便利店停一下车。"

司机从后视镜里看向游风，游风点头，并嘱咐："她是老板娘。"言外之意是：她的话就是我的话。

"好的。"司机点头道。

夏灯用手托住下巴，顺便捂住唇，嘟囔道："我可没同意。"

游风拉住她的手腕："让我提前适应一下。"

夏灯以为他会说让她提前适应一下"老板娘"这个称呼，没想到他说的是让自己提前适应一下喊她"老板娘"。

她面朝窗外，手指一点儿一点儿地钻进他的袖口里，在他的手腕上摩挲。

无聊。

他最无聊。

前方的不远处就是便利店，司机靠边停车，夏灯抽回手，开门下车，快步走进便利店里。

游风在车里，把手肘撑在窗边，将食指贴在下唇上，看着便利店的玻璃门内夏灯皱着眉巡视货架的样子。

时间最好识相点儿，就停在他拥有她的这一刻。

夏灯买完东西，跑回来，关上车门，把纸袋放在游风的腿上："给你。"

游风打开纸袋，看到一盒草莓口味的泡泡糖："你买它干什么？"

夏灯从他的手里拿过泡泡糖，拆开包装，掀开盖子，从糖果里找出几枚卡通贴纸，挑了一个最丑的贴纸撕开，拽过来他的手腕，给他贴上贴纸。

游风感觉心被击中了。他没有选择性遗忘症，记得与夏灯相处的每个时刻，那些有她参与的记忆总是更为深刻。

她竟是从那时候开始喜欢他的。

他扭头再看夏灯，还是问那三个字，意思却与刚才的意思不同："为什么？"因为贴纸，你对我有了那种心思？

早知道他就多给她贴几张贴纸。

这些都是陈年旧事，夏灯说不出原因，没排练过应对这个问题的台词，就在微信上给他发了一句"因为我肤浅"。你是整个学区里长得最好看的人。

虚荣心变得空前强,游风给她回了一条消息。

游风:就是说,你单恋我。

夏灯不回消息了,扭头跟他辩论:"什么叫'我单恋你'?"

"那你不知道我的心思,但还是对我动……"

"我要下车。"

"好,是我单恋你。"

"本来就是这样。"夏灯抽回手,坐得离他远一点儿。

游风牵住夏灯的手,稍一用力,把她拉到怀里,在夏灯惊讶地挑眉并想要离开时,死死地扣住她的手,俯身在她的左脸颊上蜻蜓点水般吻了一下。

夏灯跟他对视片刻,伸手搂住他的脖子,与他脸颊相贴,什么也没有说。

他们就此和解,把这一页翻过去了。


游风和夏灯藕断丝连的消息起初只是在熟人之间传播,不知是谁把消息告诉了媒体,事情被媒体的人一讲,顿时变得复杂了。

唐夕边看新闻边吃维生素,咽下去维生素的那一刻正好看到媒体的人杜撰她是一个"弃妇",差点儿被噎住。

她十分不爽地给沈佑打电话,张嘴就骂:"你出的馊主意!现在他们都说我被夏灯打败了,说我被她淘汰出局了,我还想挽回尊严,所以自己找媒体澄清结婚的事是假料!"

沈佑低笑,打趣道:"你要上头条,这不是就上了?现成的。"

"谁要上这种头条哇?!"

"怎么我看网上的人都在心疼你?难道不是夏老师挨骂比较多吗?人家不比你冤枉?本来这一类爱骂人的人就仇富、仇美,你跟夏老师一比就是弱势群体,她是多好的人,你可以利用她。"

"你别寒碜我了,以为我听不出来反讽的意思?"唐夕真的烦,说,"你给我出一个主意,我怎么解释才不会越描越黑?我真不想要这个受害者的帽子。"

"过两天话题就换了。"

"但互联网是有记忆的,总会有人帮我记得我曾经是被游风的前女友打败的'弃妇'!谁爱卖惨谁就去卖惨,我唐夕从来不打同情牌!"

"哟,放假料引起那个大扑棱蛾子注意的人,不是你吗?你这不是卖惨吗?"

"跟自己喜欢的人卖惨叫撒娇,这种情趣有助于增强恋爱中的愉悦感。"唐夕说,"再说那是以前的事,我最近忙着工作,都快把他忘了。而且你不觉得这条新闻的侧重点很怪吗?这个小娱乐号也太懂观众爱看什么新闻了。"

沈佑理解她的意思,问:"你觉得这是初臣搞的鬼?"

"我不知道。"

"我已经在查了,无论是谁在造谣,那人都会付出代价,你放心。"沈佑说。

唐夕吸吸鼻子,她的佑哥真是什么时候都可靠。她问:"但是诽谤罪好立案吗?"

"不管他用了多隐晦的措辞,法律都只看他的导向和造成的影响。"

"哦。"

"那个人不好糊弄的。"

"我要不要给夏老师发一条短信?我怕她误会是我放的料。"

"不用,你不是下午还要拍戏吗?你忙你的事吧。"

唐夕觉得踏实了,乖乖地说:"好的,哥哥。"

"别贫,我是你爹。"

"走开!"

周五的早晨。

夏灯时隔八年再次给游风系领带,有点儿生疏,差点儿勒死他。

游风提醒她:"不用勉强。"

夏灯很倔强,问:"你信不信我?"

游风站得太久,神经太紧绷,额头上不断地露出青筋。他把手撑在望远镜上,任谁也看得出他有多煎熬。他认真地回答:"我也得在活着的时候才能相信你。"

夏灯瞥他:"不如别的妹妹的手法更能讨得你的欢心,是我的错。"

游风淡笑着应对她阴阳怪气的语音,说:"你不要给自己树立假想的情敌。"

"我没有情敌吗?"

游风停顿一下,突然承认道:"倒是有一个。"

夏灯一皱眉头,使劲勒他的脖子,锁喉的动作比系领带的动作熟练多了。

游风把手从望远镜上收回来,掐住她的腰:"她说她叫百合,是一个去伦敦上学的学生,跟我是同胞。"

夏灯不伺候他了,说:"你自己系领带吧,以后别叫我帮你系。"

"这不是你自告奋勇地要给我……?"

"你走不走?这是我的家,你天天下了班就来我的家,睡我的床。你自己没家吗?"

"……"

夏灯不理他了,回身收拾工作区的桌面,昨晚把桌面弄得太乱了。某人回来洗完澡就酣然入梦,她挑灯夜战的时候,他不知道在梦里与谁厮混呢!

游风从后面搂住她，握住她整理东西的双手，把下巴放在她的肩膀上，说："我明天出差，下周回来。回来之后我要参加一个直播的专访，主题与AI赛道相关。采访结束后我要参加一个商业的饭局，受邀者都带太太去。"

夏灯装傻，说："那他们邀请你的时候没想过你没有太太吗？他们怎么会有这种失误？"

游风掐她的腰："这是重点？"

"这就是重点。"

游风跟她没法儿聊天。他决定下周就自己去，就要做现场的唯一一个"光杆司令"。

夏灯拉住他的手指，把俊男人重新拽回怀里："你直接问我。"

游风被取悦了，问："你愿不愿意陪我？"

"我不愿意。"

"……"游风想掐死她。

夏灯解释："我们已经霸占头条很多天了，你得等我把事情解决完。"

"你不用管这些事。"

"你会用很暴力的方式解决问题吗？"

"嗯。"游风毫不掩饰地说。

"……"

夏灯说："你已经老了，不是小时候了，用拳头解决问题的方式不适合你了。"

游风很会抓重点，问："谁老了？"

"我说的是实话。"

游风突然把她抱到桌上，站在她的双腿间，解开被她系得乱七八糟的领带。

游风请了一天假，用实力证明他老当益壮。

夏灯跟游风靠在一起,看起来已经虚软无力,声音时重时轻地说:"你不要嫌别人编派你,没人愿意看到你过得好。无论是不是你的原因,你跟别人起了冲突,都是你的错。"

"我不在意。"

"我在意。"

游风偏过脸吻她的额头:"只有平凡的人才不会有这种困扰。如果你想结束被人指点的生活,就做回平凡的人好了。"

夏灯翻过身,把双手撑在她最爱的他的胸膛上,看着他的眼睛:"狗。"

"……"

游风也不懂她为什么要骂他,问:"从何说起?"

夏灯说实话:"我没法儿反驳。"但我又很不开心。

游风闭眼一笑,笑得无可奈何又十分宠溺:"你还没习惯?"我们这样的人生来就不能不开心。

在别人的眼里,你什么都有了,凭什么不开心?

夏灯重新趴在他的怀里,搂紧他的脖子。她当然懂得道理,只是不能忍受在意的人被诋毁这件事。

她当然能接受事实,但会心疼游风。

游风对她也是一样的,可以用很多话劝自己。但当诋毁她的话铺天盖地地袭来时,他就失去理智了。

他一定会帮她摆脱"破坏别人的婚礼"这种话。

"明天你几点出差?"

"八点。"

夏灯俯身凑到他的耳边:"那你早点儿睡,我去工作。"

游风拉住她。

夏灯失去平衡,亲在他的鼻梁上。

"你还没亲够?"

"……"

夏灯要走："你松手！"

"我不松手会怎么样？"

"这位老帅哥，我们已经亲过很多次了。你克制一下欲望，我也是。"

游风皱眉："没完了？是谁让我变老的？"

夏灯伸出食指描他的眉："算起来咱们也就分开了半年。"

"半年的时间很短吗？"

"你真双标。你刚跟我在一起就出国了，在国外待了两年。那时你不觉得两年的时间久，对后来的半年倒难以忍受。"

游风攥住她的手："那时我对你不是可有可无的吗？"

夏灯不说话了，只是看着他。

游风的嘴也很硬，他说："我那时候又不知道有些人对我情根深种。"

夏灯轰人走："走开，不要在我的工作台上躺着了。"

游风认怂："好，那是我的错。"

即便是他认怂，夏灯也不陪他躺着了，跟他重新在一起之后不知道浪费了多少天。这是过去的八年里她想都不敢想的，时间多宝贵。

她起身要去工作，游风拉住她的手，不让她走："已经到晚上了。"

夏灯冷眼看向他："所以呢？"

"可以睡觉了。"

夏灯拿开他的手："外界的人知道游总教的嘴脸吗？"

"只有你知道。"

夏灯不由得弯唇一笑："土味情话不好听。"

"你示范一下，说几句高级的情话。"

夏灯不说情话，因为不会说。

游风牵着她的手，不让她走。

夏灯很无奈，最后搂住他的脖子，俯身靠近他的耳朵，把唇瓣贴在他的耳垂上,用几不可闻的音量和缓慢的语速说:"潜水艇会遇见飞行器。"

我会爱你。

游风听过期的情话也觉得很受用,不再缠着她了,执手一吻道:"你工作,我去给你做晚饭。"

"好。"

夏灯低头淡笑,像泡在温泉里似的,心里很暖和。

到了今天,她已经不需要用充满激情的生活来证明她有多精彩的一生了,过尽千帆后总会觉得平淡的日子才是真的。

这就是她最想要的那种人生。

她没有勉强自己。

尤其在看着游风换衣服、挽起袖口、熟练地从一堆食材中取出她最爱吃的几样东西后,她更加确信这一点。

游风乘坐的航班刚起飞,谭一一就因为在学校里打架被叫了家长。他的父亲二婚后住在国外,母亲因工作的问题待在香港,于是作为家长去接受训诫的任务就落到了夏灯的头上。

夏灯的父亲是独生子,母亲有妹妹,却是不婚主义者,所以夏灯没有表亲,更不会有帮表亲出头的机会。这是她第一次做这种事,她有点儿不熟练,还有点儿兴奋。

谭一一在国际学校里读书。如果不是因为他十多岁时过于内向,他的家人都不会考虑让他接受集体教育,都是让名师上门教他的。

夏灯暂时待在办公室里,大略观察了一下,办公室的设计很简约,环境整洁安静。

没过多久,班主任把谭一一和另外的一男一女带到办公室里。

夏灯扭头看到谭一一脸上的伤,不自觉地站起来,走向他,一边查看伤口一边跟他对视,他立刻移开目光。她得不到答案,扭头问班主任:"您在电话里没说事情有这么严重。"

班主任说:"我也是听同学转述事情才赶回来的。当时我正在其他的校区里监考。"

夏灯了解了,但还是对班主任说:"我想先带他去处理伤口,可以回来再解决打架的问题吗?"

班主任说:"您等一下吧,这两位同学的家长在路上了。"

夏灯扭头看了一眼男生和女生,他们的脸上别说有伤,连灰都没有。夏灯回头拉住谭一一的手腕,说:"等不了。"

班主任起身阻拦,但夏灯已经先一步把谭一一领出了办公室。

出门后夏灯松了手:"医务室在哪儿?"

谭一一伸手指了指一栋楼,说:"三楼。"

夏灯陪他去医务室,先让医生处理了一下他的脸上和胳膊上的伤口。

医生给伤口上药时,谭一一疼得一直"嗞嗞"地叫,医生给了他一块奶球糖,他没要,说这是给小孩吃的东西。

夏灯要了糖,还没吃过这种糖。

医生微笑,再上药时转移谭一一的注意力,说:"你姐很漂亮。"

谭一一瞥了他一眼:"这是我的嫂子。"

"你哪儿来的哥?"医生保持着微笑道。

谭一一不耐烦地说:"你别管。"

夏灯看得出来谭一一跟这位医生很熟,但也没就此提问,只是在医生收好药离开后问:"你想怎么办?"

她是问谭一一接下来想怎么处理打架的事。

谭一一觉得丢人,不敢看她,说:"我跟我哥不是亲哥儿俩,你不要看到我不靠谱儿就觉得他也不靠谱儿,他还是十分可靠的。"

夏灯跳过游风的事,又问:"你打架是因为冲动、想发泄不满,还是想要得到一个什么结果？"

谭一一自嘲似的"哼"了一声，说："还能有什么结果？她已经去特级班了，跟姓龚的那个小子关系好，肯定信他不信我。我要是说那个小子跟人打赌半个学期拿下她，她会觉得我在诬蔑他。"

原来是这样，夏灯懂了，说："所以你就打了那个姓龚的同学。"

谭一一抬起头来："姐姐，你看看我，谁打谁呀？他们几个人在水房里对蔓欢开黄腔，我骂了一句，他们就扭头攻击我，说我仗着家里有钱怎么样的。我懒得理他们，他们马上又说蔓欢被她的养父母弃养，没钱再上我们的学校了，让我跟他们一伙欺负她。这不就打起来了？他们七八个人打我一个人，我现在还能好好地站着，挺牛的了。"

夏灯把糖纸剥开，把糖球递给谭一一："你是怎么跟我说的，等会儿回去就怎么跟班主任说。"

"她不会信的。"

"你说的是实话吗？"

"是呀，我不屑于说谎。"

"那你只管说。"

处理好伤口后，夏灯把谭一一带回办公室里，此时另外两位同学的家长已经等候多时，班主任站起来介绍道："这位是谭一一的姐姐夏女士，这两位是龚然的父亲龚先生、蔓欢的母亲何女士。"

班主任把她了解的事情经过简单地叙述了一遍："谭一一和龚然在水房里谈论起蔓欢，意见不合打闹起来，还弄伤了彼此。"

谭一一按照夏灯的嘱咐，把真实的事情经过讲了一遍。

龚先生说："我听到的版本不是这样的，难道不是谭一一同学对蔓欢同学进行了言语骚扰，龚然帮她说话，谭一一同学气急动手却技不如人？"

何女士说："这件事本质上跟我的女儿没有关系，希望老师可以放她回去上课，她耽误了一点儿课就不好补回来了。"

龚然挑衅地朝谭——挑了一下眉，谭——当即就要动手，夏灯拽住他的胳膊，把他拉到身后，对在场的几个人说："没监控，大家又各执一词，我的建议是报警。"

龚先生皱了一下眉："事情不是很明朗了？报什么警？"

"那就更要报警了，既然龚同学是无辜的，就让警察择清他的责任，省得同学之间胡乱揣测对他造成影响。"夏灯语速平缓地说。

龚先生看了一眼龚然，龚然把头低下去了。

夏灯扭头又对何女士说："这样的事对女孩的伤害无疑是最大的，她让两个男孩为她打架的事不知道会被人怎么传。我主张公开地查这件事，如果事情是我们的责任，我们就承担，不会有怨言。"

班主任提了一句："如果报警，我可能要先告知主任一声。"

龚先生不说话了，龚然的得意劲儿也消失了。

何女士看向蔓欢，明显在寻求她的意见，蔓欢突然说："无所谓，我只想让谭——别来新班找我了。我知道他看重朋友，他怕我在新环境里适应不了，但我没他那么精力旺盛，没法儿一边保持好成绩，一边分心维系友谊。"

谭——不掩饰受伤的神情，死死地盯着女孩冷漠的侧脸。

龚然幸灾乐祸地嗤笑一声，似乎并不介意在场的人看出他跟他爸为他打造的人设毫不沾边。

龚先生到这时已经撑不下去了，不再执着地维护儿子，拒绝报警："这件事要是闹到了派出所，他们的身上都会有污点。这样，我们出谭——同学的医药费，就当这件事是我们错了。"

班主任自然是希望大事化小，附和："我们的班级里也有班费，可以帮龚然分担一些医药费。"

夏灯拒绝:"既然事情不是你的错,你为什么要担责任?这不是显得我们既是过错方又霸道地让别人背锅吗?警察只会对做错事的一方予以批评,如果龚然同学没做错事,有什么污点?"

龚先生更不耐烦了。

通过交流,班主任已经猜到了八成的真相。她自然要为正确的一方主持公道,主动地问龚然:"龚然,我再给你一次机会,你们在水房里的事到底是什么样子的?"

龚然支支吾吾的,说不出口。

班主任又问:"那你承认谭——所说的话才是事实吗?"

"我不认!"龚然吼道。

"那事实是什么?你再说一遍。"

龚然明显紧张了,说:"就是我和杨广,和……我没有……"

"你之前不是说只有你和谭——在水房里吗?"班主任打断他的话。

额头冒汗,龚然下意识地求助父亲,父亲却一脚踹过来,大骂:"你这个浑蛋东西!你不好好地上学,天天打架斗殴,我供你养你是让你装大爷的?"

班主任和另一位男老师立刻上前拦下龚先生,劝说:"先生冷静,不要体罚、恐吓孩子!"

办公室里乱成一团,夏灯不想再待下去看戏,跟班主任说:"既然事情不是谭——的错,希望老师公开地还他清白,为这位女同学澄清一下。"

班主任一个头两个大,稀里糊涂地就答应了:"好的!"

夏灯把谭——带出办公室,蔓欢也随着何女士出来了,却没有在他们的身前停留,目不斜视地与他们擦肩而过。

谭——咬着牙,紧攥的拳头开始发抖。

夏灯站在他的身后也能想象到他难过的表情。

她走上前："去上课吧，放学后我带你出去玩。"

谭一一松开拳头，又变得像霜打的茄子，只淡淡地应了一声。

夏灯目送他走进班里，才走向电梯。

下了楼，夏灯看到蔓欢站在树荫下直视着她，对方看起来像在等她下楼。夏灯走过去，蔓欢也迎了上来，两个人面对面地站在另一棵树的树荫里。

蔓欢从书包里拿出一个装项链的盒子，说："这是谭一一送给我的。"

夏灯不好帮谭一一收下东西，问："你为什么不自己把它还给他？"

蔓欢的目光一直落在盒子上，她说："我不想看他难过。"

蔓欢似乎是咬着牙把盒子塞给夏灯的，又说："告诉他，别再为我做蠢事了，我只有上最好的学校才能摆脱一切。在不合适的年纪里遇到他是我的运气不好，不过我会永远牢记他的少年时期属于我。"

夏灯问："你就不怕我把你的这些话告诉他？"

"我读过夏老师在BBC国际新闻频道上发的报道，能通过字里行间传递出来的思想确定你不会出卖我。"

夏灯没有问题要问了，说："祝好！"

从国际学校里出来，夏灯没着急上车，就站在路边，看着对面的学校，墙体的颜色变得更明艳了。

看了一会儿，她上车离去，去上书法课。

她停好车，刚下了车，一个十六七岁的男孩骑着共享单车笔直地撞过来，撞到了她的胳膊，包和蛋糕掉了，地上满是奶油。

男孩怕她怪罪似的把车蹬得更快，一溜烟儿跑了，还是门卫拿来了清扫的工具，顺便跟夏灯解释："那孩子不上学了，跟他妈和妹妹租住在这里，他妈在超市里打工，他每天就捡捡瓶子、看着小妹。"

· 208 ·

夏灯清理好地面，把工具还给门卫，道谢后继续前往书法工作室。

夏灯上完课，正好到谭一一放学的时间。她接他去靶场打了一会儿枪，又带他去骑了骑她认养的那匹马。

放松了心情，夏灯又带他去吃了重庆火锅。

谭一一吃完第一口毛肚，跟夏灯说："姐，我哥配不上你，你要不考虑一下我？"

夏灯端着水杯，淡笑道："前一句话说得对。"

"你的那匹马真的太帅了！我要是还想骑马，能去找你吗？！"

"那匹马是你哥以前给我买的，你要是想骑，也让他给你买一匹马。"

谭一一愤恨地道："你还说我说得对？！你分明早就跟他在一起了！"

夏灯看着谭一一脸上的纱布，说："把你的碟子给我。"

"干吗？"

"我看见你舀了辣椒，辣椒被香油和蒜末盖住了。"

"……"

谭一一可会对夏灯撒娇了，说："他们用那点儿劲根本打不出内伤，我就是擦破了一点儿皮，不至于不能吃辣椒吧？漂亮的夏姐姐。而且这是重庆火锅，我要是不吃辣椒，还不如去吃内蒙古的火锅，直接用水煮肉。"

"医生给你上药时我就在旁边，会不知道你受了什么程度的伤吗？你能闻辣椒，不能吃辣椒，下次打架之前先想想，没十足的把握就忍忍。"

谭一一蔫头耷脑地把油碟交出去，嘴硬地说："但他们真的没把我打成什么样。"

夏灯不看他身上的纱布，点头笑道："是。"

谭一一生出了好胜心，说："我明天就去报名学跆拳道，不练到可以一打十的地步，绝不出山！"

夏灯把项链盒放到他的面前,未发一言。

谭一一本来也没胃口,索性不装了,放下筷子,盯了那个盒子半天,抬头问夏灯:"为什么?"

夏灯平静地夹了一块笋尖,自顾自地吃着笋尖,仍然不说一句话。

谭一一直接用手把盒子扫进垃圾桶里,看起来像是无事发生,说:"我也不是舔狗,已经把她在办公室里说的话听得很清楚了,以后不会再去打扰她。"

夏灯把笋尖嚼完并咽下去,说:"你说她跟养父母一起生活?"

"嗯,她的养父是美国人,养母是中国人,他们在她十岁左右时收养了她。"所有人都知道谭一一说的事,但蔓欢是何女士跟别人生下的,这件事谭一一会为蔓欢保密一辈子。

"无论你愿不愿意学习,家族都能给你重新规划适合你的道路,但她可能只有走这一条路才有机会过另一种人生。"

谭一一没想过这一点。

夏灯说:"你跟她在一起,对你能有什么影响?你们的事最多成为别人的谈资,别人会说这是你谭少爷的一段风流韵事。她要是一个识时务的人,就能想到用你的名号为她自己谋取利益,从你这儿多捞点儿钱。但你觉得她是那样的人吗?"

谭一一低下头。

夏灯点到为止,说:"吃饭吧。等会儿我送你回去。"

他们吃完饭,快走到车前时,谭一一突然说他有东西忘拿了。夏灯先上了车,在他回来后也没拆穿他是去捡那个盒子。

谭一一怕夏灯问他,先开启了新话题:"姐姐,你有跆拳道、格斗那方面的人脉吗?"

夏灯开着车说:"在打架这种事上,你可以请教你哥,他以前就是我们的学区里打架最厉害的小痞子,我最讨厌他。"

谭一一后知后觉地想起夏灯说那匹马时就用了"以前"这个词,惊讶地道:"你们?!你们以前就认识?"

"他是我的前任。"

"初恋?"

"初恋。"

"天哪天哪天哪!"谭一一激动地连说几句话,"凭什么?!你当初的眼光就有这么差吗?"

"确实不太好。"

"我真羡慕我哥,他年纪轻轻就得到了一生的挚爱之人。"情绪变化得很快,谭一一偏头靠在车窗上,"我就说他很不害臊。我刚见你时问他你是谁,他上来就说你是我的嫂子。"

夏灯眉眼柔和。

她可以想象到那个人有多着急。

谭一一猛地扭头:"哎?那是不是说,他学航天,开办私营企业,弄什么'Sumardagurinn Fyrsti'、空间站、AI等航天科技的板块,都是为了你?!"

夏灯听出来了,游风还有事瞒着她。她问:"怎么说?"

谭一一告诉她:"我妈说他是为了潜水艇号才做了他最不愿意做的'硅谷舌战群资本'的事,他就是吃了AI刚走向大众时的红利,迅速积累了财富,然后成立了航天公司。他以前教过我,想赢得一个女孩子的芳心,就要带她去看她没见过的风景。我让他举例,他说有些女孩生来什么都有、什么都见过,那就带她去太空。"

除了潜水艇号和游风教给谭一一的话,剩下的是全世界都知道的事。

夏灯以为她会迅速整理情绪并平静地问出下一句话,但话语还是被吞咽口水的动作止住了。

真的会有这样的男人,他爱一个女人,就会让她渗透进生活的各个角落里却沉默不语。

谭一一突然拍腿道:"天哪,我说'Sumardagurinn Fyrsti'为什么会叫这个名字,这肯定跟你的名字有关系!名字里有'夏'嘛!"

他迅速搜索记忆,很快又想到一件事,问:"所以潜水艇也跟你有关吧?还有$H_2O$?"

"潜水艇跟我有点儿关系。"夏灯问,"$H_2O$是什么意思?"

"哦,$H_2O$可能跟你无关。"谭一一说,"水的化学式不是$H_2O$(水)吗?外界的人猜测,$H_2O$就是天上的水,也就是雨。搞不搞笑,哪里有这么解释的?"

夏灯的心里一惊。

谭一一说:"他们这么猜倒也不是没原因的,我妈说我哥有一艘宝贝船叫'呼唤雨',当时卡戎岛不让泊船了,他的那艘船因为设备老化不能被挪动,又无法远航,他只能把它运到新港口停泊。"

夏灯的指甲不自觉地陷进方向盘的皮套里。

谭一一说:"他自己倒没说过这些事,我觉得我猜得不靠谱儿,便问了沈佑哥,沈佑哥说事情没那么复杂,$H_2O$就是水的意思,只不过$H_2O$的名字被注册了,所以他被迫更改公司的名字。"

说到这里,谭一一问夏灯:"所以姐姐,水也是你们俩的暗号吗?"

夏灯听不到谭一一的话了。

她在想"水"。

意思是"水里的灯"吗?

游风真幼稚,自己叫"风",给公司取名叫"水"。

他是想要做世上最大的那片海吗?

可不管他是不是那样想的,她都是他的灯了。

谭——还没说完话,似乎只有不停地讲别人的事,才能暂时忘掉被蔓欢关在心门外的难过情绪。

他问夏灯:"姐姐这几天能一直来接我吗?"

"后天不行了。"

"为什么?"

"我得去看看我的船。"

谭一一秒懂,又惊呼道:"'呼唤雨'那艘船是你的?!"

这句话不准确,夏灯说:"是我送给他的。"

她把船送给她唯一的船长、唯一的骑士。

## 第九章
## 枪虾找到虾虎鱼

沈佑也连轴转了好多天。跟游风一起工作时，沈佑是不可被替代的高级工程师，忙碌仿佛是他们的宿命。一个优秀的管理者需要有缜密的思维，一个高级工程师却需要有极高的天赋。

总算有空吃饭，沈佑一边吃着饭一边看新闻，新闻里还是在议论游风、夏灯和唐夕的"三角恋"。

夏灯是"有钱有美貌"的"上等人"，舆论几乎呈压倒性的态势，网友都在说她仗势欺人。还有一些不知名的"知情人士"落井下石，爆出她的许多"陈年旧料"，证明她的人品有多不好。仿佛只要她的人品差，"三角恋"的事就不用被调查清楚了，网友就能断案，比警察聪明，比法院判得公正。

沈佑看着觉得有趣，正好接到游风的电话，摁了免提键，把手机放在一边，用左手继续拿着平板："你有什么指示？"

"弄清楚了？"

"嗯,一个叫娱星的自媒体号在多个平台上发布新闻,然后广厦传媒负责营销并扩散新闻。"

"他们是一起的?"

"我打听了一下娱星,娱星好像是初臣他们的一个老员工私底下做的账号。广厦传媒主接演员单,什么事都干,干的都是脏活儿。"

"初珺经营的新期待投资管理公司存在项目造假的情况,你可以跟当地的证监局打一声招呼。"

沈佑听见这个名字,就觉得此人跟初臣有关,问:"这人跟初臣是……?"

"兄妹。"

"你的动作比我的动作快呀。"沈佑目前只知道娱星跟初臣脱不了干系。

游风又说:"初臣还跟一个韩国人有一个孩子。"

"牛。"

"母子俩现在待在论岘洞,房屋所有权在初珺的手里。"

"你打算怎么办?"

"你自己发挥。"

沈佑听得都不想吃饭了,兴奋地道:"有限制吗?"

"别把我的老婆牵连进去。"

沈佑不爱听这种话,说:"夏灯就是夏灯,跟你有关系?'我的老婆',你自己先喊上了,人家同意了吗?别以为夏老师承认了对你有点儿意思,你就觉得胜券在握了。夏老师所有平台的社交账号都还显示单身呢,人家理智的网友都发现了!"

游风挂了电话。

沈佑还没骂完,拿下手机一看,这个狗东西挂电话挂得真快。

沈佑又把电话打过去,直奔主题:"我向唐夕打听了那个广厦传媒,她说她的经纪人之前跟他们合作过,因为他们只认钱,她的经纪人后来就没再跟他们来往了。我让她给我拟了一份名单,名单上的都是圈内跟广厦传媒有合作的人,我把名单发给你,你找找熟人。"

话音刚落,游风又挂了电话,沈佑"啧"了一声——什么人哪?!

夏灯接送谭一一的第二天中午,忙人游风才有空给她打电话,此时她正在机场的候机厅里,准备飞到南广,去港口看看她的"呼唤雨"。

她看到来电的那一刻,浅勾唇角,接通电话后却用平淡的语气说:"有事吗?"

"为什么你对外说你单身?"游风直奔主题。

夏灯听到他这样问,也不说好听的话,说:"难道不是吗?"

游风停顿许久,说:"没良心。"

夏灯便消了气,说:"这位先生是每天都查阅一遍我的社交账号吗?"

"改过来。"他好像是在命令她,但语气却是恳求的语气。

"我说我单身怎么了?"

游风说:"我就不计较你八年里做的事了,你现在还不给我名分,觉得合适吗?"

夏灯的眉眼弯成柳叶状,她说:"你不要说得好像你很无辜一样,你不愿意的话,我又不能强迫你。"

游风说:"你怎么这么会气我?"

笑容加深,夏灯说:"你不在意我的话,我根本气不到你。"

"可能吗?"我可能不在意你吗?

夏灯用食指轻轻地摩挲着手机的一侧,脸上的笑意始终没消退半分,但她还是挂了电话。

电话被挂断了,游风的怨念更深了,他给她发微信。

游风:你等我回去。

屏幕上显示"消息已发出,但被对方拒收了"。

他气得慌,把手撑在桌面上,反复地琢磨和思索哪里出了问题。

一颗聪明的脑袋总是在面对夏灯的时候,展现出它的短板,好像夏灯是他的一生中无法攻克的难题。

虽然这也是事实。

秘书太了解游风了。即便游风不动声色,秘书也能感受到他的怒火,适时地说道:"先生可以问问我。"

游风抬头,注视秘书许久,问道:"你跟我几年了?"

"杜克MPA(公共管理硕士)没毕业就待在您创立的'DengAI'里了,后来去了$H_2O$,已经有六年的时间了。"

"你有对象吗?"

"当然没有,我就在您的身边,随叫随到。"

"那你让我问你什么?怎么打光棍?"

"……"秘书反应很快,说,"您说过,谈判要给对方喘息的时间,以小博大赌的就是谁能沉得住气。我认为这个道理也适用于跟女性交往。"

秘书的话正合游风的心意。

游风打算未来的三天里都不理夏灯了。

他要晾着她。


夏灯抵达了南广,向导已经跟她约定好来接她。前往酒店的路上,夏灯坐在车里朝外看南广的发展情况。

脑海里已经没有关于这座城市的记忆了,夏灯大概是小时候跟随父母或者小姨来过这里。

她以前觉得要见过世界才算拥有了好的人生,现在觉得一坐一整天也是一种生活的方式。

夏灯跟随向导在南广逛了近一天，傍晚时来到港口，站在咖啡馆的楼顶上，勉强可以俯瞰大海。海面反射灯塔的金光，光亮仿佛银河的光芒。

身着制服的忙碌身影正打扫和修理着中型的船只，水手做着夜航的准备；码头上，游客们在拍照打卡，有的是一家子，更多的是情侣；大船厚重的汽笛声拖着长音，和海浪声融合在一起。

北京没海，之前游风是在天津港给她拍的那组海浪的照片。夏灯没考驾照时，经常让司机送她去每一处地方，但有时想独处，也会坐一坐城际列车。旅途的全程有二十分钟，她还没听完几首歌，列车已经抵达终点。

游风好像总会追着她去世界的各地。很久以前便是这样。

她不自觉地微笑，无论在什么时候，游风都会令她平静。她只要想到他，对再难熬的日子都可以一笑置之。

他总以为他爱得更深，其实她爱得也不浅。不然她怎么会决绝地和他分手，又灰溜溜地找回他？

她一直看向港口，胡思乱想着，唯独不去想她的"呼唤雨"。她以为她只要不把注意力放在它的身上，就能多欣赏一会儿美景，毕竟下一次来这里不知道又是何时了。但她再怎么让思绪避开它，它也待在水面上，被死死地拴在她的心间。

游风把它打理得很好，它还是当年的模样。

如今看着它，夏灯便知道，她跟游风之间的那面镜子，已经被擦净了。


夏灯回北京时，小姨正好是最后一天留在北京，第二天要飞去迈阿密，就约了夏灯吃饭，还叫了两个人"陪吃"。

在一家以瑞典菜为特色的餐厅里，两个精致俊朗的年轻男人"服侍"着小姨，给她夹菜、倒酒，夸她今天的妆好看、衣服和项链很搭。

夏灯只平静地问了一句："你签保密协议了吗？"

小姨懂她的意思，说："你说你的事。"

"初臣在韩国读书时和别人生的孩子被他的妹妹初珺养着，初臣不知道这件事，所以没怎么保护他们。我托熟人轻松地找到了那位母亲。"

小姨吃了一口熏肉，问夏灯："我说要把我个人的律师团给你，你拒绝了，让我们别管你的事，但我看现在网友诽谤你没有止息的趋势。你是打算从初臣入手吗？你想让他承认那些是不实的报道？你想得太好了，他不可能承认事实。就算你把刀架在韩国的那对母子的脖子上，初臣也早就抛弃了他们，又怎么可能在今天为他们放弃金山银山？"

夏灯握着酒杯不说话。

小姨以为她难过，放下筷子，把她的手拉过来握住："宝贝，我知道你有智慧，你即便看透了人性也对人性抱有期待。但你无论是问我、问你的爸妈还是问你的祖父母和外祖父母，都只会得到一个答案——不要相信人性本善。"

"我没有这样想，也不会把刀架在那对母子的脖子上，只是对初珺养他们母子的动机存疑。"

小姨挑眉："说来听听？"

夏灯突然想到了什么事，准备离开，说："小姨，我有事先去一趟，你落地后记得给我打电话！"

"哎？！你不吃饭了？"

夏灯已经脚下生风般来到电梯口。

滨水别墅里。

唐夕在客厅里徘徊。门铃一响，她飞奔过去，打开门看到夏灯，咧嘴笑道："夏老师！"

唐夕一边带夏灯往里走，一边逐一地回答夏灯在微信上问她的问题："初臣是有一个妹妹，没有公开过这件事，但圈里认识他的人都知

· 219 ·

道他有妹妹。他和妹妹的关系就那样，他们虽然都在各自的领域里混得不错，但好像没有业务上的往来。"

"你们在一起时，他提过妹妹吗？"

"没，我们聊的都是没营养的事。"唐夕说，一点儿也不觉得不好意思，如果夏灯再问得仔细一点儿，唐夕敢说他们都是在打情骂俏。

唐夕招呼夏灯坐下，一边现磨咖啡一边说："不过他不让我提他的妹妹，之前有朋友提醒我跟他在一起会有一个难缠的小姑子，我才知道初珺。我那时问他，他相当不耐烦，说和妹妹不亲，以后也不会和妹妹有往来。"

初臣对初珺深恶痛绝，初珺却帮他养女人和孩子。如果忽略初臣和初珺的感情深浅，只从亲情的角度出发看待这件事，那这样也没有问题。问题是他们的关系似乎并不和谐。

所以到底是初臣装作和妹妹相处得不和谐，还是里边有事？

夏灯思索片刻，觉得不好一直问唐夕和前男友的事，正好看到桌上有一笼自己熟知的点心——她曾经很喜欢的奶芙。她记得游风总是半夜出去给她买奶芙，他也不白买，她要是想吃奶芙就得亲他一口，但往往亲着亲着就再没力气吃点心了。

某人会把她弄得很累，让她只能依偎在他的臂弯里。

唐夕看夏灯盯着点心，拿来瓷盘，拿出几个奶芙递给她："这是沈佑买的，近年来我一说想吃甜的东西，他就买奶芙。它确实很甜，奶香浓郁。"

奶芙是沈佑买的。

夏灯几乎能想象到游风有多爱她，游风影响了沈佑，连沈佑也开始喜欢吃奶芙了。

唐夕马上又漫不经心地说："沈佑说这是他的兄弟最爱吃的，他的兄弟每次压力大就一个人开车去那家小店里买一盒奶芙，坐在台阶上吃到嘴里塞不下东西。他的兄弟有一段时间经常住院，医生说味觉可能会受到影响。"

唐夕显然没明白沈佑说的兄弟是谁，只是和夏灯闲聊："这种奶芙的奶味确实很重，适合刺激味觉吧，口感也很好。"

夏灯皱起眉，瓷盘突然变得好重，她几乎就要托不住它。

她想起有一年她和游风约在丹麦见面，那天进门后他一如既往地把窗帘拉上了，也把灯关上了。戴着面具，她能明显感觉到他的心情不太好，但他还是耐心地跟她说话。

他说："你最近很累吗？腕围少了五毫米。"

他说："我给你的钱够吗？学费和生活的花销……要不我把卡给你？"

他说："伦敦最近雨大，你不要太晚回家。"

…………

她低头不语，他便拿来奶芙，说这是他喜欢的食物，她问他为什么喜欢奶芙，他很坦白地说："因为夏灯喜欢。"

顿时，她的心跳变快了，眼睫疯狂地颤动，但她还是平静地问："夏灯是谁？"

"我的爱人。"

"那你跟我做这样的事，不是对不起她吗？"

"她把我甩了。"

夏灯沉默片刻，说："那你还称她为'爱人'。"

"我爱的人。"

…………

唐夕又说了一句话，夏灯从回忆中回到现实，心中的刺痛却没消退，她拿起奶芙，毫不体面地把它塞进嘴里，想体验一下游风当时的感受。刚把第二个奶芙塞进嘴里，她就感到强烈地反胃。

她还没把嘴巴塞满就已经难忍痛苦，那游风呢？

夏灯的心又被刺痛。

唐夕意识到她情绪低落，弯腰问："你怎么了？"

夏灯放下瓷盘，喝了一口水，没告诉唐夕自己可能就是导致沈佑的那个兄弟狂吃奶芙的人。

其实她和唐夕在电话里就能说清这点儿事，但夏灯觉得来一趟也不费事。正好彼此都有空，何况她跟唐夕不算是朋友，要有礼貌的。现在说完话，夏灯也不在这里多待了。

唐夕却拉住夏灯的胳膊，自然地挽住她："你要是没事，跟我睡呗。"

"……"

"沈佑说，我多听你说话，以后就不容易被骗了。"唐夕笑得甜，很好看。

夏灯对唐夕说明了一下二人目前的处境："网友还在骂我抢了你的男人，说我们之间不共戴天。"

唐夕被沈佑教得很好，说："他们以前也骂我，全网的评论区里都是我的黑图。只是在这件事上你更招人恨，所以我就是弱者啦。明天如果再发生一件什么事，轮到别人变成了弱者，他们又会回过头骂我了。"

夏灯觉得唐夕的灵魂也很有趣，觉得唐夕好学又能听进去话，却还是离开了。不过她答应唐夕，可以在唐夕有事想不开时跟对方打视频电话。

第二天，游风还没等到夏灯服软。

晾着她是一个好的决定吗？他开始怀疑自己。

一般一个人开始怀疑一件事时，心中就有了定论，于是这一天还没结束，游风就用新微信添加了夏灯的好友。

沈佑这时打来电话，告诉游风："搞定。多亏了你后来补充的信息。这个初臣的心眼儿真是不少，咱们没点儿硬关系还真挖不到他的这些事。"

"嗯。"游风甚至懒得看新闻，为这种鸡毛蒜皮的小事耽误一分钟都会有巨大的损失。

"还有一件事，我刚跟唐夕联系过，她说她把夏老师留下过夜了，要跟夏老师睡一宿。"

游风不再摆弄他的新微信，问："谁允许的？"

"你管得着吗？"沈佑贱死了。

游风每次去夏灯的家，她都要提醒他一百遍那是她的家，警告他一千遍别跟打卡一样天天下了班就去她的家。现在别人说了一句话，夏灯就要留下过夜？

游风想了想，来气了，把新微信的头像换成了纯绿色的头像。

夏灯刚到家，就发现她与舒禾、程程的三人群里有了新消息，点开群消息，看到几个加粗的标题——

"初臣隐婚生子，把孩子的妈伪装成亲妹妹，婚内出轨唐夕。"

"前BBC知名新闻人夏灯发现初臣与'亲妹妹'隐婚生子的真相，反被泼脏水，被诬蔑介入游风和唐夕之间。"

"唐夕经纪人称唐夕方已就'唐夕和游风恋爱并举行婚礼，婚礼却被白月光破坏'的传闻报警。"

三条重磅的新闻中，只有一条新闻解决了夏灯的困惑，原来初臣的那个孩子是他跟初珺生的，他俩也不是兄妹。难怪初珺会帮初臣养孩子。

估计在韩国照看孩子的"母亲"也不是初臣大学时喜欢的那个女孩。

这场戏被他们演得还挺真的。

游风也是这样，居然把发现真相的功劳记在了夏灯的头上，还给她打造了一个受害者的身份。

夏灯以前就不在意偏见，现在更修炼得波澜不惊。但她还是接受了他的这番好意，他不允许外界对她有一丁点儿不好的评价。

她放水泡澡，看舒禾和程程聊天。她们的聊天刚结束，屏幕上就出现了一条好友申请的信息，对方的头像是纯绿色的，微信账号是"WQXD"，昵称是"线条清晰"。夏灯没有片刻犹豫，当即弯唇微笑。

她在通过好友申请之前，先去看了一下快递的信息，显示快递已在派送中，那游风应该很快就会接到电话。

然后夏灯通过了他的好友申请。

对"线条清晰"的事，她记得很清楚。那时她连轴转了很久，去见了游风一面，回来后睡得很沉。早上被工作的电话吵醒，她慌慌张张地起床，一边洗漱一边回复工作的信息，忘记了还没把微信切回来，误把采访的国际男模的照片发给了他，还一边刷牙一边发语音说："三角肌非常完美，肱二头肌的线条很清晰，腹肌也很有质量，不是速成版。之前我去棚里近距离地检查过。"

游风秒回了一个问号。

夏灯一看他的头像，手忙脚乱地撤回消息，看了那个问号半天，打字说"不是本人"。

游风：是鬼吗？

夏灯不回消息了，决定装死。

游风：我听见你说话了，这个鬼的声音跟你的声音还挺像。

夏灯撤回了消息，没法儿听自己当时的声音。但在不当"百合"的时间里，她都不尖着嗓门儿说话，也不知道他到底觉得她的声音像谁的声音。

之后他们再约会时，游风请求开一盏夜灯，夏灯起初还不知原因，他一脱衣服，她就了然了。

他要显摆身材。

嗯，是，他的身材更好。他身高一米八七，肩宽腰窄，肌肉匀称好看。她一边觉得无聊，一边对他的身体爱不释手，又嫌弃他幼稚，又觉得小夜灯是不是太暗了,这让她怎么看仔细?!

目前她对男欢女爱的需求还是正常的,没什么瘾。这纯粹是因为有游风这样的男人在身边,不亲近一下他,她觉得浪费。

唇角不知为何扬起,但这好像也不是什么奇怪的事,她一想他就会变成这副模样。

"线条清晰"发来消息。

线条清晰:把我从黑名单里放出来。

游风倒很坦荡,不屑于伪装。

夏灯:你用这个绿头像是在暗示谁?

线条清晰:有人喜欢戴绿帽子,你不允许我换绿头像?

夏灯原先戴绿帽子是因为随手抓到了绿色的帽子,而他这样做就很刻意了。

夏灯:身高快一米九的男人真是小心眼儿。

游风的目的很明确。

线条清晰:你放不放我出来?

夏灯知道他外刚内柔,每次他对她大声说一句话,她还没觉得怎么样,他就已经反思了自己三遍并想方设法地哄她开心了。但她还是发过去一句"你在凶我"。

游风不再秒回消息了。

夏灯刚要离开浴缸,他又发过来消息。

线条清晰:放我出来好不好?

看到消息的那一刻,她感觉心被柔软的指头戳了一下。

游风连"好不好"这种话都说了,夏灯却又不回复消息了。

他正要给她打电话,一个陌生人先一步打来了电话,游风正要摁掉电话,对方已经挂断了电话,转而发信息说有他的快递。

"收件方"的号码很熟悉,游风回复了消息,快递员报出了他在涂州的那套房子的地址。他立刻想到了夏灯,顾不得打电话叫沈佑去取快递了,想让快递员开箱。话到了嘴边,他又觉得不妥,还是报了公司的地址。

沈佑这会儿应该已经抵达涂州了。

后面的一个小时里,游风根本无心工作,只想着夏灯买了什么东西。

沈佑刚下飞机,困得不行,接到电话后大骂:"你是不是有病?!为什么我连收快递这种事都得帮你干哪?!你给我开工资了吗?"

游风发过去合同的截图,说:"你的那个项目,我帮你做了。"

"什么快递?在哪里?"

"顺丰,我让他把快递送到大楼的前台了,你帮我拆了它,拍一张照片,把照片发给我。"

"好的,哥哥。"

游风挂断电话,又等待了漫长的半小时。

他再接到沈佑的电话时,沈佑的声音都颤抖了,没有激动,话里透露着的全是恐惧。游风不由得皱眉:"里面是什么东西?"

沈佑不敢说,只给他拍照:"是你让我开的箱。你别报复我!"沈佑承认,恐惧来源于游风,而不是来源于包裹里的东西。

游风看到沈佑发来的照片,先是一愣,而后心跳加快。

夏灯专门挑他出差的时候给他买这些东西?这个夏灯怎么这么会折磨人呢?

游风没吓唬沈佑,刚说了一句:"你……"

"我失忆了!啊!刚才发生了什么?!"沈佑飙了三十秒演技,匆忙地挂断电话。

他知道再晚一点儿,游风就会告诉他把项目给别人了。游风多精明,沈佑又不是不知道这一点。

游风也没追着沈佑"恐吓",切回微信,给夏灯发去消息。

游风:歹毒的夏灯。

夏灯端着冰咖啡走到工作台边,看到游风的消息,放下咖啡杯,走到沙发旁,拿起抱枕搂在怀里,舒舒服服地躺下去,回复了一句"听不懂"。

游风:前脚拉黑我,后脚买这些东西,你在放风筝?

夏灯:哦,你说快递的事,那是我帮我的小姨买的,我寄错地方了。

游风:你的小姨叫游风?

夏灯弯唇笑,索性坦白。

夏灯:东西是我买的,怎么了?

游风:你什么时候买东西不行,非得在我出差的时候买?

夏灯:所以我把你拉黑了,怕你分心。

游风:你真棒。

夏灯:你好好地工作,回来之后,我给你一个拆礼物的机会。

游风看到她的消息,只有一种感受,没有人比夏灯更懂怎么气他,现下拆礼物的事塞满了脑袋,他还怎么好好地工作?妄谈。

游风:我提前回去。

夏灯立马撤回消息。

游风:你不用撤回消息了,我截图了,你别想抵赖。

夏灯:你真棒。

他们聊了太久,北京的天都黑了,两个人还跟热恋时一样说着废话,都有一堆工作要做,都不想放下手机、关闭微信。

有时脑海中会闪过念头,他们觉得自己不务正业,但有时又觉得:我那么努力,就是为了拥有享受快乐的自由,不然穷其一生地努力是为了什么?为了证明自己是一头劳动价值高的骡子吗?

夏灯就在这般的挣扎中,痛并快乐地浪费了一天。

又是一天。

他们俩似乎有说不完的话，说得津津有味、乐此不疲。

快九点了，游风那边有人催他工作，两个人终于结束了小学生水平的对话。

夏灯起身捏着脖子走到工作台旁，端起咖啡，发现咖啡完全变成常温的了，转身倒掉它，准备磨一杯新的咖啡。她边操作咖啡机，边回看她和游风的聊天记录，看了一遍聊天记录，目光定格在他的微信昵称上。

她回去看自己的昵称，用了好多年海浪的表情，也该换了。

她转身靠在水吧边，被她调成静音的大屏正在放着电影，她顺手把微信的昵称改成电影中主角的名字——"唐伯虎"。

网上的风向果然变了。夏灯和唐夕顺利地脱身。

网友有时会被愚弄，但发现铁证如山时，也会变成正义的使者。戾气是存在的，他们推动了很多不公平事件的进展，帮助一部分人争取到了该有的权益也是真的。

夏灯是不会对任何现象做主观的判断的，对一切事情都秉持着公正的态度，哪怕是面对穷凶极恶之徒，也要就事论事。罪犯也会有辩护律师。要平和，要无情，才能更接近真相。

游风原定周五回来，把回来的时间提前到周四，给"百合"发消息。

游风：来接我。

他怕夏灯不切那个号，还专门用小号提醒她。

夏灯这才发现他把昵称改成了"秋香"……

她眉眼俱笑，回复消息。

百合：我们只有两个人，非要用四个微信号联系吗？

游风：一个号码可以注册一个微信，我有四个手机、八个手机号。

百合：没人夸你。

游风：夸我。

夏灯忍不住露齿而笑，打下"幼稚"二字。

游风：你接不接我？

百合：我考虑一下。

游风：我给你五秒时间。

百合：……

游风：时间到了。

百合：……

游风：好，你接我。

百合：……

夏灯真无奈，唇角却没落下去过。别人都说他冷漠，她可一点儿都看不出来。这就是"夏灯限定"的游风吗？

夏灯这次接游风时不用戴帽子、口罩、眼镜，也没有人拦截他走向她的步伐。她穿着及膝的连衣裙，大大方方地站在私人航站楼的等候区里。

游风比她的想象中降落得更快，也把车开得更快，下车后的步伐却有些慢。他身姿挺拔地走向她，像是没有良心的绅士开启了狩猎的时刻，而她是他今夜的目标，也是他今生的目标。

夏灯把手背到身后，微微地歪头，等他走来。过去她还是大学生时，就经常这样在机场迎接他。她总能一眼锁定他，他走向她的脚步也从来不会偏离路线。

游风走向她，又从她的身边走过。

她无动于衷，也准备走。

他退回两步，拉住她的手。

她要挣开他，他认怂道歉："我错了。"

他牵着她大步往外走，带起一阵微风，微风不甘地拽住他们的发丝、裙摆、裤脚。不知为何，八月黏腻的空气中有一丝蜜桃的香气。

夏灯本以为他们会睡到第二天，半夜醒来喝水时却发现游风不在。她迷迷糊糊地走出卧房，找了一圈，在距离卧房最远的储物间外听到了说英文的声音，打开门，发现他正在开视频会议。

她想把门关上，他已经发现了她，抬头说："马上就结束了。"

"嗯。"

夏灯关好门，走到水吧旁倒水，靠在桌边看万家灯火，灯光与夜空相接的地方很像晨昏线。

于是，即便是在没有月亮的夜晚，她的眼睛里也有点点的光亮。

游风结束了会议，轻轻地推开门，发现夏灯没回去睡觉，慢慢地走过去，摸摸她的脸："不睡了？"

夏灯伸手，把手覆在他的手背上，看着他："我陪你。"

游风弯唇，把水杯从她的手里拿走并放下，轻拉她入怀，弯了腰把下巴放在她的肩膀上，闭上眼："熬夜对肝不好。"

"你也知道吗？"夏灯嘲讽道。

游风搂紧她的腰，把声音压得很低，说："你是我的续命符。"

这句话多好听，夏灯却不喜欢它。

她不再说话，眼睛里的点点光亮不停地闪烁，仿佛月亮藏进了她的眼睛里，每一道目光都是一束月光，只不过每一束月光都有些哀伤。

夏灯陪游风去了AI专访的现场。

专访地点设在上海未来科技展馆里，她坐在S席上，看着台上的游风和几位行业中的佼佼者坐成一排，他们接受访问，互相交流，回答观众的问题。

游风认为将来AI技术会普及，AI会进入人类的生活里，代替人类更高效地工作，但危险系数也很高。

AI是通过指令进行作业的，人类是通过大脑完成任务的，大脑可以在判断失误时及时止损，但如果AI得到错误的指令，后果必然会很严重。

所以对AI进行研究、发展AI技术必须谨慎。

夏灯以前也看过游风工作，但没以这种身份看过他工作。她从自己的角度看他像在仰视他，不知是不是方位和打光的原因，他的魅力有些超出她的想象。

专业又流利的英式发音让他成为被提问得最多的人。

观众也都是行业内的人，能听懂台上技术交流的部分，也能问出很有水准的问题，夏灯只能听懂关于未来发展趋势的对答，别的时候基本在犯困。

她好不容易熬到专访结束，主持人突然问游风怎么参加专访结束后的庆功会，几位大佬都携太太参加，游风对外还称单身，是想好怎么应对局面了，还是准备缺席庆功会？

游风将四指并拢，朝夏灯做了一个介绍的手势："那是我的太太夏灯。"

夏灯一下子醒了。

一时间，全场的目光都汇聚到她的身上，有些人可能不会看游风，却对游风的太太充满好奇。

夏灯强装镇定，看向游风，他还含情脉脉地回看她，像生怕在屏幕前等着剪视频的人没素材似的！

她终于反应过来，这人根本是在当众逼婚！

他怎么这么歹毒？！

主持人又看似惊讶地说："哇，这是首次回应！"

主持人这是在为主办的媒体争取第一现场的所有权，游风不给她面子，说："我应该不用跟任何人回应我的感情问题和婚姻状况。只是我今天带妻子前来，你又刚好问到这个问题，我不能让妻子坐在那里听我说'我单身'这种话。"

主持人很专业，反应很快地说："是的，看得出来您对妻子的在意。"

"当然，我喜欢了她十六年。"

游风说得轻飘飘的，可不管别人的死活，刚休息了两天的网友又开启"福尔摩斯模式"了。

夏灯是经历过大场面的人，但手心里还是变得汗津津的。

终于熬到专访结束，她实在没心情参加庆功的饭局了，而游风压根儿就没打算参加饭局，把夏灯堵在车的后座上，在她的耳边说："你被算计了？"

夏灯不想理他，装尸体。

游风喜欢作死，说："夏老师不太行，没想到我这样做。"

夏灯麻木地说："那是，人怎么能猜到狗在想什么？"

游风突然吻她，把她后边的一连串辱骂全吞掉。

夏灯挣扎了两下就认命了。

算了。

她就嫁狗随狗吧。


餐厅里。

刷到新闻的唐夕一连说了六句脏话，拽着沈佑的胳膊晃来晃去："快看新闻！我那么美的一个夏老师，眨眼间就变成少妇了。"

沈佑瞥她："你少看漫画。"

唐夕充耳不闻，还没慨叹三秒，又抿唇奸笑起来："少妇好。"

"……"

沈佑不理她了，也顾不上理她了，游风在专访上自曝这么大的料后，沈佑的手机铃声就没停过。各路熟人和不熟的人都打电话来祝福和询问。

· 232 ·

沈佑对游风的行为并不惊讶，甚至也有一点儿苦尽甘来的感受。大概是他和游风做了太久的兄弟，他们之间的某一根神经也变得紧密相连了。

沈佑挂断了所有来电，忽视了所有消息，给游风发了"请客"几个字。

唐夕瞥见了，白了沈佑一眼："你那种悲壮、欣慰的神情贯彻始终，我还以为你会发什么煽情的话呢，你可真市侩呀。"

"煽情的话？我该恭喜游风？凭什么？！兄弟一起出校门，他多该死呀，找到了一生的挚爱还正好和对方相爱，你知道这种概率有多低吗？我还恭喜他？他要是在我的旁边，我保证一拳捶死他。"

"就凭你的心眼儿，谁跟你相爱呀？"

沈佑不爱听唐夕说话，把切好的牛排给她："吃都堵不上你的嘴！"

唐夕还要上网，问："你能喂我吗？"

"你爱吃不吃。"

唐夕瞪着他。

沈佑看着她这张漂亮的脸，更来气了，拿叉子叉了一块牛排喂给她。他们本来是好朋友，他也不知道为什么他变得越来越像她妈。

可能这就是孽缘吧。

"哥，赵知葡被参演的电影的主办方除名了，他们还把她的镜头都剪掉了，这是不是跟游风有……？"

这也不是秘密，沈佑便告诉了唐夕："是她扩散你们三角恋的消息的。"

"天哪！我就说！"

"我们给她留了一点儿颜面，没有公开这件事，但她以后不会有好资源了。"

唐夕感到一阵后怕，说："还好我不是游风的敌人。"

"你应该说，还好你是我的朋友。"

唐夕耸肩笑道："是，哥最牛！"

刚参加完会议的贺仲生看到了新闻，跟沈佑一样打开了游风的对话框，发过去十几条六十秒的语音消息。

忍不了了，他不骂死游风，未来的一年里都得失眠。

骂完游风，贺仲生舒服了，女朋友给他打来电话，问他去哪里吃饭，他笑着回答："你说吧，挑最贵的饭店。"

"哈，今天你的心情这么好？"

"嗯。"

某人熬过了苦日子，迎来了好日子，贺仲生很高兴。

小姨看着视频的画面上游风坚定的眼神，把截图发给余焰，顺便说了一句——"我觉得他过关了。"

余焰：八年前他就过关了。

游风做到了曾对夏灯承诺过的那些事。

他一直在用生命爱夏灯。

"你不用再找名字是两个字的男人恶心夏灯了。"

余焰：是，我把那些男人的微信都推给你。

小姨想：余焰真是她的亲姐。

程程、舒禾、赵莓和房蜜混于众生中见证了这一幕，发自内心的祝福从她们弯起的眼纹中流露出来。

游风和夏灯那么般配，就该爱到死去。

游风静观闭眼假寐的夏灯,她仰头靠在车的后座上,脖子上的皮肤紧绷着,十分美,比月光皎洁。

她突然睁眼,扭头说:"你偷看我。"

"我实名看你。"

夏灯张开五指盖住他的脸:"我实名不让你看。"

"你想好了吗?"游风握住她的手。

他问为什么那组海浪的照片背后的字被她撕掉了,夏灯还没编好谎话。所有人都说她不会说谎,其实她会说谎,只是骗不到任何人。

她一声不吭,游风又说:"半小时了,你还没编好谎话?知名的新闻人夏老师?"

"它自己脱落了。"夏灯说。

游风说:"你怎么不说它被风吹走了?"

"也有可能。"

"跟你聊不了一点儿。把车钥匙给我。"

夏灯皱眉:"你要走吗?"

"我开车。"

夏灯乖乖地把车钥匙放到游风的手心里:"好的,老公。"

游风微怔。

这回他听得很清楚,她说"老公"。

夏灯这时还不知道自己掌握了拿捏游风的诀窍,未来无论他因为什么事而生气,只要她一叫"老公",他就会消气。别说生气,他连叹气的能力都会丧失。

## 第十章
## 红酒绿与呼唤雨

游风发现那张塑封纸时，北方刚好进入冬天。

前两个月，夏灯装修好了"红酒绿"，做好了品牌赞助、艺人宣传、平台营销等工作，把开业仪式办得很热闹，像在卡戎岛上举办了一届盛大的音乐节。

"红酒绿"开业的消息在现实中传播了三天，在网上传播了一周，多个平台上的话题都很火爆，名人效应还在持续发挥作用。从许多层面上来看，这都很圆满。

外界说，"红酒绿"有极高的热度是因为老板夏灯在新闻行业里待久了。她懂得洞察人心，又知道怎么抓人的眼球——

"红酒绿"对大众开放，却不是谁都可以进来的，想进来的人要用真实的经历投稿，投稿限定一百字，可以一口气讲完故事，也可以留悬念。只要老板对稿件产生了兴趣，所有的酒水套餐选即送，还可以在卡戎岛上与"红酒绿"合作的酒店或民宿里住一晚，以及在网红餐厅里吃一日三餐。

有人说："夏灯不愧是家里有矿，真能装。"

有人说："免费最贵。"

有人说："她从我们的身上榨取钱，再把钱施与我们，我们还得夸她善良是吧？"

有人说："日薪三千的人别贡献宝贵的时间给他们增加热度了，她就是挣着你的钱，还骂你傻。"

有人说："钱是怎么来的，自己的心里没点儿数吗？"

有人说："你们在舔他们时有没有想过，他们的一切或许都属于你？"

有人说："她也太好了吧，只要她想听我的经历，那我去一趟卡戎岛差不多能省下一万块钱！"

有人说："她用这种营销方式，难道不是在给海岛引流吗？我感觉她就是在开发国内的海岛。两口子还挺有意思，一个探索天上的东西，一个挖掘海上的东西。"

有人说："我看过夏灯的书，当时正处于低谷期，她算是拉了我一把吧。"

有人说："至少人家做了这件事，确实有点儿贡献。我以前也觉得我拥有了他们所拥有的一切也能变得很牛，但出来以后发现，出身、运气、环境、背景这些东西虽说很重要，但没天赋也是白搭。我越追求学历，就越明白我跟别人在天赋上的差距。世界上从来不缺富二代，但不是每一个富二代都是游风。"

有人说："逆天改命很难，怨天尤人的人可能会得乳腺结节，而一定不能跟他们交换人生。所以我这辈子只追求快乐了。"

唐夕还在开业的前夕发了她和夏灯的照片。照片中，她挽着夏灯的手，笑得很甜，她们之间不共戴天的传闻彻底烟消云散。

初臣和初珺不仅成了众矢之的，还扰乱了金融市场的秩序，估计在未来很长的一段时间里都要为从前的错误焦头烂额了。

　　初臣在被警方带走之前，到唐夕的滨水别墅外徘徊了许久。唐夕始终没有开门，却一直在窗前偷看他。

　　初臣还是那副绅士的模样，没有游风那样的背景，走到今天确实不易。唐夕知道很多人都是通过旁门左道发家的，初臣只是没摔过跟头，就以为可以把下流的手段用到死。

　　唐夕还是很喜欢他，但不想跟他在一起了。

　　不是所有人都有夏灯的运气，夏灯喜欢的人不仅喜欢她，还有上天入地的本领。

　　事实上初臣不只出现在唐夕家的门口，还给她写了一封信，只是没把信发给她。

　　初臣一直是一个利己主义。所以在利益发生冲突时，他会迅速抽身。

　　天知道，事情发生的那一刻，初臣竟然会担心唐夕对他的看法，竟然会怕她看不起他。

　　这个蠢笨的女人的身边有"一条狗"，无论"那条狗"说什么话，她都信。她一定是觉得初臣在骗她。她一定恨死他了吧？

　　所以初臣走了，那封信也被放在了邮箱里。

　　游风的"潜水艇号"航母项目终于正式地面世了，跟"Sumardagurinn Fyrsti"一样，完全是由游风带领团队里的顶尖人才自主研发的。事成也许需要十年，也许需要二十年，但游风有毅力，也有决心，于是时间就不是问题了。

　　项目在行业内的讨论度很高，这是必然的，但行业外讨论也进行得如火如荼，这纯粹是因为游风非常坦然地表示，这两个项目因为夏灯才得以诞生。

　　连丁司白先生看到新闻都给夏灯打电话，问她是不是就选游风当对象了，又问她会不会哪一天还要远走高飞。

夏灯本想告诉她的父亲，即便再有那样的一天，她也不是在做一道单选题了。现在的她，可以兼顾游风和理想。脑海里却冷不防地闪过一个念头，她想起游风也曾面对同样的问题，但他都是毫不犹豫地说"我选夏灯"。

静默片刻，夏灯鬼使神差地说："我选他。"

丁司白不再问，说："我为你感到开心。"夏灯终于完成了成长的课程，成为理想中的自己，做任何事都更游刃有余。

三个多月过去了，重要却琐碎的事有一大堆，夏灯的腕围又少了三毫米。她故意把手腕给游风牵，想让他发现这一点。

游风以为她在撒娇，就把玩她的手腕和手指，配合她。结果夏灯突然拉下脸，猛地抽回手，后来一整天都没搭理他。

游风专门压缩了工作的时间，腾出一小时接她下书法课。但她不仅不上副驾驶的座位，也不说话，扭头看向窗外。

他们回到家，进门，他拉住径直往里走的夏灯，想抱一抱她、哄哄她，但她很果断地推开他："不要动手动脚的。"

游风："……"

游风提醒她："咱们九月十九日领的证，我现在受法律的保护。"

他们在游风的生日那天领了结婚证，这都是夏灯的主意——

游风的生日是九月十九日，他们的结婚纪念日也是这一天，那以后不仅她不用为他准备生日礼物，他还要因结婚纪念日给她准备惊喜。

沈佑和贺仲生当机立断地把自己的想法告诉游风，结果游风说："她没一点儿浪漫的细胞，别让她想这些事，她头疼。"

沈佑和贺仲生像看傻子一样看游风，不约而同地竖起大拇指。沈佑说："PUA（在精神上控制人）自己你能拿冠军，谁也比不了你。"

游风没搭理他们。

他跟夏灯领证也是有一段故事的，夏灯筹备"红酒绿"开张的事宜时，基本住在卡戎岛上。有一天她去选购鲜花，刚要开车，听到一阵小孩的哭声，弯腰找了半天，在车轮旁发现了襁褓。

　　夏灯没耽误时间，当即报警，通过监控看到是一个把自己遮掩得很严实的妇女把孩子放下的，但警察找遍了涂州都没找到这个人。

　　起初夏灯和游风打算把孩子交给福利院，这也符合程序，但两个人前往涂州的福利院后看到了那些状态不太好的孩子，再也无法过自己的这一关，便决定结婚，先把孩子领养过来，再说以后的事。

　　他们领结婚证领得匆忙，那个孩子的妈妈却在这时被找到了。

　　孩子的妈妈父母双亡，跟孩子的父亲未婚先孕，却被对方抛弃，觉得养不活孩子，来到岛上打算寻死。她看到正为酒吧开张做准备的夏灯，突然觉得孩子无辜，与其让孩子跟自己离开这个世界，不如找一个条件好的人家收养孩子。她酝酿许久，却没勇气开口，又不想放弃，就把孩子偷偷地放在了夏灯的车轮下。

　　事后她又后悔了，主动地投案，决定还是把孩子找回去。

　　几个人坐在派出所的调解室里，孩子的妈妈诚恳地道歉，把孩子抱走了。

　　游风和夏灯白折腾了，只是领了结婚证，相视无言。他们正要离开，女警向他们透露，孩子妈妈的言语间暴露了她是听人说去父留子是天大的便宜，那样她既不会被男人伤害，以后老了还有人养，才决意找回孩子的。

　　游风和夏灯没发表看法。

　　这件事就这么过去了，只是游风和夏灯领证的事本来就仓促，现在更显得像儿戏了。

　　不过也无所谓，这张证的存在感很低，他们除了与对方斗嘴和想做那种事时会提到它，其余的时间里根本想不起它。

至于婚礼，夏灯十分烦婚礼，游风也一样，他们就不举行婚礼了。相爱不用证明，结婚证不代表永恒。

游风提起领证的事，夏灯扭头说："可以离婚。"

"……"

游风佯装未闻，自然地跳过话题，说："判刑可以，但你能不能告诉我，我犯了什么罪？"

他这样直勾勾地看着她，看似真诚，其实暗藏了八百个心眼儿。夏灯绝对不会上当，在心里嘱咐自己一番，结果旋即把手递给他："有些人一旦得到了对方，就不注意细节了。"

游风微挑眉，随后秒懂，往上拽了一下袖子，郑重地攥住夏灯的手腕，掂量完毕，轻松地道："三毫米。"

夏灯本来觉得因为这件事生气挺正常，这说明男朋友不关注她的状况，但他这么精准地说出来她的腕围减少的长度，她又觉得自己幼稚。

她很细微地撇了一下嘴："没意思。"说完她立刻转过身。

游风还拉着她，没让她走，从身后缓慢地搂住她："晚上我做满汉全席，给夏老师补补身子。"

夏灯仰头："你不上班？"

"我一直在上班，给你补身体最重要。"游风说着，低头在她的唇瓣上轻轻地吻了一下。

"好，我去写作业。"书法老师布置了任务。

游风抬手看表，此刻距离晚上还有一段时间。他不用着急做饭，自告奋勇地给夏灯研墨。

夏灯走到书案的跟前，展开最后一张宣纸，用镇尺压住纸的两侧，执笔准备写自己的名字。姿势准确，架势也足，但她就是很难落笔，酝酿了半天。

游风看着她，她不好写字，抬头想提醒他。他以为她需要灵感，从她的手里接过笔，笔走龙蛇地写下"夏灯"，十分有默契。

他写完字，用左手端着右手的手腕，欣赏"夏灯"二字，她的名字真好。

欣赏够了，他回过头，发现夏灯正目不转睛地看着他，再看看字，确定自己没写错字，又看向她。她好像很生气，但又用很委屈的语气说："没了。"

游风才反应过来，快速地看了一眼被他用掉的最后一张宣纸，扭头说："我可以解释。"

"我不想听。"

"我现在买宣纸，快递能立即送达。"

夏灯已经不想写字了，说："你这么爱写字就自己写，写一百张字。"

"……"

游风是很了解她的，当即明白了，问："你是不是被老师批评了？"

他一问，她就绷不住情绪了，慢慢地走到他的跟前，额头轻轻地磕在他的胸膛上。老师说她两个月没进步，还把一个中学生的字拿给她看。夏灯成年后有了越发强烈的好胜心，觉得憋闷死了。

游风最近感觉自己活在天堂里，现在夏灯对他的依赖肉眼可见。

他搂住她，托住她的脖子，用拇指轻轻地摩挲她的发根："你写字是为了愉悦身心的。你要是不觉得愉悦，就不写了。"

夏灯在他的怀里摇头。

游风给秘书打电话，让秘书现买宣纸并马上把宣纸送过来，随后用手指拢了拢夏灯的头发："我带你出去？沈佑投资了一家极限俱乐部，那里可以模拟跳伞，你不是刚说过想跳伞了。"

"我不想动。"

"那去床上？"

这是一个危险的信号，夏灯立马从游风的怀里离开。

游风揽住她的腰，没让她走。她开始耍赖，身子变得特别软，像液体。游风要比平时多花三倍的力气才能捞住她。

她非要走，又不使劲，他很累，说她："不要像小动物。"

夏灯就是小动物，不仅柔软无力，而且依赖人都不超过半分钟。她让他抱一会儿已经是给他脸了，拉长尾音说："你松手——"

"我不松手，怎样？"

夏灯张嘴就咬了他一口，在他的脖子上咬出一排牙印。

"哟——"

夏灯借机逃跑，洗了澡，准备睡一会儿觉，半夜起来再开工。

游风的脖子被咬破了皮，喉结的旁边留下了粉红色的印子，但他仍然只低下头，闭眼一笑。

时间尚早，他还来得及做晚饭，便整理起书案来，把她的书法练习整理到一起，按时间编码，一张一张地翻看起来。看起来她是没进步，但这也不能怪她，她最近太忙，连睡眠都不够，哪里有时间练习书法。

他坐下来，在她的每一张书法练习上都写了批语，认真地写下感受。

写完批语，他想把它们订在一起，翻找订书机。他没找到订书机，却找到了他写在海浪的照片后面的那句话，那句话竟被她封裱起来了？

游风伫立在案前许久。为什么他以前会极端地认为，她是想跟他撇清关系，才把一切与他相关的东西都毁掉？他们分手半年后，她以"百合"的身份回来找他，不就是她根本没那么冷漠的证明？

心很疼，游风把东西放回原位，径直走向浴室。

"干什么？"正在洗澡的夏灯被打扰，很烦地说。

游风一边解衬衫的扣子一边走向她，捧起她的脸，偏头吻下去："你这么爱我吗？"

243

夏灯被吻得说不出一句完整的话："谁爱你……压疼我了……你走开……"

"我爱你。"

十一月十九日是夏灯的生日，小姨事先打电话问夏灯要跟谁一起过生日，还问自己还有没有必要从迈阿密回来。

夏灯最不爱过生日，关于生日的记忆都是一堆不认识的面孔聚集在一起言笑晏晏，她全程被当成一个吉祥物，被各路的人士夸奖：真可爱。

直到十几岁时，她主动地拒绝举办生日宴，以后过生日一切从简，在国外最忙的两年里甚至都没过生日。

夏灯告诉小姨，这次过生日时她会邀请朋友来家里聚会，也算是为"红酒绿"的圆满开张举办庆功会，答谢大家的支持。

小姨让她玩得开心，自己就继续陪伴长辈了。

夏灯还没挂断电话，游风靠过来，她差点儿发出奇怪的声音，还好小姨也有事，没注意电话里的声音。

夏灯匆匆地挂断电话，扭头埋怨道："有病！"

游风随她侧身躺着，不管她，只管自己。

夏灯的身高也超过了一米七，但她在游风的面前还是显得小鸟依人。他不光个子高，肌肉的线条也很清晰，他总是只用一只手就能把她捞起来。她在他的力量面前，确实像是弱不禁风的小动物。

但只要这只小动物不满意，这个力量逾她数倍的人就会立即停止动作。

伦敦的那些单身的女同事不理解夏灯为男人放弃前程的行为，夏灯也没有解释。因为她们只看到了"男人"二字，没看到游风带给夏灯的都是积极美好的事物，甚至忽略了夏灯的背景条件。夏灯的前程不在别人制定的规则中。

夏灯至今仍不喜欢跟一群人一起在别人画的圈里斗得你死我活、争取那个画圈者丢来的肉骨头。不过她也不会傲慢地看待那群抢肉骨头的人，因为知道他们没有其他选择。

他跪到她的脑袋旁边，捏她漂亮的脸。

夏灯觉得好烦，快困死了，打掉他的手："你别动我。"她用的是撒娇的语气。

游风不放过她，说："看我。"

夏灯睁眼往上看，哟，帅哥的脸色有点儿难看哪！她勉为其难地配合了一下。

前一段时间夏灯陪小姨去找私人医生，医生提到了那方面的事，原来游风这种欲望越来越强的人不在少数，这可能是病理性的，精神方面出了问题就会导致这种情况。

夏灯慌了神，立即预约医生，把游风骗过去。医生跟他聊了聊，给他做了一些测试。游风确实有些精神压力，但谈不上是精神分裂，也没这种趋向，不过要注意休息，保证大脑有脱离工作状态的时候。

"我去睡觉了，你不准来，不许上我的床。"

"……"

夏灯扭头就走，虽然头也不回，但一直没遮掩唇角的笑意。他笨得要死。

游风好生气，火冒三丈，却不由自主地摇头一笑。她太可爱了。


夏灯虽然让大家下午四点以后再来，但还是要早起准备生日派对。

原先她在伦敦时入乡随俗，被同事们热爱聚会的交际文化所影响，渐渐地能让每一位客人都有宾至如归的感觉了。

夏灯又有野营的习惯，能熟练地为户外烧烤做准备。于是快到中午时,她已经为朋友们布置好了派对的现场——游风给她买的"西湖三号",那套拥有一百多平方米的露台的顶层复式住宅。

游风买这套房子也是出于机缘巧合。

夏灯在伦敦的西一区里买了公寓,公寓位于摄政公园的附近,面积不大,她买它主要是觉得出行方便。余焰觉得公寓小,便在二区里给她买了一套顶层复式的住宅,露台有两百多平方米,夏灯一直住不惯。前一段时间她跟游风偶然提起这件事,他就买了"西湖三号"这套房子。

这是游风从别人的手里买的现房,他把手续办得很快,没过两天夏灯就成了业主。

她倒没问他原因——他买那么多套房子又不投资,是有分身吗?他住得过来吗?他主动地坦白,说他是怕她惦记伦敦二区的那套房子,怕她找到理由再次跑掉。

她表面上嫌弃地问他怎么不买一条链子拴住她,心里却觉得这人真傻。她怎么舍得再抛弃他?

夏灯正在揉面,准备烤小熊饼干,想到他,嘴角又忍不住上扬了。

好像和她有心灵感应一般,游风也在这时打来电话。

夏灯接通了电话,打开免提:"结束了?"她跟游风差不多是同时出门的。她来这里,他去了航天基地。

"嗯。"游风疲惫地说,"我可能要跟他们同时到,也许到得更晚,一会儿还有一些事。我叫人过去帮你准备食材。"

"不用,我都准备好了,在做饼干。"说到这件事,夏灯问他,"有小熊和小熊猫的模具,你选一个。"

"小熊和小熊猫的模具不是同一种模具?"

"不是。"

"我选小熊猫的模具。"

"你选什么?你还挑起来了?"

"……"

她明明可以直接发脾气,却还找了一个理由,游风是积了多少德才能娶到这个女人?他顺着话说:"我马上过去,不工作了,也不挣钱了,你最重要。"

"……"

"他们问我,我就骂回去,不知道自己是什么身份吗,还敢跟我的老婆比?谁有我的老婆重要?"

"……"

夏灯被反将了一军。

好烦。

她斗不过他。

她佯装自然地转移话题:"你记得让人去学校接谭一一,今天是周五,他们放学早,我帮他请了一小时的假,他三点就能走了。"

"嗯。"游风说,"一点多定制派对的人会上门,你根据你的喜好,让他们帮你准备东西。"他怎么可能让夏灯一个人准备那么多人的东西?"有能力"这三个字不是这么用的,夏灯有能力,但他不能把她逼成劳碌命。

夏灯不用别人帮她,但可以接受他的心意,说:"好的,老公。"

游风弯唇,是谁发明的这两个字?那个人也太懂男人了。游风说:"你做完饼干去睡一会儿。"

"我要等羊腿和火鸡烤好。贺仲生有痔疮,沈佑有口腔溃疡的毛病,他们都吃不了辣,我还要去和顺祥给他们点几个清淡的菜。或者我把厨师请来,就是不知道临时邀请厨师会不会太匆忙。"

"不用管,就让他们吃辣,吃不了就走人。"

"……"

夏灯没听游风的话,说:"你是小气鬼吧?"

"现在我想吃辣,你管我,还是管他们?"

怎么会有人跟自己的朋友吃醋哇?夏灯无力地说:"我穿得辣一点儿,可以吗?"

游风把电话挂了。

夏灯没在意,他可能临时有事,反正也不会有工作之外的事。

很快游风把视频通话打过来。

"……"

夏灯把视频通话挂掉了。

游风在微信上发来一个问号。

夏灯:你快点儿去上班,不要给我捣乱,我的事情多得做不完了!

游风:你先让我看看。

夏灯:看什么?

游风:你穿得有多辣。

夏灯闭眼一笑,好无聊。她不想搭理他了。

定制派对的团队如约地上门,在夏灯的指导下,又把现场进行了一番精调。

舒禾和程程是最先到的人,还以为能有事情做,来这里以后却发现夏灯把什么东西都准备好了。

程程新交了男朋友,之前在群里开玩笑说带男朋友来,夏灯答应了,今天程程却没把男朋友带来。

程程本来也是在开玩笑,当时喝多了酒,想看看夏灯如今的底线在哪里,把话说到一半,又觉得这种行为不太地道。而且夏灯对朋友只是没有原先那么冷漠了,不是放宽了底线。

舒禾进门后便目不暇接,不时地摇头咂嘴,在楼上和楼下转了好几圈,下楼时发现了礼物塔,一眼看到自己的名字,扭头问夏灯:"灯!这是什么?!"

夏灯看过去,说:"伴手礼。"

"我现在能看吗?"舒禾觉得新鲜,说,"参加你的活动,我才能见到伴手礼这种东西。"

"放屁,我过生日时没给你伴手礼?"程程白她一眼。

夏灯说:"能看。"

舒禾大步走上前,拆开礼物一看,里面有一个脱毛仪、一整套贵妇护肤品,还有一张枕京大桥途经的所有海岛上的高级民宿套房券。

舒禾激动地吼道:"天哪,你怎么知道我最近想买脱毛仪?!"

程程说:"因为你每天都在群里念经啊。"

"我以为灯不看群消息。"

程程坐在岛台前,冲对面的夏灯挑眉:"你看她有多假,她连你不看群消息这种话都说得出来。"

舒禾在那边咂嘴:"你怎么这么讨厌?!"

夏灯每次听她们说话,都像是回到了大学的时期。西澳校园内的人工运河一点儿也不逊色于涂州周边的海域,运河旁全是俊男美女,满是青春的气息。

她们说着话,沈佑和贺仲生来了。两个人也打量起这套房子来,神情与舒禾的神情出奇地一致。沈佑上来便说:"真不错。不过你要是知道了游风是花多少钱买的这套房子,不得用大嘴巴子抽死他?"

那游风就是溢价买的这套房子。夏灯倒也能想象到这种事。

"之前发生疫情时房价跌成那样,他在疫情前把房子卖了,疫情后再把房子买回来,来回赚的钱都够买两套'西湖三号'了。"贺仲生酸溜溜地说。

沈佑笑:"谁让你不信呢?让你卖房子跟要你的命似的,我们一赚钱你就不高兴了。真别说,在投资这方面,你听游风的准没错。"

贺仲生把沃柑皮扔向他:"你闭嘴吧,你俩没有差别!我的姥姥说精于算计的人都爱便秘,你俩小心哪天出门拉在裤裆里。"

"你急了。"

"走开!"

他们幼稚地斗着嘴,谭一一回来了,还有几个同学也来了,蔓欢没来。

夏灯打了一声招呼,让谭一一好好地招待他们。

为了让年轻人玩得开心,夏灯把以前买来收藏的3D(立体)限量的拼图模型摆满了游戏房,还亲自为他们送去水果和小吃。

谭一一笑得很甜,说:"嫂子,你知道你的这些东西现在在市场上能卖什么价钱吗?"

"不重要。"

谭一一撇嘴:"我哥真配不上你。"

夏灯没理他,说:"玩吧,晚点儿咱们在露台上烧烤。"

"好的。"

夏灯从房间里出来,唐夕来了,她明显有点儿憔悴,跟他们一样。她进了门先祝夏灯生日快乐,送礼物,接着就问:"有什么好吃的?"

沈佑没来由地感到丢人,想让唐夕别丢人现眼,但贺仲生已经拿着卡片和纸走上前,说是为他的女朋友要唐夕的签名。

唐夕大方地签了名。

贺仲生一看纸上的字,又把纸递给她:"你签的是'沈佑'。"

唐夕低头一看,还真是这样。她一边道歉,一边重新签名:"习惯了,进出一些需要登记的地方时,我都写他的名字。"

贺仲生笑了一声,声音突兀。

舒禾和程程也忍不住笑了。

沈佑皱眉"啧"了一声,说:"我就说,我用那个号码时老是接到推销电话。"

唐夕不理他,扭头对夏灯笑:"夏老师,麻将机。"

"给你准备了。你输了别哭就行——如果你非要跟他们几个打麻将的话。"夏灯提醒她。

贺仲生挑眉:"哟,还有这个项目呢?"

唐夕对自己的牌技十分自信,说:"我是雀神,不吹牛。"

沈佑笑出声来,说:"别吹牛了。"

唐夕用力地瞪他一眼:"你别跟我说话!"

贺仲生最喜欢看笑话,说:"怎么了?你们吵架了?沈哥,怎么回事?我们的唐夕老师这么有名,你都不顾忌?世界是不是盛不下你了?"

沈佑翻白眼,不想说话。

他和唐夕吵架还是因为初臣的事。

唐夕嘴上说无所谓,看见初臣的新闻后又开始旷工、喝酒,给沈佑打电话撒酒疯,半夜去看电影,看完电影醉倒在座位上。工作人员从她的手机里找到了沈佑的电话,给他打来电话,他都没干完活儿,立马赶过去,但唐夕已经趁人不注意,跌跌撞撞地走了。

沈佑后来跟几个熟人一起找了唐夕半宿,在电玩广场的门口找到了她。她非要去玩捕鱼的游戏,但人家已经关门了,她就一直敲门。

他费了牛劲把她带回去,劈头盖脸地骂了她一顿,她又哭。

他不再说话,只给她递纸巾,看着她一会儿哭一会儿笑。凌晨,她终于累了,坐在地上,趴在桌子上睡着了。

他给她收拾好房间,把她专门买来放初臣的旧物的保险柜扔了,她醒来后给他打电话发脾气,说要绝交,他答应得痛快。

如果不是因为夏灯过生日,他们还会继续冷战下去,冷战不知道什么时候才能结束。

沈佑也懒得再骂唐夕。就算他是她妈，她非要为了一个男人跟家人决裂，当妈的就有辙了？

唐夕已经跟贺仲生就牌桌上的高光时刻聊起来了，舒禾和程程也不是扭捏的人，自然参与了聊天。

夏灯去看她的烤鸡。

沈佑此时突然有些难以融入他们。

他倒不是矫情的人，正准备像没事人一样同他们斗嘴，梁麦打来一通电话，拦下了他。

沈佑走到一边，接通电话。

在人群中聊天的唐夕快速地朝沈佑瞥了一眼。

接通电话，沈佑只听到梁麦在哭，耐心地等她哭完才问："有事吗？"

"如果我说后悔了……"

沈佑沉默。

"佑，阿麦后悔了……"

沈佑微蹙眉心，提了一口气，朝门口走去。

贺仲生问他："准备开饭了！你去干吗？！"

沈佑没说话，走得很急。

唐夕说："你们都没看新闻吗？一个月前就有传闻说私募圈里的梁麦女士感情生变，沈哥这么贴心，肯定要去安慰她。"

她说得阴阳怪气，舒禾、程程、贺仲生三人相视一眼，没说话。

沈佑此时已经出门。

他没注意唐夕说了什么话，梁麦在这时发来照片，照片上是她充满醉意的脸，地上有很多空酒瓶。

沈佑：你现在身边有没有人？

他了解梁麦，她在失望时会做出自虐的行为。

梁麦：我的身边再不会有任何人。

沈佑刚要让梁麦待着别动，贺仲生又打来电话，此时电梯抵达了，门开了，沈佑接通电话，走进电梯里，问："怎么了？"

"唐夕吐了，她的胃是不是不好哇？我们问她，她也不说话。"

沈佑皱眉，没有犹豫地打开电梯的门，又出来往回走。

贺仲生指指茶室，告诉他："她在那里。"

沈佑走过去，看到趴在茶海前的唐夕，熟练地摸摸她的额头，说："包。"

"我没带药。"

"包。"

"在外边。"

沈佑出去把唐夕的包拿过来，从一个内置的口袋里找出奥美拉唑，让她把它吃了。

唐夕有些惊讶，问："你什么时候把药藏在这里的？"

沈佑没答，说："你喝不了酒就别逞能，喝得胃液反流，半夜在那儿打滚儿叫唤，也没人管你。"

唐夕撇嘴，说："是，你要管你的前女友。"

"她跟我有什么关系？"

"我不信你没看见一个月前的新闻。你还装模作样地来找我，心里都烦透了吧？我怎么这么多事？我都不给你时间跟前女友叙旧。"

"你不要避重就轻，把自己的屎盆子往别人的头上扣，我有时间看新闻吗？哦，我确实看了一条新闻，看的是让你要死要活的扑棱蛾子被调查的新闻，那是朝阳公安局发布的。"

唐夕生气了，说："你走哇！你不是要去送温暖吗？！走人吧！"

"你半夜胃疼，他们也不知道该怎么办，那你不是又在给别人添麻烦吗？"

唐夕问:"你不去了?"

"不去了。"

唐夕"哼"了一声,扭过头:"无人在意。"

她嘴上这么说,心里已经乐开花。沈佑是她最重要的朋友,她对他的占有欲比对初臣的更强烈。

"行了,别作了,人家过生日,你在这儿连一点儿边界感也没有。"沈佑当妈当得越来越娴熟。

"那你以后还会去找她吗?在她叫你时。"

沈佑拿出手机,当着唐夕的面把梁麦删了。过去的事就应该让它好好地过去。有些问题难以解决,他们频频地回头也还是要各奔东西。又不是跳恰恰舞,他们不停地来回拉扯有什么意思?

接到贺仲生的电话的那一刻,沈佑想通了。

朋友更重要。

他们聊完天出来,天已经黑了,房蜜姗姗来迟。夏灯刚跟她打完招呼,就接到了方闲越的电话。方闲越下班后买了小蛋糕,还做了手擀面,远程为夏灯庆生。

那边,几人已经开始轮庄打麻将了,反正游风不回来,他们也不敢先开始吃饭。他们是不敢先吃饭,怕挨踹,怕经济来源被切断,怕游风生人勿近的气场,倒不是不好意思先吃饭,脸皮厚得能抵御子弹。

他们不急,夏灯也不急,跟方闲越聊了聊原先的单位。那些人又明目张胆地做了一些龌龊的事,这都在她的意料之中。

方闲越说:"我也快走了,准备去丹麦呢。"

"去丹麦行。"

"丹麦就是适合我呗!"

夏灯淡笑:"丹麦是女性的地位很高的国家了,我希望你过得舒服点儿。"

方闲越说:"我不会受委屈的。主要是我的对象这段时间精神状态差,我想换一个环境了。"

"嗯,你迁居后告诉我,我过去看你。"

"我看行。"

挂断电话,夏灯被谭一一叫到房间里,他们这些聪明的孩子已经把木质的3D船拼好了,把一艘巨大的船放在房间的正中央。

"这么快!"夏灯叹服年轻人的行动力,以前跟游风拼一辆跑车都能磨蹭大半天。

想到这里,她产生了怀疑,他不是故意拼得那么慢的吧?

这个人好有心机呀,那段日子里的时间那么宝贵,他还要跟她待大半天?

谭一一叫走神的夏灯:"送给你!生日快乐!"

夏灯笑着问:"朋友同意了?这艘船不是大家一起拼的吗?"

几个学生抢着回答:"模型是姐姐的,我们顶多算是加工了它一下,拿姐姐的东西送给姐姐,姐姐别觉得我们没诚意就好。"

夏灯瞧着他们稚气未退的脸,觉得真好看。

"饿了吗?走,去烧烤!"她招呼他们。

各行业里的朋友也都到了,露台之上灯光灿烂,篝火的火苗跃得极高,音乐很优美,食物也鲜美,穿着华衣美服的众人让这个冬季骤然回春,四周焕发出一片盎然的生机。

夏灯把客人一一地招待到位,露台上有厨师帮忙烧烤,楼下也有高级餐厅的主厨镇守,客人想吃什么东西都能现点。

楼下有四张麻将桌,现在看起来不太够,这帮人竟都喜欢打麻将。

晚上十点,游风还没回来,夏灯理解他的工作性质,不在意这件事,其他人却急了,纷纷地谴责游风。

沈佑和贺仲生在讨伐游风时永远打头阵,说的词都不重样。

"五条。"

"碰。"

"有什么事能比夏老师过生日更重要？谁不是日理万机呀？我们挤时间也要来给夏老师庆生，就游风不能耽误事业？"沈佑挑拨离间。

"要是他十二点还没到，夏老师就可以考虑把他踹了。杠。真是给他脸了，夏老师必须跟他分手，等他挣的那么多钱没人花的时候，他就知道后悔了。"贺仲生帮腔。

"他长得那么帅，只能自己看自己，不得把牙咬碎？"

"他长得那么高，打篮球那么好，也没人为他欢呼，他辛辛苦苦地练腹肌也没人想摸，下班回家后只能孤枕难眠……他不得把肠子都悔青了？夏老师就这么干。"

"让那个贱男人后悔！"

他们你一句我一句地说，一唱一和，话都让他们说完了。

唐夕白他们一眼，道："你们这是在讨伐游风吗？我怎么听着你们像在变相地夸他呢？"

程程说："你俩不得拿奖？你俩为了风哥的爱情，当了多少年僚机了？"

这话说到贺仲生的心里了，他突然来了情绪，说："说起来我就上火，他必须给我钱！这么多年来，我费了多少劲？！"

"别提钱的事，那个人特别抠门儿。就在一个项目上，他来回钓了我七八回了。"沈佑也有怨气。

"什么长得帅，我看他长得平平无奇！"

"个子那么高，他怎么不去顶替灯塔？！"

听着他俩前后的态度截然不同的话，程程扭头跟几位女士说："挑拨男人之间的关系也太容易了。"

夏灯把茶水车拉过来："说得好，我去看看牛肉煎没煎好。"

"我要!"

"我也要!"

夏灯回头浅淡地一笑:"每个人都有。"

坐在西厨的工作台前,夏灯看着厨师熟练的动作发起呆来。

他们真不可爱,她本来是不想他的,现在什么心情都欠缺了一点儿,思绪全被想他这件事占据了。

夏灯拿起手机,打开微信,想给游风发点儿消息。但她发什么消息,他才能马上回来?她托腮想了想,登录百合的微信,把一张照片发过去,打了"有空吗"几个字。

游风没回消息,而是打来电话。

她半分钟后才接电话。

"干什么?"他问。

"我能干什么?我有这么多事,一个人做都做不完,能干什么?"

"不说实话是达不到目的的,老婆。"

"我说实话有用吗?你又不回来。"

"你先说说看。"

"他们都是一对一对的。"

"不要作铺垫。"

"他们一直问我你是不是不在乎我,问我怎么宾客都到了,你还不到。"

"你不说你想让我怎么做的话,我很为难。"

夏灯听他打定主意装蒜,不想跟他聊了,说:"挂了!"

她给他发微信不是想他的意思吗?他还非要听她明确地说想他,到梦里去听吧,梦里什么都有!贱男人真讨厌!

她正生闷气,身后有人突然扶她的腰,吓她一跳。她立刻从高脚椅上下来,边转身边往旁边躲,看到面前的人是游风,紧张感顿时消散,神情也恢复如初。

游风看她惊慌的模样,伸手摸摸她的脸:"想不想我?"

夏灯想他,但摇头说:"不想。"

"那我走了。"

夏灯拉住他,低着头不说话。

游风从身后拿出一枝百合花:"生日快乐,夏老师!"

夏灯拿着花,眼睛亮晶晶的。她其实很喜欢花,但还是要说:"你送一枝花就想把我打发了?"

游风还捏着一个纸袋子,拿着袋子的底部,把里边的东西倒在岛台上——全是戒指盒。他一个一个地打开盒子,一枚一枚地给她的十根手指都戴上戒指,每一枚戒指的尺寸都刚好,显然这些戒指是他为她量身定制的。

戒指都是不同牌子的,都是限量版,有些还没购买的渠道,只有少数人有得到它们的资格。

夏灯抬起头:"这也太夸张了。"

游风答:"我挑过了,只是发现你戴哪一枚戒指都很好看,就把它们都买下了,你戴着玩吧。"

夏灯张开十指,看着这十枚戒指,说:"这里边的哪一枚戒指是我平时能戴出去的?"这些钻石太大了,没一个适合当日常的配饰。

"那我再买一些你平时能戴的戒指。"

"……"

两个人在这边卿卿我我,那边的人已经等候多时,实在等不下去了,提醒游风和夏灯:"你们都腻歪半小时了,什么话都该说完了吧?!"

众人看到了游风进门,还一直看着他送夏灯百合花、给她戴戒指。

露台上的人不知听谁说游风回来了,也都下楼了。

游风对这些人认识得不多,平时也不爱交朋友,但还是礼貌地对

· 258 ·

大家颔首，随后从旁边的酒车里拿酒、开酒，倒上一点儿酒，朝众人举杯："感谢各位来为我的太太庆生。"说完他饮尽了杯中的酒。

夏灯在游风的旁边，听着他第一次在熟人的面前称呼她为"太太"，心跳突然变得有些快。

大家没见过这样的游风，在游风的话音落下的那三十秒内，也面面相觑。

大家听负责烧烤的厨师说，游风早早地为这场派对雇了策划派对的人，把所有细节都打磨多次，却要工作人员守口如瓶，先让他们询问夏灯的想法。当她想不到某些细节时，工作人员再假装灵光一现地想到它们。

为了让宾客更尽兴，游风甚至针对每个人的喜好精心地设计了细节。

不知为什么，大家觉得这有些不现实，游风为什么这么用心地对待夏灯的每一个萍水相逢的朋友呢？

他不知道被传的那一句"男人不坏，女人不爱"吗？

他怎么跟那些男人不同？

游风牵着夏灯的手，看着她。

夏灯与他对视。

她不知道宾客心里的那些心思。若是知道他们的心思，她大概会想告诉他们，游风才是男人，那些人不是。

就算没有游风的这番诚意，宾客们也会诚心地祝愿夏灯生日快乐、事事顺心。现在宾客们还想祝福游风和夏灯。

愿来日灿烂依旧，他们一直站在顶峰上，一直携手与共。

夏灯被蒙在鼓里，只知道她过了一个舒坦难忘的生日。


到年底了，涂州竟下雪了，虽然早晨的街上毫无降雪的痕迹。

夏灯亲眼看见下雪了。她半夜突然想去看电影，游风就从床上爬起来，陪她看了午夜场的电影。回家时看到雪花飞舞，他们就在路灯下跳舞。

她这八年来何止学了歌剧和书法？她把想尝试的事物都尝试了。

她早就不是除了游泳别无所长的人了。

回望过去，她忽然明白了以前不能理解的道理。原来在最应该奋斗的时候遇到一生的所爱，真不是一件好事。

可是等到功成名就再和心上人相爱，又太晚了。

所以人在这一生里，什么时候和心上人相爱才合适呢？

夏灯躺在床上，盯着天花板，陷入了思考。她的男人在这时进来，穿着衬衫，也不系扣子，腹肌一下子夺走了她的注意力，她一边目不转睛地看腹肌，一边生气地说："我在睡觉呢，你不要老跑进来！"半个小时里，他进来七八次了。

游风拿着盒子，问："这是什么？"

夏灯一看，急了，猛地坐起来，蹿过去，把盒子抢回来。

游风把手举高。

夏灯利落地跨上桌子。

"……"

只要你利用身高的优势举高东西，女友够不到东西就会扑到你的怀里，这是谁说的？

这种话纯属骗人。

夏灯把盒子拿出来："你怎么随便地翻我的东西？！"

"你要是不想让我看见它，就把它藏得好点儿。你把它放在架子上，我只要不瞎就能看到它。"

"……"

"再说，这外边不是写着'我的风'吗？"

· 260 ·

夏灯狡辩："只要我没把它给你，就算上边写着'属于游风'，它都不是你的。"

"你为什么不把它给我？"

"……"

"你说呀。"

夏灯愣住了。

"我看你能说什么。"

"……"

夏灯烦死了，把盒子塞给他："给你给你，你别烦我了！我困！我要睡觉！"

游风打开盒子，看到一条纯黑色的手链，两头的磁吸连接处有一台重机车、一架飞行器，链条由十六个曲形的环组成，每一个环上都刻着日期，那都是他们的重要日期……

他一时看呆了，许久未动弹。

夏灯觉得羞耻，把自己藏进被子里。

游风认为事情没这么简单，便去书房里研究手链了。

夏灯一点儿都不怀疑游风的智商，相信无论她把秘密藏得有多深，他都能很快发现它。但他只花了五分钟，真的太过分了！她当年发现他的秘密用了好久呢……

游风站在床前，拉开她的被子："你自己念，还是我来念？"

夏灯露出一个脑袋："我选第三个选项。"

"那就是我来念。"

"……"

游风早就发现她选的十六个重要的日期只能算是重要的日子里的其中一部分，那就说明只有这些数字才能组成新的信息。他列出来数字的那一刻就发现这是四方密码，解得无比轻松。

他看她执意装死，帮她念了谜底——

"如果水里的灯很向往天上的风，你要不要为我停一停？"

夏灯的耳朵和脖子都红透了。

她用被子严严实实地裹住自己。

太丢脸了……

她一直没把手链送出去，因为觉得自己不适合做这样浪漫的举动。不管别人感不感动，从她准备这条手链的那一天起，她的鸡皮疙瘩就没消下去过……

游风不能把她从被子里拽出来，但可以钻进她的被子里，在黑暗憋闷的空间里跟她面对面，彼此的呼吸交错，心跳声也交相呼应。

"你不给我戴上那个东西吗？"他小声说。

夏灯也小声回答："你自己没手吗？"

"你戴不戴？"

被亲了，夏灯生着气给他戴上那个东西："你现在能走人了吗？"

"嗯。"游风嘴上答应着，已经霸占了她的被子，把她搂在怀里，"我办完事再出去。"

他太喜欢她。

夏灯早就意识到了游风是她的精神财富。在他一次次地安抚她的那些糟糕的情绪时，她更确信这一点了。

她知道她不快乐是因为想得太深、感受太多，选择性遗忘症也不是一块橡皮擦，根本不能让她忘掉所学所感。追求理想的日子不好过，所幸有些人还在她的身侧，没离开过，还在修补她残破的灵魂……

想到苦楚，她用力地搂紧身下的人。

谢谢你，我的飞行器。

我还赤诚，希望一切都没有太晚，希望冬季快点儿结束。我要跟你一起死在春暖花开的那一天。

游风把手掌覆在夏灯的脖子上,压着她的长发,用拇指轻轻地摩挲她的皮肤,跟她一起享受这一刻的静谧。

谁都说他有远见,他凡事都要做先驱者,有才能也有勇气,从事的几个领域的前景都很好。但他做这些事是要付出代价的。这八年来他消耗自己,脑袋不停地转,他不停地被睡眠障碍的毛病所侵扰,拿到了表明身体健康告急的检查报告,才勉勉强强地有了点儿成绩……

所幸,她回来了。

她比一切药物和治疗都更有效。

谢谢你,我的潜水艇。

我已不在原地,但永远在你的身旁。

**作者有话说：**

　　爱不丢人，大声说爱，不要担心别人的眼光，能陪伴你入土的只有你自己。你每次因为任何人的偏见而委屈自己，都是在把一记最重的耳光扇向自己。

　　"红酒绿"其实一开始就是写那些我接触不到的人的，我打听了很多事，每天都在惊叹"还可以这样"。是呀，还可以这样。在这个过程中，我突然发现努力可以实现目标、不努力就得吃糠的道理好像也不绝对。

　　生命不平等，你生在罗马，我生在马厩；运气不太好，你有天赋，我很平庸；信息不对等，我说的你不懂，你说的我也不能感同身受……但我们不能去死。

　　《呼唤雨》就是想告诉你，没有什么是真的，我们一直生活在别人编织的谎言里，所以你不用太介意没达到所谓的成功。对你来说，成功就是找一件喜欢的事情做。你不喜欢人，就可以养一只猫、养一条狗，然后舒舒服服地过这一辈子。

　　把自己跟游风、夏灯比不太合适，他们就像一面精致昂贵的镜子，我们只能从他们的身上照见自己的平凡和无能为力。

　　每个人都希望自己成为更牛的人，希望自己能创造很多价值，而我希望你每天都能笑得很开心。